Seishi Yokomizo
Mord auf der Insel Gokumon

AF214995

atb aufbau taschenbuch

Seishi Yokomizo, 1902–1981, ist einer der berühmtesten und beliebtesten japanischen Autoren von Kriminalromanen. Er wurde in Kobe geboren und las als Junge unzählige Detektivgeschichten, bevor er selbst mit dem Schreiben begann. Allein seine Serie um Kosuke Kindaichi besteht aus 77 Büchern. »Die rätselhaften Honjin-Morde« war der erste Band dieser Reihe und gewann sogleich den ersten Preis für Kriminalautoren Japans. Bei Blumenbar liegen ebenfalls »Das Dorf der acht Gräber« und »Der Inugami-Fluch« vor.

Ursula Gräfe hat Japanologie, Anglistik und Amerikanistik in Frankfurt am Main studiert. Seit 1989 arbeitet sie als Literaturübersetzerin aus dem Japanischen und Englischen und hat neben zahlreichen Werken Haruki Murakamis u. a. auch Sayaka Murata und Yukiko Motoya ins Deutsche übertragen.

Der Privatermittler Kosuke Kindaichi reist auf die abgelegene Insel Gokumon, um einer der wichtigsten Familien dort eine tragische Nachricht zu überbringen: Einer ihrer Söhne ist auf einem Truppentransportschiff, das ihn nach dem Zweiten Weltkrieg zurück in die Heimat bringen sollte, gestorben. Doch Kindaichi ist nicht nur als Bote gekommen – mit seinen letzten Worten warnte der Sterbende, dass nun das Leben seiner drei Stiefschwestern in Gefahr sei. Der Ermittler ist entschlossen, dieser mysteriösen Prophezeiung auf den Grund zu gehen und die drei Frauen zu schützen – wenn er kann. Dann beginnt auf der Insel eine Serie grausamer Morde, und auch Kosuke Kindaichi selbst ist in Gefahr.

Seishi Yokomizo

Mord auf der Insel Gokumon

Kriminalroman

Aus dem Japanischen
von Ursula Gräfe

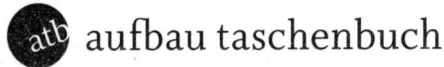 aufbau taschenbuch

Die Originalausgabe unter dem Titel
獄門島 [Gokumontou]
erschien 1971 bei KADOKAWA CORPORATION, Tokio.

MIX
Papier | Fördert
gute Waldnutzung
FSC® C083411

ISBN 978-3-7466-4181-2

Aufbau Taschenbuch ist eine Marke der Aufbau Verlage GmbH &
Co. KG

1. Auflage 2025
Vollständige Taschenbuchausgabe
© Aufbau Verlage GmbH & Co. KG, Berlin 2023
www.aufbau-verlage.de
10969 Berlin, Prinzenstraße 85
Die deutsche Erstausgabe erschien 2023 bei Blumenbar,
eine Marke der Aufbau Verlage GmbH & Co. KG
© Seishi Yokomizo 1971, 1996
German translation rights arranged with
KADOKAWA CORPORATION, Tokyo
through JAPAN UNI AGENCY, INC., Tokyo.
Der Verlag behält sich das Text- und Data-Mining nach
§ 44b UrhG vor, was hiermit Dritten ohne Zustimmung des
Verlages untersagt ist.
Bei Fragen zur Sicherheit unserer Produkte wenden Sie sich bitte
an produktsicherheit@aufbau-verlage.de.
Umschlaggestaltung zero-media.net, München
unter Verwendung eines Motivs von © Anna Morrison
Satz LVD GmbH, Berlin
Druck und Binden CPI books GmbH, Leck, Germany

Printed in Germany

Inhalt

Personenregister

POLIZEIBEAMTE
Kommissar Isokawa – alter Freund von Kosuke Kindaichi
Wachtmeister Shimizu – Inselpolizist

PRIVATDETEKTIV
Kosuke Kindaichi – Privatdetektiv, kürzlich aus dem Krieg
zurückgekehrt

STAMMFAMILIE KITO
Kaemon Kito – jüngst verstorbenes Oberhaupt der Stamm-
familie Kito
Yosamatsu Kito – Kaemons wahnsinniger Sohn
Chimata Kito – Enkel und Erbe von Kaemon Kito. Kosuke
Kindaichis Kriegskamerad, auf der Heimreise gestorben
Hitoshi – Chimatas Cousin und Sanaes älterer Bruder, noch
nicht aus dem Krieg heimgekehrt
Tsukiyo – Chimatas Halbschwester, Yosamatsus älteste Tochter
Yukie – Chimatas Halbschwester, Yosamatsus mittlere Tochter
Hanako – Chimatas Halbschwester, Yosamatsus jüngste Tochter
Sanae – Chimatas Cousine, jüngere Schwester von Hitoshi

Katsuno – Geliebte des verstorbenen Kaemon, lebt bei der
    Familie Kito

Osayo – Yoshimatsus verstorbene zweite Frau, ehemalige
    Schauspielerin und Mutter von Tsukiyo, Yukie und Hanako

SEITENLINIE DER FAMILIE KITO

Gihei – Oberhaupt

Oshiho – Giheis attraktive zweite Frau

Shozo Ukai – gut aussehender junger Mann, Kriegsheimkehrer,
    Oshihos Vertrauter, lebt bei den Kitos

WEITERE MITWIRKENDE

Ryonen – Priester des Senkoji

Ryotaku – Novize im Senkoji, angehender Nachfolger von
    Ryonen

Takezo – Shiotsukuri (Gezeitenmeister)

Makihei Araki – Dorfbürgermeister

Koan Murase – Dorfarzt

Seiko – Barbier

PROLOG

Mitten in der Inlandsee, etwa dreißig Kilometer südlich der Hafenstadt Kasaoka, liegt die nur wenige Quadratkilometer große Insel Gokumon. Ihr Name bedeutet Höllentor.

Unter einheimischen Historikern sind schon lange verschiedene Theorien über den Ursprung dieses unheilvollen Namens im Umlauf. Am plausibelsten erscheint die Vermutung, dass die Insel ursprünglich Hokumon – Tor zum Norden – hieß. Die Wandlung zu Gokumon, dem Höllentor, erklärt sich aus der Geschichte der Insel.

Seit der Zeit des für seine Verwegenheit berühmten Piratenkapitäns Sumitomo Fujiwara war die Inlandsee etwa tausend Jahre lang berüchtigt für die Seeräuber, die ihr Unwesen dort trieben und regelmäßig die Handelsschiffe auf dem Weg vom asiatischen Festland durch die Kanmon-Straße nach Zentraljapan überfielen. Schon in der Nara-Zeit im 8. Jahrhundert gab es Piraten, und ihre abenteuerliche Geschichte reicht bis ins frühe 17. Jahrhundert hinein. Besonders während der fast sechzig Jahre andauernden kriegerischen Auseinandersetzungen um die kaiserliche Thronfolge zwischen der Nördlichen und Südlichen Dynastie im 14. Jahrhundert beherrschten Piraten die Inlandsee.

Damals hielt eine Bande namens Iyo mehrere Inseln besetzt. Ihr Einflussgebiet reichte von der Iyo-Küste bis Hiuchinada und Bingo-nada. Die heutige Insel Gokumon war ihr nördlicher Hauptstützpunkt, und angeblich hatten sie ihr seinerzeit den Namen Hokumon – Nordtor – gegeben, woraufhin er irgendwann zu Gokumon wurde.

Es existiert allerdings eine weitere Legende, die nicht historisch belegt ist. Ihr zufolge hauste zu Beginn der Edo-Zeit ein nahezu zwei Meter großer Mann namens Goemon auf der Insel. Nachdem die Kunde von seiner Größe sich in ganz Japan verbreitet hatte, erhielt die Insel den Namen Goemon, was schließlich zu Gokumon wurde.

Es war mir nicht möglich, herauszufinden, welcher der Namen – Hokumon oder Goemon – der ursprüngliche war, aber es herrscht allgemeine Einigkeit darüber, wie es zu der schaurigen Verballhornung »Höllentor« kam.

Während der Edo-Zeit gehörte Gokumon zum Herrschaftsgebiet des Lehensherrn von Chugoku, der Region im Westen der japanischen Hauptinsel. Auf dem von der Außenwelt abgeschnittenen, dicht mit Rotkiefern bewachsenen Graniteiland fristeten mittlerweile nur noch einige Abkömmlinge der früheren Seeräuber ein kärgliches Dasein als Fischer. Also beschloss der Feudalherr, eine Sträflingsinsel daraus zu machen. Von da an wurden sämtliche Verbrecher dorthin verbannt, und der unselige Name Gokumon, was neben Höllentor auch Gefängnistor heißen kann, setzte sich rasch durch.

Niemand weiß, wie viele arme Seelen in den folgenden

nahezu dreihundert Jahren nach Gokumon geschickt wurden. Womöglich wurden sogar einige begnadigt, so dass sie am Ende in ihre Heimat zurückkehren konnten. Die meisten jedoch verbrachten ihr ganzes Leben auf der Insel und wurden dort begraben. Viele hatten Kinder mit Fischerstöchtern, das heißt, den Nachfahrinnen der Iyo-Piraten. Wurde ein Verurteilter begnadigt, ließ er Frau und Kinder für gewöhnlich auf der Insel zurück.

Nach der Meiji-Restauration in der zweiten Hälfte des 19. Jahrhunderts wurden Verbannungsstrafen abgeschafft, wodurch sich jedoch auf Gokumon kaum etwas änderte. Die dreihundert dort lebenden Familien blieben engstirnig und stur wie eh und je und heirateten weiter ausschließlich untereinander. Somit floss in den Adern der etwa tausend Inselbewohner ausschließlich Piraten- und Sträflingsblut.

Der Grundschullehrer K., der auf einer Nachbarinsel unterrichtete, erzählte mir, wie mühsam sich die Ermittlungen gestalteten, wenn es auf einer der Inseln zu einer Straftat kam. Die Bewohner hatten seit zwei oder drei – schlimmstenfalls seit fünf oder sechs – Generationen untereinander geheiratet, so dass praktisch jede Insel aus einer einzigen Großfamilie bestand. Polizeibeamte aus anderen Landesteilen waren völlig machtlos, weil die Inselbewohner sich stets unweigerlich gegen sie verschworen. Im Falle von Streitigkeiten oder Diebstählen riefen sie zwar die Polizei, doch kaum hatte diese einen Verdächtigen im Visier, einigten die Parteien sich urplötzlich, so dass die Geschichte in der Regel einen unerwarteten Verlauf nahm. »Ach, das Geld wurde mir gar nicht gestohlen!«, hieß es auf einmal. »Ich hatte nur vergessen, dass es hinten im Schrank versteckt war.«

In gewisser Hinsicht erleichterte diese Strategie den Beamten das Leben, auch wenn ihre Ermittlungen unter diesen Umständen beinahe immer im Sande verliefen. Wenn sich die Leute auf den gewöhnlichen Inseln in der Inlandsee schon so verhielten, galt dies umso mehr für Gokumon, wo nur Nachfahren von Piraten und Sträflingen lebten. Zudem wurden diese von den Bewohnern der umliegenden Inseln geächtet, was ihre Feindseligkeit und ihren Argwohn gegenüber Außenstehenden noch verstärkte. Somit war es beinahe aussichtslos für die Polizei, auf Gokumon begangene Verbrechen aufzuklären.

Eines Tages ereignete sich dort eine Reihe ganz besonders abscheulicher und heimtückischer Morde, die ein alptraumhaftes Grauen verbreiteten. Die systematisch geplante Mordserie war derart teuflisch, dass sie dem Namen der Insel alle Ehre machte.

An dieser Stelle sollten wir uns noch einmal vor Augen halten, dass Gokumon keineswegs einsam inmitten der Weiten eines Ozeans lag, sondern nicht allzu weit entfernt von der Küste der Inlandsee. Die Insel verfügte über Elektrizität und ein eigenes Postamt, außerdem verkehrte täglich eine Fähre nach Kasaoka.

Unsere Geschichte beginnt Mitte September 1946, also etwa ein Jahr nach Ende des Zweiten Weltkriegs. Der *Weiße Drache*, so der Name der Fähre, hatte soeben den Hafen von Kasaoka verlassen. Alle Plätze waren besetzt. Die Hälfte der

Fahrgäste waren kürzlich zu Wohlstand gekommene Bauern, unterwegs zur Insel Shiraishi, um dort Fisch zu essen. Die andere Hälfte bestand aus Inselbewohnern, die auf dem Festland eingekauft hatten, die meisten von ihnen Fischer oder Fischersfrauen. Die Inseln in der Inlandsee waren mit Fischreichtum gesegnet, aber es fehlten Anbauflächen für Reis, so dass sie regelmäßig zum Festland hinüberfuhren, um Fisch gegen den begehrten Reis einzutauschen.

Der Rumpf der Fähre mit den verdreckten, abgewetzten Tatami war buchstäblich gestopft voll mit Passagieren und ihren Einkäufen. Der Gestank nach Schweiß und Fisch, gemischt mit dem von Farbe, Benzin und Abgasen hätte bei zarteren Gemütern gewiss Brechreiz hervorgerufen, aber die unverwüstlichen Fischersleute waren sowohl seelisch als auch körperlich gegen derartige Anfechtungen gefeit. Unbekümmert hockten sie im Schmutz, schrien und lachten durcheinander und amüsierten sich insgesamt prächtig.

Im hinteren Teil der Fähre saß ein Mann, der mit seiner Aufmachung völlig aus dem Rahmen fiel. Er trug einen traditionellen Hosenrock und einen zerbeulten Filzhut. Zu jener Zeit war selbst bei den Bauern westliche Kleidung gang und gäbe, noch dazu auf einem Ausflug in die Stadt. Auf der Fähre trug nur noch ein weiterer Mann japanische Kleidung, nämlich ein buddhistischer Priester. In jenen Tagen gehörte ein gewisser Eigensinn dazu, sich traditionell zu kleiden, obwohl der Fahrgast mit dem Hut nicht eigensinnig aussah. Seine Haut war schön gebräunt, dennoch wirkte er nicht besonders robust. Er mochte Mitte dreißig sein.

An ein Fenster gelehnt blickte er unverwandt aufs Meer hinaus, ohne auf den Trubel ringsum zu achten. Die von hübschen Inseln übersäte smaragdgrüne Inlandsee bot einen malerischen Anblick, aber die Schönheit der Aussicht schien den Mann nicht zu berühren. Er wirkte schläfrig.

Auf den Inseln Shiraishi und Kitagi gingen zahlreiche Passagiere von Bord, und nur wenige stiegen ein. Drei Stunden nach dem Auslaufen der Fähre und nach einem Halt auf Manabe befanden sich nur mehr drei Fahrgäste auf dem eben noch lärmerfüllten Unterdeck.

Die Unterhaltung zwischen den beiden außer ihm verbliebenen Passagieren weckte offenbar die Aufmerksamkeit des schläfrigen Mannes.

»Oh, Hochwürden!«, rief der eine. »Ich hatte Sie gar nicht bemerkt. Sie haben den Tempel wohl mal allein gelassen. Wo waren Sie denn?«

Plötzlich hellwach, wandte der Mann mit dem Filzhut sich um. Der Sprecher war ein Fischer um die vierzig in einer abgetragenen Khakiuniform. Aber nicht er war es, der die Aufmerksamkeit des Mannes erregte, sondern der angesprochene Priester. Er musste auf die siebzig zugehen, war aber so groß und kräftig gebaut, dass er wie ein Mann in den besten Jahren wirkte. Sein Gesicht ließ auf eine eindrucksvolle Persönlichkeit schließen. Die großen hellen Augen strahlten Wärme aus, zugleich war sein Blick so durchdringend, dass er wohl so manchen in Angst und Schrecken versetzen konnte. Über dem weißen Gewand trug er einen traditionellen Reisemantel, und eine randlose Mütze bedeckte sein geschorenes Haupt.

Der Priester lächelte wohlwollend.

»Sieh an, Takezo, du bist also auch mit der Fähre unterwegs. Das wusste ich ja gar nicht«, sagte er gelassen.

»Wo waren Sie denn, Hochwürden?«, fragte der Mann namens Takezo zum zweiten Mal.

»In Kure, wegen unserer Tempelglocke«, erwiderte der Priester.

»Ach die, die sie im Krieg beschlagnahmt haben. Ist sie denn noch ganz?«

»Ja, sie hat den Krieg überlebt, ohne eingeschmolzen zu werden.«

»Und Sie haben sie abgeholt … Aber wo ist sie denn?«

»Was redest du? Ich bin zwar kein Schwächling, aber die Glocke wäre mir nun doch zu schwer. Ich habe nur die nötigen Formulare ausgefüllt. Holen müssen sie ein paar von unseren jungen Männern.«

»In Ordnung. Auf mich können Sie zählen. Meinen Glückwunsch jedenfalls, dass der Tempel sie wieder bekommt.«

»Ja, sie kehrt an ihren angestammten Platz zurück.« Der Priester lächelte.

Takezo trat ein wenig näher. »Apropos Rückkehr, angeblich kommt Hitoshi bald nach Hause.«

»Hitoshi?« Der Priester sah Takezo scharf an. »Woher weißt du das? Hat sein Regiment die Familie benachrichtigt?«

»Nein, eigentlich nicht, aber einer aus seinem Regiment ist vorgestern plötzlich auf der Insel aufgetaucht. Hitoshi hat ihn beauftragt, seiner Familie mitzuteilen, dass er am Leben ist. Verwundet ist er auch nicht. Er kommt mit einer der nächsten Fähren nach Hause. Sanae war überglücklich. Sie hat Hitoshis Kameraden bewirtet und ihm einen Haufen Geschenke mitgegeben.«

»Aha? Er ist also wieder weg?«

»Ja, er ist nur eine Nacht geblieben und dann mit seinen Geschenken abgereist. Könnte das heißen, dass Chimata auch noch lebt?«

Der Priester schloss die Augen.

»Alles wäre viel einfacher, wenn der Erbe der Stammfamilie unbeschadet nach Hause käme.« Seine Stimme klang bewegt.

Darauf trat der Fremde mit dem Filzhut an ihn heran.

»Darf ich fragen, ob Sie Meister Ryonen sind, der Priester des Senkoji auf der Insel Gokumon?«

Der Priester starrte den Mann überrascht an.

»Ja, der bin ich. Und wer sind Sie?«

Der Mann öffnete seinen Koffer und holte einen Umschlag hervor, aus dem er einen gefalteten Zettel nahm und dem Priester übergab. Offenkundig handelte es sich um eine herausgerissene Notizbuchseite.

»Der Überbringer dieser Botschaft heißt Kosuke Kindaichi …«, las der überraschte Meister Ryonen vor und sah dann dem anderen ins Gesicht. »Das ist Chimatas Schrift!«

Der Mann nickte eifrig.

»Und Sie sind Kosuke Kindaichi?«

Wieder bestätigte der Mann.

»Der Brief ist außerdem noch an unseren Bürgermeister und unseren Arzt gerichtet. Haben Sie etwas dagegen, wenn ich ihn sofort lese?«

»Nur zu.«

Der Priester faltete das Blatt auseinander, überflog die blassen bleistiftgeschriebenen Zeilen und faltete es wieder zusammen.

»Geben Sie mir den Umschlag. Ich werde ihn sicher aufbewahren.«

Er schob den Zettel zurück in den Umschlag und verstaute ihn in einer großen Brieftasche, die er aus seiner Robe zog. Anschließend musterte er den Fremden von oben bis unten.

»Sie brauchen wohl ein angenehmes ruhiges Plätzchen, um sich zu erholen? Chimata schickt sie, weil Gokumon der ideale Ort dafür ist, und betraut Bürgermeister Araki, Dr. Koan und mich damit, uns um Sie zu kümmern?«

Der Fremde nickte.

»Ich hoffe, ich mache Ihnen keine Umstände. Ich habe ein wenig Reis mitgebracht …«

»Seien Sie unbesorgt. Wir mögen arme Inselbewohner sein, aber so arm sind wir auch wieder nicht. Ein Kamerad von Chimata ist uns immer willkommen. Er ist schließlich der Erbe der bedeutendsten Familie auf unserer Insel. Doch eine Frage hätte ich noch, Herr Kindaichi.«

»Und die wäre?«

»Was ist mit dem Erben … ich meine, Chimata Kito? Warum ist er noch nicht wieder zu Hause?«

»A-a-lso K-Kito …« Der Fremde geriet ins Stottern.

Takezo nutzte die Gelegenheit, sich einzumischen. »Bitte sagen Sie nicht, er ist gefallen!«

»Nein, zumindest nicht im Krieg. Nach Kriegsende, im August, war er noch am Leben. Er war an Bord eines Schiffes, das uns und andere Soldaten zurück nach Japan bringen sollte.«

»Er ist also auf der Überfahrt gestorben?«

Kosuke Kindaichi nickte. »Die Familie wird noch offiziell benachrichtigt, dennoch hat Kito mich gebeten, sie schnellstmöglich zu unterrichten.«

»Was für eine Tragödie!«, klagte Takezo und barg den Kopf in den Händen.

Wortlos blickten die drei Männer in die Ferne.

Der Priester brach das Schweigen.

»Dieser Todesfall in der Stammfamilie ist sehr vorteilhaft für die Seitenlinie der Kitos, das ist mal sicher!«, bemerkte er in leicht abfälligem Ton.

Mit dröhnendem Motor zog der *Weiße Drachen* seine helle Schaumspur durchs Meer.

Noch war das smaragdgrüne Wasser der Inlandsee glatt und klar, aber die zunehmende Dünung kündigte das Aufziehen eines Sturmes an. In der Ferne waren immer wieder Explosionen zu hören.

1 Drei Gorgonen

Lesern und Leserinnen, die den Kriminalroman *Die rätselhaften Honjin-Morde* kennen, ist Kosuke Kindaichi kein
Unbekannter. Als junger Mann von Mitte zwanzig hatte er
im Jahr 1937 einen mysteriösen Mordfall auf dem ländlichen Anwesen einer vornehmen Familie in der Präfektur
Okayama aufgeklärt.

Was hatte er seither zustande gebracht? Nun – eigentlich
nichts. Wie alle jungen Japaner hatte er in den Krieg ziehen
müssen, und so war die beste Zeit seines Lebens dahin.

Nach zwei Jahren in China wurde er auf verschiedene Inseln in der Südsee versetzt, bis er schließlich in Wewak auf
Neuguinea landete.

In einer letzten Schlacht erlitt Kosuke Kindaichis Einheit
eine so verheerende Niederlage, dass sie sich auflöste. Die
Überlebenden schlossen sich anderen Einheiten an, um sich
neu zu formieren. Damals lernte Kosuke den vier Jahre jüngeren Chimata Kito kennen, den man unmittelbar nach seinem Schulabschluss 1935 als Soldat aufs asiatische Festland
geschickt hatte. Wie sein Kamerad Kosuke war er am Ende
nach Neuguinea versetzt worden.

Der aus Nordjapan stammende Kosuke Kindaichi und

Chimata Kito, der von einer Insel in der Inlandsee kam, verstanden sich prächtig. Sie waren unzertrennlich und tuschelten und alberten ständig miteinander.

Chimata litt unter wiederkehrender Malaria, und sooft es zu diesen Anfällen kam, wich Kosuke ihm nicht von der Seite.

Nach 1943 gab es in Neuguinea keine Kämpfe mehr, denn die Amerikaner ließen die kleine dort verbliebene japanische Einheit unbeachtet und rückten andernorts voran.

Kosukes und Chimatas Gruppe wurde demnach zwar vom Feind verschont, war aber auch von der Hauptarmee abgeschnitten. Ihre Lage war hoffnungslos, und sie waren dazu verdammt, diese grauenhaften Tage tatenlos zu erdulden.

Fieber und Unterernährung rafften einen Kameraden nach dem anderen dahin. Wenn jemand starb, kam kein Ersatz. Es fehlte einfach ein weiterer Mann. Je weniger sie wurden, desto stärker wuchs die Verzweiflung der noch übrigen Soldaten. Sie konnten nichts tun, als hilflos in ihren abgetragenen Uniformen und Stiefeln herumzusitzen wie der Mönch Shunkan in seiner tragischen Verbannung.

Und dann war der Krieg zu Ende.

Kosuke Kindaichi wunderte sich ein wenig über die fast übertriebene Ausgelassenheit seines Freundes Chimata Kito. »Ich kehre lebendig nach Hause zurück«, rief er immer wieder überglücklich, als wäre er von einer schweren Last oder aus einem dunklen Gefängnis befreit worden. Seine Euphorie war außergewöhnlich.

Das Ende dieses grausamen Krieges wurde natürlich von den meisten mit Freude begrüßt, schließlich waren sie der entsetzlichen Aussicht entronnen, wie Würmer zertreten zu werden. Dennoch hatte keiner der Kameraden den Tod so sehr gefürchtet wie Chimata Kito. Bei jedem Malariaanfall zitterte er angesichts der Möglichkeit seines Todes vor Angst wie ein kleines Kind in der Dunkelheit. Dabei war er ein großer, kräftig gebauter Mann, den für gewöhnlich nichts zu erschüttern vermochte.

In anderen Situationen legte er eine so enorme Tapferkeit an den Tag, dass diese beinahe hysterische Furcht vor dem Tod nicht zu ihm zu passen schien. Doch schien er regelrecht besessen von der Angst zu sterben. Kosuke fand das ziemlich eigenartig. Aber dann war Chimata Kito doch gestorben, ironischerweise an Bord des Schiffes, dass ihn in die Heimat bringen sollte, keine fünf Tage, bevor er zu Hause gewesen wäre. Und Kosuke Kindaichi brach zur Insel Gokumon auf, um der Familie seines Freundes die Todesnachricht zu überbringen.

Vor seiner Abreise hatte Kosuke noch seinen alten Wohltäter Ginzo Kubo besucht (wir kennen ihn bereits aus *Die rätselhaften Honjin-Morde*). Dieser hatte ihm eine Warnung mit auf den Weg gegeben, an die er jetzt denken musste.

»Kosuke, mein Junge, vergiss nicht, dass du die Insel Gokumon lediglich aufsuchst, um die Nachricht vom Tod deines Kameraden zu überbringen. Sollte dein Besuch noch einen anderen Grund haben, rate ich dir dringend davon ab. Gokumon ist eine fürchterliche Insel. Kosuke, sag mir die Wahrheit. Was hast du dort vor?«

Ginzo, der seinen jungen Freund besser kannte als jeder

andere, hatte ihm besorgt und forschend ins Gesicht gesehen, als wolle er Kosukes Gedanken lesen.

»Sommergras … von all den Ruhmesträumen die letzte Spur …«*

Jäh riss ihn die Stimme des Priesters aus seinen Erinnerungen.

»Wie belieben?«, fragte Kosuke aufgeschreckt.

Der Priester stand am Fenster und schaute über das blaugrüne Meer in eine unbestimmte Ferne.

»Hören Sie diese Geräusche?«

Jetzt vernahm Kosuke sie auch. Sie klangen wie Explosionen.

»Vielleicht werden da Blindgänger unter Wasser gezündet?«

»Ja, das sind die weiter entfernten Explosionen«, erwiderte der Priester. »Die aus der Nähe kommen von der Insel da drüben. Dort sprengen sie die Militäranlagen. Um ›von all den Ruhmesträumen die letzte Spur‹ zu tilgen. Wie in dem berühmten Haiku unseres großen Dichters Basho. Wenn er das miterlebt hätte.«

In diesem Zusammenhang Basho zu zitieren war einigermaßen seltsam, und Kosuke musterte den Priester neugierig von der Seite, bis dieser ihm seinen Blick wieder zuwandte.

»Hier geht es ja sogar noch, aber weiter im Westen sind die Inseln regelrecht von Kratern durchlöchert. Sie sehen aus wie Bienenwaben. Auf einer von ihnen gab es sogar eine

---

* Zitiert n. Bashō, *Auf schmalen Pfaden durchs Hinterland*, Mainz 2016, Seite 167.

geheime Giftgasproduktion. Und jetzt hat man offenbar keine Ahnung, wie man das Gas entsorgen soll. Auf unserer Insel hat das Militär eine Flugabwehrstellung gebaut. Etwa fünfzig Soldaten tauchten auf und durchlöcherten die Landschaft. Alles schön und gut, aber als der Krieg vorbei war, sind sie auf und davon, ohne sich die Mühe zu machen, die Löcher wieder zuzuschütten. ›Das Land ist zerstört, aber seine Berge und Flüsse haben Bestand‹, sagt der chinesische Dichter Dofu. In unserem Fall könnte es eher heißen ›das Land ist zerstört, und seine Berge und Flüsse sind bis zur Unkenntlichkeit verwüstet‹. Ah, schauen Sie – dort liegt Gokumon.«

Niemals würde Kosuke Kindaichi seinen ersten Blick auf die Insel durch das Fenster des *Weißen Drachen* vergessen. Der Himmel über der Inlandsee war teilweise klar, teilweise wolkenverhangen. Im Westen schien hell die Spätnachmittagssonne, während der Osten der Insel von dichten bleiernen Wolken bedeckt war. Just in diesem Moment fielen Sonnenstrahlen auf die aus dem Meer aufragende Insel.

Bevor sich im Zuge geologischer Verwerfungen die Inlandsee gebildet hatte, waren die Inseln, die sich nun steil aus dem Meer erhoben, Berge gewesen. Auf keiner gab es ebene Flächen. Gokumon war sogar ein besonders extremer Fall. Sein höchster Berg war nicht einmal sehr hoch, dennoch wirkte es, als würde die Insel Hunderte von Metern in den Himmel ragen. Ihre Klippen waren dicht mit Rotkiefern bewachsen. Unter dem grauen, bedrohlich wirkenden Himmel leuchteten weiß verputzte Häuser in der Nachmittagssonne. Kosuke hätte nicht genau erklären können, warum, aber der Anblick war so unheilvoll, dass er erschauerte.

»Sehen Sie dort oben? Da liegt mein Tempel. Und das große weiße Haus darunter gehört der Familie Kito, zu der Sie wollen.«

Doch während der Priester sprach, umrundete die Fähre einen Felsen, so dass Tempel und Haus nicht mehr zu sehen waren. Eine ruhige flache Bucht tauchte vor ihnen auf. Am sanft abfallenden Ufer standen verstreut einige Fischerhütten.

Aus der Bucht steuerte ein Zubringerboot auf den *Weißen Drachen* zu, um die Passagiere an Land zu bringen. Aufgrund ihrer Steilküste hatte die Insel keinen für eine Fähre geeigneten Anlegeplatz, weshalb die Reederei auf jeder Insel kleine Zubringerboote unterhielt.

»Willkommen zu Hause, Hochwürden«, begrüßte der Bootsführer den Priester, nachdem die Fähre vor Anker gegangen war. »Ah, und du bist auch wieder da, Takezo. He, Yoshimoto, dieses Paket lieferst du bei Shimura auf Shiraishi ab, ja? Und grüß die kleine Miyo von mir! Hahaha.«

Sobald die drei Passagiere umgestiegen waren, drehte das Boot und tuckerte Abgaswölkchen in die Luft blasend ans Ufer.

»Hochwürden, übernachtet dieser Herr bei Ihnen?«

»Nein. Er ist Gast der Familie Kito. Er wird eine Weile bei uns auf der Insel bleiben. Er soll sich wohlfühlen.«

»Ja, natürlich. Und darf ich fragen, wie es mit der Glocke gelaufen ist?«

»Ich habe die Erlaubnis bekommen, sie abzuholen. In

zwei oder drei Tagen schicke ich ein paar junge Männer los. Ich hoffe, du hilfst ihnen. Sie ist schwer, der Transport ist kein Kinderspiel.«

»Natürlich, mache ich doch gern. Aber was für ein Umstand. Warum wurde sie überhaupt erst beschlagnahmt?«

»Was soll's? Seit wir den Krieg verloren haben, ist sowieso alles ein einziges Durcheinander.«

»Wie recht Sie haben, Hochwürden. So, da wären wir.«

Sie hatten kaum angelegt, als es aus den Wolken über der Insel zu tröpfeln begann.

»Sie haben Glück«, sagte der Bootsführer. »Ein bisschen später, und Sie würden bis auf die Haut durchnässt.«

»Stimmt, es sieht nach einem ordentlichen Wolkenbruch aus.«

Gleich hinter der Anlegestelle führte eine Straße steil bergauf.

»Takezo, lauf doch bitte zu den Kitos hinauf und richte ihnen aus, dass ich einen Gast mitbringe«, sagte der Priester.

»Wird gemacht.«

»Und dann schau auch gleich beim Bürgermeister und Dr. Koan vorbei und richte ihnen von mir aus, sie möchten in die Residenz kommen.«

»Mache ich.« Takezo trabte den Hügel hinauf, während die beiden anderen ihm folgten.

Alle, denen sie unterwegs begegneten, verneigten sich respektvoll vor Meister Ryonen und blieben dann stehen, um Kosuke Kindaichi hinterherzustarren.

Bei einem Besuch dieser Insel, verehrte Leserinnen und

Leser, würden Sie sofort erkennen, welche Macht dem Priester eines solchen Ortes zukommt. Die Fischer, nur durch dünne schwankende Planken davon getrennt, ein nasses Grab zu finden, wie sie selbst es gern ausdrückten, waren sehr gläubig und überzeugt, dass der Vertreter ihres Glaubens Macht über Leben und Tod besaß. Daher verfügte der Bürgermeister auf Gokumon über eine weit geringere Autorität als der Priester, der sogar die Leiter der örtlichen Grundschule einstellte und entließ, wie es ihm beliebte.

Nachdem Kosuke und der Priester das Fischerdorf durchquert hatten, wurde der Weg noch steiler. Während sie seinen Windungen den Berg hinauf folgten, erblickte Kosuke über sich ein großes Herrenhaus, das mit seinen weiß verputzten Mauern und dem mächtigen überdachten Nagaya-Tor auf den Granitfelsen thronte wie eine kleine Burg. Dahinter waren die Ziegeldächer mehrerer Gebäude zu erkennen. Es war dies die Residenz der Stammfamilie Kito, der die größte Fischereiflotte auf Gokumon gehörte.

Kaum hatten Kosuke Kindaichi und der Priester das Tor durchschritten, als ein Mann in einem alten, verblichenen Bowler auf sie zu eilte. Der Kies spritzte unter seinen weiß bestrumpften Füßen in den Holzsandalen auf, und die weiten Ärmel seines umhangartigen Mantels flatterten, als wäre er eine Fledermaus.

»Meister Ryonen, Takezo hat mir gerade Bescheid gesagt …«

»Lass uns drinnen reden, Dr. Koan, ja?«, entgegnete der Priester.

Der Mann mit der Metallbrille und dem struppigen Ziegenbart hatte sich offenbar in großer Hast angezogen und trug Haori und Hakama unter seinem Umhang. Er war Mitte fünfzig, und Kosuke Kindaichi schloss aus den Worten des Priesters, dass es sich um den Inselarzt Dr. Koan Murase handelte.

Jenseits des langen, tunnelähnlichen Eingangs lag eine weitere eindrucksvolle Tür, die ins Haupthaus führte. Eine Frau kam herausgelaufen, kniete vor dem großen Wandschirm im Flur nieder und verbeugte sich mit aufeinandergelegten Händen. Kosuke Kindaichis Augen weiteten sich. Nie hätte er sich träumen lassen, dass es auf dieser gottverlassenen Insel eine Frau von solch erstaunlicher Schönheit geben könnte.

Sie war vermutlich Anfang zwanzig. Dichtes gewelltes Haar fiel ihr bis über die Schultern. Sie trug ein schlichtes braunes Kostüm, und ihr einziger Schmuck war ein schmales, zu einer Schleife gebundenes rotes Band am Kragen ihrer weißen Bluse.

»Guten Tag!«, sagte sie liebenswürdig, während sie mit ihren schönen Augen zu den Besuchern aufsah. Grübchen ließen ihr Lächeln noch bezaubernder erscheinen.

»Sanae, ich habe Ihnen einen Gast mitgebracht«, sagte der Priester. »Sind die Mädchen zu Hause?«

»Ja, sie sind drinnen.«

»Gut. Dann lassen Sie uns hineingehen und auf den Bürgermeister warten. Er müsste bald hier sein.«

Umstandslos betrat der Priester das Haus, als wäre es sein

eigenes. Die junge Frau musterte Kosuke ein wenig misstrauisch, errötete aber, als ihre Blicke sich trafen. Sie beeilte sich, den Priester einzuholen.

»Was ist eigentlich los, Ryonen?«, fragte der Doktor. »Du hast mir ausrichten lassen, ich solle die Familie möglichst schnell benachrichtigen, also bin ich hergeeilt, allerdings ohne zu wissen, warum. Bitte sag mir jetzt, wer unser Besucher ist.«

»Hat Takezo nichts gesagt?«

»Nein, nur, dass ich mich beeilen soll.«

»Macht nichts, lass uns einfach hineingehen und später reden«, sagte der Priester. »Übrigens, Sanae, gerade habe ich von Takezo erfahren, dass Hitoshi gesund und munter ist.«

»Ja, ist das nicht schön?«

»Das sind gute Nachrichten. Zumindest … Oh, da kommt unser Bürgermeister.«

Makihei Araki, der Bürgermeister des Dorfes, war etwa im gleichen Alter wie Koan, der Arzt, aber klein und stämmig, eher breit als dick. Koan dagegen war lang und dünn wie ein Kranich. Außerdem hatte er anscheinend in der Eile seinen alten, abgetragenen Morgenmantel angelassen.

»Was gibt es denn so Dringendes?«

Sein Ton war würdevoll, wie es einem Dorfbürgermeister entsprach.

»Wir haben auf dich gewartet. Lass uns reingehen.«

Kaum hatte der Bürgermeister seine Schuhe ausgezogen und das Haus betreten, krachte ein Donnerschlag, als hätte jemand ein mit Teeschalen vollgepacktes Tablett fallen lassen, und es fing an, in Strömen zu gießen.

»Du meine Güte, was für ein Wolkenbruch«, murmelte der Doktor und zwirbelte sein spärliches Ziegenbärtchen.

Hagelkörner prasselten auf den Weg, den sie soeben genommen hatten, und bald war der Garten des Anwesens von einem weißen Teppich aus Eis bedeckt.

Rasch wurden die Gäste in ein geräumiges, etwa zehn Tatami, großes Empfangszimmer geführt.

»Wir bleiben hier, Sanae. Könnten Sie die Mädchen bitten, so schnell wie möglich zu kommen? Wahrscheinlich müssen Sie sich noch schminken, das kann dauern, hahaha. Also dann, nehmt Platz. Es ist wirklich dunkel hier drin, nicht wahr? Koan, mach mal Licht.«

Im Hellen fielen Kosuke zwei Fotografien ins Auge, die in der Tokonoma hingen. Beide zeigten junge Männer in Armeeuniform. Bei dem einen handelte es sich eindeutig um seinen Freund Chimata Kito, der auf der Heimreise von Neuguinea gestorben war. Demzufolge musste der andere dieser Hitoshi sein, den der Priester gerade Sanae gegenüber erwähnt hatte. Seine Gesichtszüge waren ihren sehr ähnlich, und Kosuke vermutete, dass sie Geschwister waren.

Der Priester setzte sich und sah den Arzt und den Bürgermeister an.

»Ich will euch erklären, warum ich euch hergebeten habe. Dieser Herr hier, Kosuke Kindaichi, ist ein Kriegskamerad von Chimata.«

Der ziegenbärtige Doktor starrte Kosuke verblüfft an. Der Bürgermeister schürzte die Lippen. Keiner der beiden Männer sagte etwas.

»Er hat uns einen Brief von Chimata mitgebracht.«

Koan und der Bürgermeister richteten ihre Blicke auf den Zettel in der Hand des Priesters.

»Was ist mit Chimata passiert? Sag schon!«

»Ich fürchte, er ist tot. Er ist auf dem Schiff, das ihn in die Heimat bringen sollte, verstorben.«

Koan ließ die Schultern sinken. Sein Ziegenbart zitterte. Der Bürgermeister stöhnte und verzog kummervoll das Gesicht. Kosuke Kindaichi würde diesen Moment des angespannten Schweigens zwischen den drei Männern nie vergessen. Die unheilvolle Atmosphäre der Angst, die sich unter ihnen ausbreitete, ging ihm durch Mark und Bein.

Grauen füllte wie eine ansteigende Flut ihre Augen.

Draußen prasselte es noch immer, als wäre im Garten ein Wasserfall.

»Sanae, wo ist der Besuch?«, ertönte eine vulgäre Frauenstimme aus dem Inneren des Hauses. Irgendwo wurde eine Schiebetür geöffnet.

»Was? Hier ist niemand.«

»Bestimmt im großen Tatamizimmer.«

»Was für ein Besuch überhaupt, Yukie?«

»Vielleicht Ukai?«

»Unsinn. Ukai würde doch nicht durch den Vordereingang kommen. Er würde sich heimlich durch die Hintertür schleichen.«

»Zu wem?«

»Du weißt genau, dass er zu mir kommt.«

»Du spinnst doch. Er kommt zu mir.«

»Warte kurz. Sitzt mein Obi richtig?«

»Ja, sieht gut aus. Schön gebunden.«

»Trotzdem fühlt er sich komisch an. Bindest du ihn noch mal für mich, Tsukiyo?«

»Hana, ich sage doch, er sitzt gut. Wenn du noch länger brauchst, ist der Besuch weg. Yukie, du bist gemein. Warte gefälligst auf uns. Du kannst nicht einfach allein vorgehen!«

Lärm, lautes Stimmengewirr und Schritte kamen näher, bis schließlich die Umrisse der Mädchen hinter den Shoji auftauchten. Man hörte sie tuscheln.

»Wer ist das? Nie gesehen.«

»Er sieht sowieso nicht besonders gut aus«.

Die Mädchen kicherten, und Kosuke konnte nicht verhindern, dass er knallrot wurde.

Der Priester lächelte gezwungen.

»Kommt rein, Mädchen, Schluss jetzt mit dem Getuschel. Sagt unserem Gast anständig Guten Tag.«

»Oh nein, sie haben uns gehört!«

Die Tür ging auf, und unter kokettem Gekicher betraten drei junge Frauen nacheinander den Raum. Sie trugen Kimonos mit langen Ärmeln im Stil junger Geishas und hatten ihre prachtvollen Obis bis unter die Schultern gebunden.

Sie knieten nieder und neigten die Köpfe, so dass die künstlichen Blumen in ihren Haaren unwirklich wippten und schwankten.

Kosuke starrte sie unverwandt an und musste schlucken.

»Herr Kindaichi, darf ich vorstellen?«, sagte der Priester. »Das sind Chimatas jüngere Schwestern: Tsukiyo, Yukie und Hanako. Sie sind nacheinander im Abstand von einem Jahr geboren, demnach achtzehn, siebzehn und sechzehn.«

Man hatte ihnen klassische japanische Namen gegeben, die jeweils das Zeichen für Mond, Schnee und Blumen enthielten. Beim Anblick der drei schönen, eigentümlich frühreifen Mädchen überkam Kosuke Kindaichi eine düstere Vorahnung. Erstmals wurde ihm bewusst, wie schwierig seine Mission war. Wie ein sterbender Fisch hatte Chimata Kito in der drückenden Hitze des überfüllten Rückführungsschiffs gelegen. Kurz vor seinem Ende hatte er nach Luft ringend ständig die gleichen Sätze wiederholt. »Ich will nicht sterben. Ich … ich … darf nicht sterben. Ich muss nach Hause. Sonst werden meine drei Schwestern ermordet. Aber … mein Ende ist nah. Kindaichi, bitte, ich flehe dich an, fahr an meiner Stelle nach Gokumon. Vergiss den Zettel nicht, den ich dir geschrieben habe. Kindaichi, ich habe bis jetzt nichts gesagt, aber ich weiß längst, wer du bist. Aus der Zeitung. Fahr nach Gokumon! Bitte! Rette meine Schwestern … meine Cousine …« Damit hauchte Chimata Kito sein Leben aus.

In der feuchten, stinkenden und drückenden Hitze des Schiffes, das sie in die Heimat bringen sollte.

Am Sterbebett des alten Feldherrn

»Sie wohnen im Tempel, Herr, nicht wahr? Im Senkoji?«, erkundigte sich der Barbier bei Kosuke. »Dort sind Sie gut versorgt, aber ein bisschen unbequem ist es gewiss doch.«

»Eigentlich nicht. Ich bin an Unbequemlichkeiten gewöhnt. Und außerdem kann ich momentan nirgendwo anders hin.«

Der Barbier lachte. »Sie sagen es. Neulich war ich in Osaka. Es ist furchtbar dort. In den Städten kann man heutzutage nicht mehr leben.«

»Woher stammen Sie denn ursprünglich?«, fragte Kosuke. »Sie sind bestimmt nicht von hier, das sieht man doch.«

»Ich bin so was wie ein Vagabund. Ich war schon überall in unserem Land. Am längsten in Yokohama. Irgendwie fühle ich mich den Menschen im Osten verbunden. Sie kommen doch auch von dort, mein Herr?«

»Nein, ich bin wie Sie ein Vagabund«, antwortete Kosuke. »Am Ende hatte es mich bis nach Neuguinea verschlagen.«

»Aber das war im Krieg.« Wieder lachte der Barbier. »Da hat man keine Wahl. Aber ursprünglich sind Sie doch aus Tokio, oder?«

»Vor meiner Einberufung habe ich zumindest dort gelebt. Aber als ich zurückkam, war mein Haus vollständig niedergebrannt. Also habe ich beschlossen, erst mal von Insel zu Insel zu reisen.«

»Beneidenswert. Sie haben keine körperlichen Beschwerden und sind bei guter Gesundheit?«

»Stimmt, mit mir ist alles in Ordnung. Allerdings bin ich seelisch ziemlich erschöpft.«

»Kein Wunder. Immerhin hat man Sie gezwungen, in einem sinnlosen Krieg zu kämpfen. Genießen Sie Ihre Zeit im Tempel. Das steht Ihnen zu. Außerdem sind Sie Gast des reichsten Fischereibetriebs auf der Insel. Soll ich Ihnen einen Scheitel ziehen?«

»Nein, aber Sie könnten es noch ein bisschen kürzer schneiden.«

»Nun, über Geschmack lässt sich nicht streiten. Sie haben eine Menge Haar. Ein Wunder, dass Sie überhaupt mit dem Kamm durchkommen.«

»Ich gebe mir Mühe. Ich war zu Tode betrübt, als die Armee alles abrasiert hat. Ich sah dermaßen blöd aus, wie ein geschorenes Schaf.«

»Hahaha. Mit der Matte können Sie sich wenigstens nicht erkälten.«

Der Mann, er hieß Seiko, war der einzige Barbier auf der Insel. Er hatte zwar einige Zeit in Yokohama verbracht, war aber sehr stolz auf seinen Tokioter Akzent, der allerdings wie auch Kosuke Kindaichis Aussprache ziemlich fragwürdig und eher ein selbsterfundenes Kauderwelsch war.

Kosuke betrachtete sich in dem halb blinden alten Spiegel, von dem die Quecksilberbeschichtung überall abblätterte, und überlegte, wie er das Gespräch fortführen sollte. Denn der eigentliche Grund für seinen Besuch beim Barbier war der Inselklatsch, den er hier zu erfahren hoffte.

Seit seiner Ankunft waren zehn Tage vergangen, und ihm wurde zunehmend bewusst, in welch seltsamer Lage er sich befand. Chimata Kitos Brief öffnete ihm zwar alle Türen, und er wurde überall zuvorkommend behandelt, indes war diese Höflichkeit rein äußerlich. Unter ihrer Maske der Freundlichkeit verbargen alle einen Panzer von undurchdringlicher Härte. Natürlich war ihm bewusst, dass die Bewohner von Gokumon jedem Außenstehenden mit Misstrauen begegneten, dennoch schienen sie ihm gegenüber besonders wachsam und argwöhnisch zu sein.

Die Nachricht von Chimata Kitos Tod hatte sich wie ein Lauffeuer verbreitet und die Gemüter aufs Äußerste erregt. In den Mienen der Bewohner spiegelte sich Unruhe, ja sogar Angst. Wie erfahrene Fischer, die an den dunklen Wolken am Horizont das Herannahen eines Sturms erkennen, spürten sie offenbar den dräuenden Schatten eines unabwendbaren Schicksals.

Aber warum das alles? Warum löste Chimata Kitos Ableben eine solche Panik auf der Insel aus? Was versetzte ihre Bewohner in derartige Alarmbereitschaft? Kosuke war überzeugt, dass es etwas mit Chimatas letzten Worten zu tun hatte: »Kindaichi, ich flehe dich an, fahr an meiner Stelle nach Gokumon. Sonst werden meine drei Schwestern ermordet. Fahr nach Gokumon! Bitte! Rette meine Schwestern … meine Cousine.«

Der Haarschnitt war fertig, und der Barbier machte sich daran, Kosuke zu rasieren.

»Die Kitos sind also reich?«

Kosuke bemühte sich um einen möglichst beiläufigen Ton, verzog aber ein wenig das Gesicht, weil der Barbier beim Einseifen nicht eben sanft mit ihm umging.

»Sie sind die Herren aller Fischer auf Gokumon. Und nicht nur das. Sie sind die einflussreichste Familie in der ganzen Gegend.«

»Kann man mit Fischerei wirklich so viel Geld verdienen?«, fragte Kosuke.

»Haufenweise.«

Seiko erklärte ihm bereitwillig die Sachlage. Offenbar waren die Fischer in drei Klassen eingeteilt. Auf der untersten Stufe standen die, die weder ein eigenes Boot noch ein Netz besaßen. Ihnen gehörte gar nichts. Ihre Stellung entsprach der der armen Pachtbauern in ländlichen Gebieten. Das waren die meisten. Auf der nächsten Stufe standen die Männer, die über ein Boot und ein Netz verfügten, beides allerdings in sehr begrenztem Maßstab: ein kleines Schleppnetz, das zwei oder drei Hilfskräfte auswerfen konnten, und ein Boot, kleiner als ein Trawler. Ihr Status entsprach etwa dem unbedeutender Landbesitzer. Über diesen beiden Klassen standen schließlich die Fischereiunternehmer, die wie die Großgrundbesitzer alles kontrollierten, aber weit einflussreicher waren als sie.

»Ich habe früher in einem Bauerndorf gewohnt. Die Grundbesitzer waren auch nicht besonders gut dran. Der

Unterschied zwischen ihnen und den Pächtern ist mal so, mal so. Aber in den meisten Dörfern gehen vierzig Prozent der Reisernte an den Grundbesitzer und sechzig Prozent an die Bauern. Mit anderen Worten: Der Grundherr schöpft vierzig Prozent von allem ab, ohne einen Finger krumm zu machen. Allerdings bauen die Pächter öfter eine zweite Ernte an, die sie behalten dürfen, was eine große Hilfe ist. Aber in der Beziehung zwischen Unternehmer und Fischern gibt es solche Vergünstigungen nicht.«

Den Bossen gehörten also die Fischereirechte, die Boote und die Netze. Sie steckten den gesamten Fang ein und zahlten den Fischern einen Tageslohn. Eine andere Gegenleistung mussten sie nicht erbringen.

»So ist das also«, sagte Kosuke. »Es funktioniert wie bei den Kapitalisten und den Arbeitern in der Stadt.«

»Ja, so ungefähr. Bei einem besonders großen Fang bekommen die Fischer eine Prämie. Ist der Fang jedoch schlecht, erhalten sie dennoch ihren Tageslohn. In jedem Fall geht der komplette Fang an den Unternehmer. Um arbeiten zu können, brauchen die Fischer Boote und Netze. Die stellt er zur Verfügung, und dafür sind sie ihm verpflichtet. Es gibt alle möglichen Arten von Netzen und Fanggeräten. Netze für Seebrassen, dann sogenannte Tsubo-Netze, die aufgestellt werden, damit sich Fische und andere Meerestiere hineinverirren, oder Sardinennetze, mit denen man hier aber keine Sardinen wie in der Kanto-Region fängt, sondern diese winzigen Iriko, die eingesalzen und getrocknet gegessen werden. Jedenfalls gehören all diese Netze dem

Unternehmer. Und dann braucht man noch ein paar große Fischkutter. Die Kosten sind also beträchtlich.«

Und die ganze Zeit trennte nur eine dünne Planke sie von einem nassen Grab, wie die Fischer mit Vorliebe sagten. Sie lebten stets nur für den Augenblick, tranken, spielten, hurten und waren ständig auf Vorschüsse angewiesen. Im Grunde war das Verhältnis zwischen dem Inhaber des Fischereibetriebs und seinen Männern feudalistischer als das zwischen Grundbesitzern und Pächtern auf dem Land.

»Ein Boss muss Härte an den Tag legen, denn die Männer, mit denen er zu tun hat, sind keine braven Bauern, sondern raue Fischer. Er muss für sie sorgen, darf ihnen aber auch nicht zu viel durchgehen lassen. Seine Autorität muss unter allen Umständen unangetastet bleiben. Der im letzten Jahr verstorbene Kaemon Kito war ein Meister auf diesem Gebiet.«

Endlich kam das Gespräch auf die Familie Kito, aber Kosuke ließ sich seine Neugier nicht anmerken.

»Und dieser Kaemon war der Vater von Chimata?«, fragte er scheinbar nebenbei.

»Ach was, er war sein Großvater. Er ist letztes Jahr mit achtundsiebzig gestorben, aber bis kurz davor war er noch kerngesund. Er war ein kleiner Mann, hatte aber schier unerschöpfliche Energie. Auf der Insel nannten alle ihn den Taiko, Sie wissen schon, nach dem großen Feldherrn Hideyoshi Toyotomi. Sein Tod kam einigermaßen unerwartet. Ich glaube, der Schock über die Kapitulation hat ihn umgebracht.«

»Er ist also gleich nach Kriegsende gestorben? Und was war mit Chimatas Eltern?«

Diese Frage interessierte Kosuke am meisten. An seinem ersten Tag hatte er nur die drei Schwestern Tsukiyo, Yukie und Hanako sowie die junge Frau namens Sanae kennengelernt. Später zum Abendessen war noch eine erschöpft wirkende Dame um die fünfzig aufgetaucht. Seltsam war, dass es auf einem so ausgedehnten Anwesen keinen Mann gab.

»Sie können nicht hier übernachten. Schließlich leben nur Frauen im Haushalt«, hatte der Priester ihm erklärt und ihm das Zimmer im Senkoji angewiesen.

»Chimatas Mutter ist gleich nach seiner Geburt gestorben«, erzählte der Barbier. »Sein Vater hat zwar wieder geheiratet, aber auch die zweite Frau ist vor nicht langer Zeit gestorben.«

»Die drei Mädchen sind also Chimatas Halbschwestern?«

»Stimmt.«

»Und was ist mit seinem Vater?«

»Yosamatsu? Er ist noch am Leben, aber schwer krank. Er zeigt sich nicht in der Öffentlichkeit.«

»Was hat er denn für eine Krankheit?«

»Genaues weiß man nicht. Ich will es nicht laut sagen, aber es heißt, er sei wahnsinnig geworden.«

Kosuke riss unwillkürlich die Augen auf. »Wahnsinnig? Lebt er in einer Anstalt?«

»Nein, auf dem Anwesen. Anscheinend ist er in einem vergitterten Raum eingesperrt. Schon seit ungefähr zehn Jahren. Ich weiß nicht mal richtig, wie er aussieht.«

Plötzlich fiel Kosuke das verzweifelte Geheul ein, das er bei seinem Besuch in der Residenz vernommen hatte. Fast wie von einem wilden Tier hatte es geklungen und ihn ziemlich erschreckt.

»Ist Yosamatsu gewalttätig?«

»Nein, normalerweise verhält er sich ruhig. Er ist nur mitunter etwas sonderbar. Sanae, die auch dort lebt, ist seine Nichte. Sie braucht nur ein paar Worte zu ihm zu sagen, und er ist sanft wie ein Lamm. Aber sobald eine der Töchter in seine Nähe kommt, gerät er völlig außer sich.«

»Wie seltsam.«

»Eigentlich ist es kein Wunder. Die drei Mädchen behandeln ihren Vater, als wäre er ein Tiger oder Löwe im Zoo. Er ist ein Spielzeug für sie, und sie schikanieren ihn zum Spaß. Wenn er schläft, stecken sie ein Lineal durch die Gitterstäbe, pieken ihn oder bewerfen ihn mit Papierkügelchen und kreischen vor Lachen. Es graust einen regelrecht, wenn man diese Geschichten hört. Die Mädchen sind unmöglich.«

Kosuke Kindaichi hatte mit eigenen Augen gesehen, wie ungehörig die drei Schwestern sich benahmen. Ihre Frisuren und Kleider schienen ihnen wichtiger zu sein als der Tod ihres Bruders. Sogar bei der ernsten Rede des Priesters kicherten sie, zupften sich gegenseitig an den Kimonoärmeln und stießen sich mit den Ellbogen an. Rein äußerlich betrachtet waren sie hübsche junge Damen, was ihr Verhalten umso widersprüchlicher und grotesker erscheinen ließ. Kosuke hatte sich regelrecht der Magen umgedreht.

Er musste an die Gorgonen in der griechischen Mythologie denken. Einst schöne junge Mädchen waren sie in geflügelte Schreckgestalten mit Schlangenhaaren und Tierhauern verwandelt worden.

»Sanae ist also Chimatas Cousine?«, fragte Kosuke.

»Ja. Sie hat noch einen älteren Bruder namens Hitoshi. Er war als Soldat in Burma, aber die Familie hat kürzlich Nachricht von seiner baldigen glücklichen Heimkehr bekommen.«

»Davon habe ich gehört. Einer seiner Kameraden hat die Nachricht überbracht. Leben die Eltern von Hitoshi und Sanae noch?«

»Die Eltern?« Der Barbier verfiel in den Ton eines Klatschreporters. »Die sind schon lange tot. Als ich vor zwölf oder dreizehn Jahren hierherkam, lebten Hitoshi und Sanae schon bei Onkel und Tante. Es heißt, ihr Vater sei im Meer ertrunken.«

»Also besteht der Haushalt derzeit aus dem verrückten Familienoberhaupt, seinen drei Töchtern und Sanae. Und wer ist die Frau um die fünfzig, die auch dort lebt?«

»Das ist Katsuno. Die Gesellschafterin, sprich Geliebte vom alten Kaemon. Ihre Schönheit ist mittlerweile verblasst, aber als ich auf die Insel kam, war sie eine sehr attraktive und kultivierte Dame von Mitte dreißig.«

»Im Haus leben also nur das verrückte Familienoberhaupt, die drei Schwestern, Sanae und Katsuno. Das heißt, Katsuno kümmert sich um alles?«

»Ha! Die? Die ist nicht der Typ Frau, der sich um etwas oder jemanden kümmert. Sie ist zwar stets höflich und liebenswürdig, aber das nützt ja keinem etwas. Der alte Taiko war zu schlau, um sich eine Geliebte mit starkem Charakter anzuschaffen. Das hätte nur Streit gegeben.«

»Aber wer verwaltet denn dann das große Anwesen und den Fischereibetrieb?«

»Das macht Sanae.«

»Was? Aber ist sie nicht zu jung?«

»Sie ist nicht älter als zweiundzwanzig oder dreiundzwanzig, aber sie ist so reif und tüchtig, dass sie sogar mit den raubeinigsten Fischern fertig wird. Dafür genießt sie große Bewunderung. Allerdings steht ihr auch Takezo, der Shiotsukuri, zur Seite.«

»Takezo kenne ich, er war auf derselben Fähre wie ich. Was ist ein Shiotsukuri?«

Die Aufgabe eines Shiotsukuri – eines Gezeitenmeisters –, erklärte der Barbier, bestehe in der Berechnung der Gezeiten. Beim Militär wäre er so etwas wie ein Regimentskommandeur.

»Die Fischereiflotte verlässt sich ganz auf seine Erfahrung. Erst auf sein Zeichen werden die Netze ausgeworfen. Die Arbeit eines Gezeitenmeisters ist so etwas wie eine Geheimwissenschaft. Der gesamte Ruf eines Fischereibetriebs kann davon abhängen, ob er einen guten Gezeitenmeister hat oder eben nicht. Takezo ist der beste in der Gegend. Er hat immer für die Stammfamilie gearbeitet, wodurch die Seitenlinie der Kitos stets im Nachteil war.«

»Ach? Es gibt noch einen anderen Familienzweig?«

»Ja, die beiden Kito-Familien kontrollieren den gesamten

Fischfang hier. Bis vor fünf Jahren gab es noch die Tomoeyas, aber die sind pleitegegangen. Früher zogen alle Kitos an einem Strang, aber irgendwann kam es zu einem Zerwürfnis, und jetzt sind sie völlig zerstritten. Auch deshalb konnte Kaemon nicht in Frieden sterben.«

»Aha.«

»Zu allem Überfluss wurde sein Sohn und Erbe verrückt, und seine beiden geliebten Enkel mussten in den Krieg. Er wusste nicht einmal, ob er sie lebend wiedersehen würde. Deshalb hat der alte Taiko, wie gesagt, vor seinem Tod keinen Frieden mehr gefunden.«

»Donnerwetter, Sie wissen aber gut Bescheid. Das heißt, die Stammfamilie Kitos hat momentan gar kein Oberhaupt?«

»So ist es. Aber Gihei, das Oberhaupt der Seitenlinie, und seine Frau Oshiho sind auch nicht gerade harmlos.«

»Ah, das war also Oshiho!«

»Kennen Sie sie?«

»Ja, ich glaube, ich habe sie am Morgen nach meiner Ankunft im Senkoji beten sehen.«

»Das war sie, aber sie ist nicht fromm. Bestimmt hatte sie von Chimatas Tod gehört und wollte herausfinden, was los ist.«

»Jetzt, wo Sie es sagen. Sie hat mir jede Menge neugierige Fragen gestellt. Was Chimatas letzte Worte waren usw. Aber immerhin ist sie eine Verwandte von ihm und – ich muss zugeben, ich konnte nicht umhin, es zu bemerken – eine sehr reizvolle Frau.«

»Das ist sie. Sie ist die Tochter von Tomoeya, diesem früheren Fischereiboss, von dem ich Ihnen erzählt habe. Man munkelt, Chimata sei in sie verliebt gewesen und wollte sie heiraten. Angeblich hatte Hitoshi ähnliche Absichten, aber im Grunde spielte das keine Rolle. Kaemon hätte sowieso nie erlaubt, dass einer seiner Enkel die Tochter eines Bankrotteurs heiratet. Sobald sie merkte, dass sie keine Chance hatte, wandte sie sich flugs Gihei, dem Oberhaupt des anderen Familienzweigs zu. Gihei ist inzwischen um die sechzig und Oshiho erst sieben- oder achtundzwanzig, auf jeden Fall unter dreißig. Natürlich ist sie seine zweite Frau. Gihei und seine erste Frau waren kinderlos, also hatte er einen Neffen der ersten Frau adoptiert, der alles erben sollte. Doch als Oshiho letztes Jahr ein Kind bekam, warf sie den Adoptivsohn aus dem Haus. Sie sieht aus wie ein Engel, ist aber eine Teufelin! Der alte Gihei ist völlig behext von ihr.«

»Aha. Seien Sie doch etwas vorsichtiger! Sie schaben mir ja die Haut ab.«

»Oh, Verzeihung. Tut es weh?«

»Schon gut, nehmen Sie einfach etwas mehr Seife. Wer ist eigentlich dieser Ukai?«

»Ukai?« Der Barbier hielt abrupt inne und sah Kosuke von oben ins Gesicht. »Sie wissen ja selbst ganz gut Bescheid, mein Herr.«

»Aber nein, ganz und gar nicht.« Kosuke bekam einen Schreck, aber anscheinend hatte der Barbier keinen Verdacht geschöpft.

»Ukai ist auch so ein Prachtexemplar … Oh, guten Tag!«

Der Barbier änderte plötzlich seinen Tonfall, so dass Kosuke die Augen aufschlug. Jemand stand in der Tür des Salons.

»Ich bin sofort fertig!«, fuhr Seiko beflissen fort. »Nach diesem Herrn habe ich keine weitere Kundschaft. Bitte treten Sie näher. Vielleicht möchten Sie eine Zigarette rauchen, während Sie warten? Sie waren lange nicht hier, Herr Ukai. Wie geht es Ihnen? Sie sehen ein wenig blass aus. Nimmt die Dame des Hauses Sie zu sehr in Anspruch? Hahaha, ich mache nur Spaß.«

Als Kosuke sich neugierig aufsetzte, traf sein Blick den des hinter ihm stehenden jungen Mannes im Spiegel.

Shozo Ukai – seinen vollen Namen erfuhr er erst später – war ein ausgesprochen schöner Jüngling. Er schien geradewegs einer romantischen Geschichte von Kyoka Izumi entstiegen.

Nahende Schritte

Je höher Kosuke den zunehmend steileren Weg hinaufstieg, desto weiter wurde der Blick auf das Meer unter ihm. Mittlerweile war es Oktober, und ihm war, als hätte es die Farbe gewechselt. In diesem Jahr hatten weder Taifune noch häufige Wolkenbrüche es aufgewühlt, weshalb ihm eine besondere Transparenz zu eigen schien. Die Inlandsee war indigoblau wie auf einem Holzschnitt von Hiroshige und wohl als Folge des Gezeitenstroms von Schlangenlinien durchzogen. Dazwischen reihten sich wie Go-Steine die Inseln des Shiwaku-Archipels.

Kosuke hatte in seiner Studienzeit den Roman *Der Improvisator* von Hans Christian Andersen in der Übersetzung von Ogai Mori gelesen. Besonders die Schilderungen des Mittelmeers hatten ihn damals fasziniert. Doch nun erschien ihm die vor ihm liegende Aussicht auf die Inlandsee schöner als die von Andersen beschriebenen Blicke. Allerdings gab es hier keine Frau wie Annunziata. Aber vielleicht einen Jüngling wie Antonio? Die beinahe zu vollkommene Schönheit des jungen Mannes, der eben wie eine Erscheinung in dem alten Spiegel vor ihm aufgetaucht war, hatte die Erinnerung an Andersens Roman in Kosuke geweckt.

Ukais kurzes Haar bildete einen idealen Rahmen für sein glattes, wie weiß gepudertes jugendliches Gesicht. Seine helle Haut schimmerte wie Seide, und er hatte schwarze klare Augen, auch wenn sein Blick etwas Flatterhaftes hatte. Doch als Kosuke ihm im Spiegel begegnet war, hatte er eine Verletzlichkeit darin erkannt, die vermutlich den weiblichen Mutterinstinkt weckte. Gewiss kam er bei Frauen gut an.

Kosuke seufzte und wanderte tief in Gedanken versunken weiter den Hang hinauf. Das Bild des Jungen ging ihm nicht mehr aus dem Sinn. Sein gestreifter, zu seinem Kimono passender Haori und der locker gebundene violette Obi entsprachen der Aufmachung eines Kabuki-Schauspielers, dennoch sah der Junge nicht halbseiden darin aus. Vielleicht weil er sich zu genieren schien? Sein Blick war ernst, bar jeder Bosheit oder Arroganz, und als Kosuke ihn musterte, war er vor Verlegenheit errötet. Woraus Kosuke schloss, dass der Junge nicht zu seinem eigenen Vergnügen wie ein Kabuki-Schauspieler herumlief.

Wenn Ukai sich also nicht selbst so ausstaffierte … Kosuke fiel ein, was der Barbier über Oshiho, die Hausherrin der Seitenlinie, gesagt hatte. Und wieder seufzte er.

Seit seiner Ankunft auf der Insel hatte er eine Menge erstaunlicher Persönlichkeiten kennengelernt. Er nahm seine Finger zur Hilfe, um sie daran abzuzählen. Zuerst Sanae, dann die drei Gorgonen und die attraktive Oshiho, die er im Tempel gesehen hatte. Der vierte Finger war der gut aussehende Junge heute beim Barbier. Wem wohl der fünfte Finger seiner linken Hand vorbehalten war?

Erneut kamen ihm Chimatas letzte Worte in den Sinn, und abermals packte ihn das Grauen. »Fahr nach Gokumon … meine Schwestern werden ermordet … meine Cousine …« Die Erinnerung an die erstickende Atmosphäre, die unerträgliche Hitze, den Gestank, Chimatas ausgemergeltes Gesicht, seine Angst, sein Delirium, die Bürde seiner letzten Bitte … Kosuke schüttelte sich, um diesen Alpdruck loszuwerden. In der Bucht unter ihm tuckerte der *Weiße Drache*, der auch ihn auf die Insel gebracht hatte. Die kleinen Boote lösten sich vom Ufer, um die Passagiere an Land zu transportieren. Es gab einen Wortwechsel zwischen jemandem auf der Fähre und den Bootsführern, aber Kosuke war zu weit weg, um etwas zu verstehen. Etwas Großes und Schweres wurde von der Fähre gehoben. Kosuke wusste sofort, dass es die Tempelglocke war. Sie war also wieder da.

Sein Blick glitt suchend über die Anlegestelle, aber der Priester war nirgends zu sehen. Also drehte er sich um und setzte seinen Aufstieg langsam fort. Der direkte Weg zum Tempel führte eigentlich links am Barbiersalon vorbei. Aber er war nach rechts abgebogen, um zum Haus der Seitenlinie der Familie Kito zu gelangen.

Die Häuser der beiden Familienzweige lagen durch ein Tal getrennt einander gegenüber. Die beiden Wege aus dem Dorf hinaus führten jeweils an einer Seite des Tals entlang, um sich an seinem Ende wieder zu vereinen. Von dort wand sich ein schmaler Pfad bergauf bis an die steile Steintreppe, die zum Senkoji hinaufführte.

Ob die schöne Oshiho zu Hause war? Kosuke verlangsamte absichtlich seine Schritte, als er sich dem Anwesen näherte, aber es kam niemand heraus. Stattdessen hatte er Gelegenheit, das Haus in Ruhe zu betrachten.

Der Granitsockel, die mit Holzplanken verkleideten, weiß verputzten Wände und das überdachte Tor ahmten in kleinerem Maßstab die Residenz der Stammfamilie nach. Indes waren die wappengeschmückten Ziegel über den Dachtraufen weniger prächtig. Auch die Anzahl der Nebengebäude und Speicher war geringer.

Hinter dem Anwesen bog der Weg scharf nach rechts ab, ein Stück weiter führte er wieder nach links. Kosuke gelangte an eine Felsnase, von der aus er einen herrlichen Blick auf das Meer hatte. Die natürliche Aussichtsplattform erinnerte die Inselbewohner wohl an die lange Nase der koboldartigen Tengu, weshalb sie sie Tengu-Nase nannten. Auf dieser stand ein Polizist und beobachtete durch ein Fernglas das Meer.

Als er Kosukes Schritte hörte, drehte er sich um, ohne sein Fernglas sinken zu lassen. Auf seinem unrasierten Gesicht erschien ein Lächeln.

Auf der Insel gab es zwar eine Wache, aber nur einen Polizisten, der für alle einheimischen Belange zu Land und zu Wasser zuständig war. Von seinem Motorboot aus überwachte Shimizu, denn so hieß er, die Fischgründe, die Einhaltung der Fangzeiten, kontrollierte die Fanggenehmigungen und dergleichen. Naturgemäß überwogen seine maritimen Aufgaben. An Land gab es nicht viel für ihn zu tun. Wachtmeister Shimizu war ein gutmütiger Mann von Mitte vierzig und zu bequem, um sich ständig zu rasieren. Kosuke Kindaichi und er hatten sich bereits angefreundet.

»Gibt es da draußen irgendwas zu sehen?«, erkundigte sich Kosuke.

»Ja, es sind wieder Piraten aufgetaucht. Ich habe einen Anruf bekommen und soll die Augen offenhalten.«

Wachtmeister Shimizu grinste mit weißen Zähnen zwischen seinen Bartstoppeln hervor.

»Piraten?« Kosuke machte große Augen, aber dann fiel es ihm wieder ein. Auf seinem jüngsten Besuch bei seinem Wohltäter Ginzo Kubo hatte er in der Zeitung gelesen, dass in der Inlandsee neuerdings wieder Piraten ihr Unwesen trieben.

»Sieh an, die alten Zeiten kehren zurück«, sagte er.

»Die Geschichte wiederholt sich.« Shimizu lachte. »Aber die neuen Banden sollen wesentlich mehr Mitglieder haben als die alten. Über ein Dutzend Männer und alle bewaffnet – bestimmt Kriegsheimkehrer.«

»Das tut weh. Wie du weißt, bin ich auch einer.«

»Was die wohl alles erlebt haben? Willst du eine?«

Wachtmeister Shimizu beschloss offenbar, die Piraten Piraten sein zu lassen, ließ sich auf dem Boden nieder und zog ein paar selbst gedrehte Zigaretten aus der Tasche.

»Danke, ich habe selbst welche.«

Kosuke setzte sich neben den Wachtmeister.

»Machst du einen Spaziergang?«, fragte dieser. »Ach nein, jetzt sehe ich es, du hast dir die Haare schneiden lassen. War es voll? Sonst gehe ich vielleicht auch noch bei Seiko vorbei.«

»Mach das. Nach mir kam nur noch Ukai. Bestimmt ist der fast fertig.«

»Ukai!« Der Wachtmeister sah Kosuke überrascht an. »Du kennst den?«

»Nein, ich bin ihm eben das erste Mal begegnet. Ich weiß nur, dass er so heißt, weil der Barbier ihn so angeredet hat.«

Wachtmeister Shimizu rauchte schweigend. Er zog eine Grimasse, vielleicht weil ihm der Rauch in die Augen stieg.

»Er sieht sehr gut aus«, fuhr Kosuke fort. »Ein schöner Junge.«

Wachtmeister Shimizu verzog noch stärker das Gesicht.

»Stammt er von der Insel?«, fragte Kosuke.

Shimizu trat seine Zigarettenkippe sorgfältig mit dem Stiefel aus. Dann wandte er sich Kosuke zu.

»Kindaichi, mir schwant etwas. Vielleicht lachst du mich aus, wenn ich dir das erzähle, aber ich hab's im Urin. Auf Gokumon wird etwas Schreckliches passieren. Ich weiß es. Nimm zum Beispiel diesen Ukai. Du hast ihn gerade einen schönen Jungen genannt. Gut sieht er aus, das steht außer Zweifel, aber ist er wirklich noch ein Junge? Er muss schon dreiundzwanzig oder vierundzwanzig sein. Natürlich ist er nicht von hier. Ich habe gehört, er stammt aus Tajima. Sein Vater soll Grundschuldirektor sein, aber ich weiß nicht, ob es stimmt. Der Krieg hat ihn hierher verschlagen.«

Shimizu drehte sich um und deutete auf den Berg hinter dem Senkoji.

»Warst du schon mal da oben? Wenn nicht, solltest du dir bei Gelegenheit die alte Piratenfestung anschauen. Sie war ein Beobachtungsposten, und Teile davon sind noch erhalten. Und sie wurde – apropos die Geschichte wiederholt sich – im Krieg wieder als Ausguck und Festung genutzt.

Zur Flugüberwachung und für Flugabwehrkanonen. Sie haben den ganzen Berg durchlöchert und eine Kompanie Soldaten dort postiert. Shozo Ukai war einer von ihnen.«

Kosuke Kindaichis Neugier war geweckt. Erwartungsvoll sah er Shimizu an. Der Wachtmeister räusperte sich.

»Also, das war so. Gegen Kriegsende wurden zwar auch ganz junge Männer eingezogen, aber dieses schmächtige Kerlchen mit seinem zarten Knochenbau konnten sie ja kaum an die Front schicken. Selbst in Uniform machte er nichts her. Jedenfalls kamen die Truppen immer wieder ins Dorf, um alles Mögliche zu requirieren. Und weil Krieg war, halfen die Dorfbewohner bereitwillig. Anfangs war das noch in Ordnung, aber gegen Ende des Krieges wurden die Forderungen der Soldaten immer unverschämter, was sicher auch mit ihrer Verzweiflung über die Aussichtslosigkeit des Krieges zu tun hatte. Sie beschlagnahmten nicht mehr, sie plünderten, bis die Dorfbewohner beschlossen, sich zu wehren. Fischer sind raue Gesellen, und sie können sehr wütend werden. Als die Truppe auf dem Berg Wind von diesem Stimmungswandel bekam, änderte sie ihre Taktik. Wenn sie etwas aus dem Dorf wollten, schickten sie jetzt Shozo Ukai vor.«

»Ich verstehe!«

Kosuke kratzte sich belustigt den Kopf, und sein vom Barbier sorgfältig frisiertes Haar war alsbald wieder das übliche Vogelnest.

»Er ist also ein Charmeur, der in der Gunst der Damen steht?«

»Du hast es erfasst. Übrigens beschlagnahmte die Armee bevorzugt bei den Kitos. Oder zumindest waren sie es, bei denen Shozo Ukai ständig ein- und ausging. Damals hat der alte Kaemon noch gelebt. Er war ein harter Knochen, der sich auch von Soldaten nichts sagen ließ, und wenn er eine Forderung unangemessen fand, weigerte er sich rundheraus, ihr nachzukommen. Dann schmeichelte sich Ukai hinter seinem Rücken bei den drei Schwestern ein.«

»Die Taktik des Kommandanten war also erfolgreich.«

»Auf jeden Fall. Bald konnten die Mädchen es nicht mehr erwarten, Ukai zu sehen, und liefen ihm bis auf den Berg hinauf nach. Im Dorf machte das Gerücht die Runde, alle drei Schwestern – wie soll ich sagen – hätten was mit Ukai, auch wenn einige widersprachen: In der Armee gebe es strenge Regeln, und Techtelmechtel kämen nicht infrage. Andere wiederum behaupteten, Ukais Offizier hätte ihm befohlen, unverzeihliche Dinge mit den drei Mädchen zu tun. Keine Ahnung, ob das wahr ist. Angeblich haben die Schwestern in den letzten Kriegstagen nicht nur Proviant und Gegenstände, sondern auch beträchtliche Gelder aus der Residenz geschafft und auf den Berg gebracht. Der Kommandant soll, als er plötzlich abberufen wurde, mit all dem verschwunden sein, aber auch das muss nicht unbedingt stimmen.«

»Ukai wurde also von seinen Vorgesetzten benutzt. Aber wurde er denn nicht auch abberufen?«

»Doch natürlich, und er kehrte sogar nach Tajima zurück. Du kannst dir vorstellen, wie erleichtert der alte Kaemon war. Doch kein Monat verging, und Ukai war wieder da. Es heißt, er konnte es bei seiner Stiefmutter nicht aushalten. Also kam er zurück und nistete sich bei Gihei und Oshiho ein. Bald darauf erlitt Kaemon einen Schlaganfall.«

An dieser Stelle brach Wachtmeister Shimizu ab. Kosuke blickte aufs Meer und wartete. Er verspürte einen starken Druck auf der Brust und war zu erschöpft, um etwas zu sagen. Shimizu setzte seine Geschichte fort.

»Der alte Kaemon wurde nicht grundlos Taiko genannt. Er hatte tatsächlich Ähnlichkeit mit dem Feldherrn Hideyoshi Toyotomi. Kein Inselbewohner hätte es gewagt, sich ihm zu widersetzen. Außer Oshiho. Ukai hatte offenbar wirklich eine böse Stiefmutter, die ihm das Leben zur Hölle machte. Aber selbst wenn, warum kam er ausgerechnet nach Gokumon und suchte Unterschlupf bei den Kitos? Ich glaube nicht, dass er einfach nur schamlos ist. Bestimmt hatte Oshiho das schon vor Kriegsende mit ihm verabredet. Oder sie hat ihn in einem Brief zurückgerufen. Wie dem auch sei, die ganze Angelegenheit muss auf Oshihos Mist gewachsen sein. Diese Aufmachung als Kabuki-Schauspieler und der Müßiggang, den er pflegt, sind doch verdächtig. Irgendetwas hat Oshiho mit dem Jungen vor. Sie benutzt ihn wie damals dieser Kommandant im Krieg für ihre Zwecke. So brachte sie ihn dazu, Tsukiyo, Yukie und Hanako zu umgarnen, um Unruhe in der Stammfamilie zu stiften. Kaemon wusste, was sie vorhatte, war aber machtlos. Er war zwar der große Herr auf der Insel, konnte ihr jedoch nicht verbieten, Ukai bei sich aufzunehmen. Oshiho lässt sich ohnehin nichts befehlen. Bekanntermaßen musste sogar der große Toyotomi Hideyoshi nach der Invasion Koreas einsehen, dass er unmöglich gewinnen konnte. Und genauso musste auch der alte Kaemon erkennen, dass Oshihos unbeugsamer Geist sich ebenso wenig beeinflussen ließ wie der Lauf des Kamogawa, ein Bergasket oder das Würfelspiel. Und das war die Ursache für seinen Schlaganfall. Er muss Höllenqualen gelitten haben.«

Die einsetzende Dämmerung färbte das Meer dunkelblau. Der Wind frischte auf. Aber es war nicht die Abendbrise, die Shimizu und Kosuke frösteln ließ.

Kosuke Kindaichi wurde sich mehr und mehr der unheilschwangeren dunklen Wolken bewusst, die den Himmel über der Insel bedeckten. Wie das ständige Klingeln in den Ohren eines Menschen kurz vor einem Nervenzusammenbruch hallten in seinem Kopf unablässig sich nähernde Schritte wider, bedrohlich, wie das Tosen der gegen die Felsen brandenden Wellen oder fernes Donnergrollen.

Kurz darauf verabschiedete er sich von Wachtmeister Shimizu und machte sich auf den Weg zurück zum Tempel, wo er Meister Ryonen, Bürgermeister Araki und Dr. Koan gemeinsam in einem Raum sitzend vorfand. Es herrschte tiefe Stille.

»Ah, Herr Kindaichi«, sagte der Priester in düsterem Ton, als Kosuke eintrat. »Die offizielle Benachrichtigung ist heute eingetroffen.«

Er nickte dem Bürgermeister zu, damit dieser fortfuhr.

»Wir haben natürlich nicht an Ihrer Botschaft gezweifelt,

dennoch hegten wir, solange die offizielle Mitteilung nicht eingetroffen war, noch einen Funken Hoffnung.«

»Aber jetzt ist alles klar«, fügte der Arzt mit düsterer Miene und zitterndem Ziegenbart hinzu. »Auch wenn öffentliche Trauerfeiern verboten sind, sollten wir Chimata so schnell wie möglich bestatten.«

Abermals hallten die unseligen Schritte in Kosukes Ohren wider.

Eine sinnliche Schönheit

Der Senkoji lag auf halber Höhe am Hang des Suribachi, des höchsten Berges von Gokumon. Vielleicht waren es auch drei Viertel. Hinter dem Tempel führte ein steiler Weg in östlicher Richtung zum Gipfel hinauf. Vom Tempel hatte man einen nahezu vollständigen Blick über die ausschließlich im Westen der Insel angesiedelten Häuser. Die Dörfer aller Inseln in dieser Region waren ständig von Piraten bedroht und mit ihren dicht aneinander stehenden Häusern so angelegt, dass sie sich sofort verteidigen konnten. Gokumon bildete da keine Ausnahme.

Bei einem Blick von der Steintreppe zum Senkoji nach unten fiel Kosuke als Erstes der Irrgarten aus Dächern der Residenz der Familie Kito ins Auge. An den sich in scheinbar endlosen Wellen fortsetzenden Ziegeln ließ sich bereits das verschachtelte Innere des beeindruckend solide gebauten Anwesens erkennen.

»Der verstorbene Kaemon war äußerst baufreudig«, hatte der Priester Kosuke erklärt. »Er ließ dauernd anbauen, bis seine Residenz so unübersichtlich war wie jetzt.«

Er deutete auf die einzelnen Gebäude.

»Das ist das Hauptgebäude, daneben das Gebäude mit den Räumlichkeiten der gnädigen Frau. Dort sind Speicher, ein Lager für Fisch und da drüben eins für die Netze.«

All diese Bauten lagen an dem ins Tal abfallenden Hang.

»Und das kleine Gebäude mit dem Schindeldach auf der Anhöhe hinten links? Was ist das?«, erkundigte sich Kosuke.

»Oh, nun, das ist das Andachtshaus.«

»Und wozu genau dient es?«

»Wie der Name schon sagt – der Andacht. Ich erkläre es Ihnen ein anderes Mal genauer.«

Kosuke sah dem Priester verwundert ins Gesicht. Der für gewöhnlich so beredte Mann schien aus der Fassung gebracht.

Das Andachtshaus lag ein wenig abseits der übrigen Gebäude, beschirmt von einer mächtigen Kiefer. Aus den stark verwitterten, nachgedunkelten Schindeln zu schließen musste es ziemlich alt sein. Kosuke vermutete darin einen Schrein, der den Schutzgott der Residenz beherbergte.

Zur Linken, also auf der gegenüberliegenden Seite des Tals lag, mit Blick auf ein weiteres Tal, das Anwesen der Seitenlinie der Familie Kito. Selbst von oben betrachtet war es dem der Stammfamilie deutlich unterlegen. Nicht nur war das Haupthaus weit weniger solide gebaut, es hatte auch keine Nebengebäude und reichte überhaupt in keiner Weise an die gegenüberliegende Residenz heran. In den beiden Anwesen spiegelte sich der Rangunterschied zwischen den beiden Familienzweigen deutlich wider.

»*Mit Fürst Kiso / Rücken an Rücken liegend / herrscht dennoch Kälte*«, zitierte der Priester, während er auf die beiden Anwesen deutete. Der Mann hatte die eigentümliche Angewohnheit, zu jeder passenden und unpassenden Gelegenheit ein Haiku von sich zu geben.

Wie gesagt wurden die beiden Wege, die an den jeweiligen Residenzen der Kitos vorbeiführten, jenseits des Tals zu einem Pfad, der sich zum Senkoji hinaufwand. Nach mehreren Biegungen gelangte man an einen kleinen Schrein. Der Blick durch die vergitterte Tür gab einen winzigen Raum mit Dielenboden preis. In ihm befand sich ein schlichtes hölzernes Podest mit einer Figur, die wie eine dieser Keramikpüppchen in chinesischer Kindertracht aussah. Einem über dem Gitter angebrachten Schild zufolge handelte es sich um Jigamisama, die Erdgottheit.

Auf Gokumon gab es auch Bauern, die zwar keinen Reis anpflanzten, dafür jedoch verschiedene Kartoffelsorten und anderes Gemüse. Kein Fischer hätte jemals eine Hacke in die Hand genommen, aber von ihren Frauen arbeiteten viele auf dem Feld. Daher musste Jigamisama verehrt werden.

Hinter dem Schrein vollzog der Weg noch einige Windungen, bis er schließlich geradeaus bis an die Steintreppe des Senkoji führte. An ihrem Fuß befand sich die übliche Verbotstafel, die es Besuchern untersagte, das Tempelgelände mit stark riechenden Speisen oder Alkohol zu verunreinigen. Das Mitbringen von Knoblauch und Wein war nicht gestattet.

Die Treppe hatte fünfzig Stufen, an deren Ende der Senkoji thronte. Hinter dem Haupttor erstreckte sich das erstaunlich weitläufige Tempelgelände. Gleich rechts auf der Südseite lag die Wohnung von Meister Ryonen. Im Eingangsbereich hing ein geschwungener Gong, mit dem sich Besucher ankündigen konnten. Links von der Wohnung des

Priesters, also geradeaus vom Eingangstor, war die Haupthalle, an deren nördliche, linke Seite sich eine längliche Meditationshalle anschloss. Der Senkoji gehörte der Soto-Schule des Zenbuddhismus an, und in alter Zeit, so hieß es, hatten einige berühmte Wandermönche in ihm Zazen praktiziert. Doch der Krieg hatte dazu geführt, dass die Meditationshalle nicht mehr genutzt wurde.

Vor dem überdachten Korridor, der die Meditationshalle mit der Haupthalle verband, stand ein prächtiger alter Pflaumenbaum – der ganze Stolz des Senkoji. Seine mächtigen Äste ragten bis zu einer Höhe von fast zehn Metern weit nach Süden über das Dach des Korridors hinaus. Der von einem niedrigen Zaun umgebene Stamm war zu dick, um ihn mit den Armen zu umschlingen, und das Schild an seinem Fuß derart verwittert, dass Kosuke nicht ein einziges Zeichen entziffern konnte.

Neben Kosuke Kindaichi lebten Meister Ryonen und sein für die Hauswirtschaft und Verpflegung zuständiger Novize Ryotaku auf dem Tempelgelände. In größeren Tempeln gab es mehr Mönche mit verschiedenen Aufgaben und Amtstiteln, die Gäste betreuten oder das Bad einheizten, alles Pflichten, die im Senkoji der Novize erledigte. Ryotaku war ein hagerer junger Mann von Mitte zwanzig mit stark gebräunter Haut. Seine beinahe erschreckende Wortkargheit und sein durchdringender Blick hatten Kosuke anfangs eingeschüchtert. Er fürchtete, seine Anwesenheit im Tempel könnte den Novizen stören, was sich jedoch als Fehleinschätzung herausstellte. Nach einigen Tagen wurde ihm klar, dass

Ryotaku ein äußerst liebenswürdiger und aufmerksamer junger Mann war. Seine Schweigsamkeit war keineswegs ein Ausdruck von Feindseligkeit, sondern ein Zeichen seiner natürlichen Schüchternheit. Ryotaku diente dem Priester wie ein Sohn einem gütigen Vater.

Ryonen beabsichtigte, den Tempel eines Tages dem jungen Mann zu übertragen, und hatte zu diesem Schritt im Haupttempel in Tsurumi um die nötige Erlaubnis nachgesucht, die man ihm offenbar auch gewährt hatte. Die offizielle Übergabezeremonie sollte in nicht allzu langer Zeit stattfinden. In der zenbuddhistischen Soto-Schule wurde die Überlieferung an die nächste Generation noch zu Lebzeiten des alten Priesters an einen Schüler weitergereicht. Meister Ryonen repräsentierte die einundachtzigste Priestergeneration des Senkoji, und Ryotaku würde das zweiundachtzigste Oberhaupt des Tempels sein.

»Jemand mit so unzureichender Kenntnis der buddhistischen Lehre wie ich verdient es wirklich nicht, den Senkoji zu leiten«, pflegte er sich bitterlich zu beklagen. »Ich weiß nicht, warum der ehrwürdige Vater so erpicht darauf ist, ihn mir zu übergeben, solange er noch bei guter Gesundheit ist.«

»Herr Kindaichi!«, rief der junge Mann aus der Wohnung des Priesters.

»Oh, ist es schon so weit?«

Kosuke erhob sich träge, um sich ins Quartier des Priesters zu begeben. Ryotaku trug sein scharlachrotes Mönchsgewand mit der Stola, bereit für die Totenwache, der sie vorstehen sollten, während Meister Ryonen in seiner weißen Robe noch dabei war, seine Tabi zuzuhaken.

»Herr Kindaichi, dürfte ich Sie vielleicht bemühen, einen kleinen Gang für mich zu erledigen?«, fragte er.

»Aber natürlich, gern. Was kann ich tun?«

»Würden Sie bei Herrn Gihei vorbeischauen und Oshiho bitten, an Chimatas Totenwache teilzunehmen? Herr Gihei liegt zwar mit einem Gichtanfall zu Bett, aber sie könnte kommen. Ich möchte nicht, dass die Beziehung in der Familie sich weiter verschlechtert.«

»Selbstverständlich. Ist keine Mühe.«

»Anschließend kommen Sie gleich von dort in die Residenz. Ryotaku und ich brechen auch in Kürze auf. Ryotaku, hol eine von den Papierlaternen für Herrn Kindaichi, ja?«

»Machen Sie sich keine Umstände«, erwiderte Kosuke. »Es ist nicht mal halb sieben und noch hell.«

»Nein, wenn Sie zur Residenz hinübergehen, wird es dunkel sein. Der Pfad hat nach Einbruch der Dunkelheit seine Tücken.«

»Dann nehme ich doch lieber die Laterne mit.«

Es war Jahre her, dass Kosuke einen dieser altmodischen, an einem Stock hängenden Lampions vor sich hergetragen hatte, und wenn er ehrlich war, kam er sich ziemlich lächerlich damit vor, aber da der Priester derart um seine Sicherheit besorgt war, wollte er nicht Nein sagen. Also machte er sich mit der Laterne auf den Weg, und tatsächlich dauerte es nicht lange, bis die Dämmerung hereinbrach.

Es war der 5. Oktober, drei Tage, nachdem die Familie

Kito die offizielle Nachricht von Chimatas Tod erhalten hatte. Die Beisetzung war für den darauffolgenden Tag geplant, und in der heutigen Nacht sollte die Totenwache stattfinden. Meister Ryonen, Bürgermeister Makihei Araki und Dr. Koan Murase hatten alles in die Wege geleitet. Mittlerweile hatte Kosuke begriffen, warum Chimata Kito seinen Brief an diese drei Männer gerichtet hatte. Sie waren die drei Ältesten der Insel und nahmen seit dem Tod des alten Kaemon gemeinsam seine Angelegenheiten wahr.

Nachdem Kosuke die Tempeltreppe hinuntergestiegen und den Pfad etwa zur Hälfte hinter sich gebracht hatte, begegnete er einem Mann.

»Sie sind doch Gast oben im Tempel? Wo ist Hochwürden Ryonen?«, sprach dieser ihn an.

Der Mann war Mitte vierzig, klein und ausgesprochen drahtig. Er trug einen Baumwollkimono mit einem Familienwappen, aber keine Hakama. Kosuke hatte das Gefühl, ihn schon einmal gesehen zu haben, aber ihm fiel nicht ein, wo. Aus der Aufmachung des Mannes schloss er, dass die Kitos ihn ausgeschickt hatten, um die Trauergäste zu empfangen.

»Sie sind wohl hier, um uns zur Residenz zu begleiten? Das ist sehr freundlich, vielen Dank. Hochwürden bereitet sich noch vor, aber er wird gleich nachkommen.«

»Und was ist mit Ihnen?«

»Ich bin auf dem Weg zu den anderen Kitos.«

»Herrn Gihei?« Der Mann wirkte verwirrt. »Was haben Sie denn mit denen zu tun?«

»Hochwürden hat mich gebeten, sie über die heute stattfindende Totenwache in Kenntnis zu setzen.«

»Hochwürden Ryonen hat Sie darum gebeten?«

Der Mann runzelte skeptisch die Brauen, schien sich dann aber zu besinnen.

»Danke, dann weiß ich Bescheid. Wir sehen uns später.«

Er machte kehrt und stieg zügig den Berg hinauf. Endlich fiel Kosuke ein, woher er ihn kannte. Er war ihm auf der Fähre nach Gokumon begegnet. Es war Takezo, der Gezeitenmeister, von dem der Barbier ihm erzählt hatte, er sei der beste in der Gegend.

Der war das also! Eigentlich hätte er ihn mit Namen begrüßen müssen. Aber er hatte ihn im schwindenden Licht einfach nicht wiedererkannt.

Am Ende des gewundenen Pfades bog Kosuke nach links ab. Er bekam Herzklopfen. Seit seiner Ankunft auf der Insel vor etwa zwei Wochen hatte er die Residenz der Stammfamilie Kito schon mehrmals besucht, doch nun würde er zum ersten Mal den Fuß in das Haus des anderen Familienzweigs setzen.

Erst am Vortag hatte Wachtmeister Shimizu ihn zur Vorsicht gemahnt.

Auf Inseln wie Gokumon müsse man sich sehr in Acht nehmen, was man zu wem sage. In jedem Dorf sei es das gleiche. Gab es zwei Fischereiunternehmer, waren zwei zerstritten, bei dreien eben drei. Doch auf Gokumon war es besonders schlimm. Die beiden Fischereiunternehmer waren tödlich verfeindet, weshalb sich auch die Fischer untereinander mit allen Mitteln bekriegten. Wer auch nur im Geringsten für eine Seite Partei ergriff, wurde unweigerlich in die Streitereien hineingezogen. Wachtmeister Shimizu mischte sich daher in nichts ein und wahrte strikte Neutralität. Erklärend hatte er hinzugefügt, der Bürgermeister und der Doktor seien äußerst beunruhigt, weil mit Chimata der Erbe der Stammfamilie Kito gestorben sei. Sollte Chimatas Cousin Hitoshi ebenfalls etwas zustoßen, würde das Erbe an die Seitenlinie fallen, und Gihei und Oshiho hätten gesiegt. Der Arzt und der Bürgermeister waren immer auf Seiten des alten Kaemon gewesen. Gihei plante anscheinend die Absetzung des Bürgermeisters, dessen Stellvertreter er bereits auf seiner Seite hatte. Außerdem kursierte das Gerücht, er wolle einen renommierten Arzt vom Festland auf die Insel holen, da es nach der Rückkehr der Ärzte aus dem Krieg in den Städten einen Überschuss an guten Medizinern gab. Kosuke fragte, was denn mit dem Priester sei. In seinem Fall war der Wachtmeister zuversichtlicher. Dem könne nichts passieren, erklärte er, da er aufgrund seines Amtes über jedem Fischereiunternehmer stand. Ganz gleich, wie viele es gab, der Priester wachte über das Seelenheil der Inselbewohner und hatte damit mehr Macht als sie alle zusammen. Auch wenn er mit dem Bürgermeister und dem Arzt befreundet war, übertraf sein Einfluss den der beiden anderen. Meister Ryonen war allmächtig auf der Insel. Aber für die beiden anderen würde es nicht gut ausgehen, falls es ihnen nicht gelang, sich bei Gihei und Oshiho einzuschmeicheln.

Während Kosuke auf das Anwesen zusteuerte, hatte er das Gefühl, sich in Feindesland zu begeben. Aber warum eigentlich? Was sollten diese Leute gegen ihn haben? Schließlich war er keinem der beiden Familienzweige besonders verbunden. Doch da kamen ihm abermals Chimatas letzte Worte in den Sinn, und in seinen Ohren dröhnte wieder dieses furchterregende Geräusch, das wie das Tosen des Meeres, fernes Donnergrollen oder das Rauschen eines Sturms in den Kiefern klang.

»Der Herr liegt zu Bett. Darf ich fragen, wer Sie sind?«

»Ich wohne derzeit im Senkoji. Mein Name ist Kosuke Kindaichi. Hochwürden Ryonen hat mich gebeten, eine Botschaft zu überbringen.«

»Aha. Bitte warten Sie einen Moment. Ich sage der Dame des Hauses, dass Sie hier sind.«

Es war alles ein wenig seltsam. Kosuke dachte an den Tag seiner Ankunft auf der Insel Gokumon und daran, wie Sanae sich am Eingang zum Haus der Kitos kniend vor ihm verbeugt hatte. Inzwischen wusste er, dass diese Art der höflichen Begrüßung Sanaes Charakter entsprach. Die junge Frau eben war allerdings nicht im Geringsten von der Art, die sich höflich verneigt. Nicht nur sprach sie breiten Dialekt, sie hatte auch einen unglücklichen Sprachfehler. Es lag sogar eine gewisse Komik darin, wie sie Oshiho als »Dame des Hauses« bezeichnete.

»Hallöchen!«

Kosuke zuckte zusammen. Oshiho verstand es wirklich, sich lautlos wie eine Katze anzuschleichen. Als er sich umdrehte, stand sie in aufreizender Pose, eine Hand an den Kopf gelegt, die Hüfte leicht nach außen geschoben im Eingang.

Oshiho war wahrhaftig eine Schönheit. Sie hatte nicht nur ein hübsches Gesicht, sondern auch eine unvergleichliche Figur. Die Frau stammte, so viel war Kosuke klar, nicht aus dem Süden, sondern wahrscheinlich aus Akita oder Niigata. Sie war eine klassische hellhäutige Schönheit, im Norden aufgewachsen. Vermutlich hatte sie auch einige Zeit in der Stadt verbracht, um den letzten Schliff zu erhalten. Als Kosuke ihr an seinem ersten Tag im Senkoji begegnet war, hatte ihr Anblick ihn schon überwältigt, doch als er sie hier im Halbdunkel des altmodischen Genkan stehen sah, war er so verzaubert, dass er sich einer inneren Bangigkeit nicht erwehren konnte.

Oshihos Haar war weder zu einem traditionellen Knoten aufgesteckt, noch trug sie, soweit Kosuke erkennen konnte, ein Haarteil. Diese Art der Frisur war ihm völlig neu. Auch der Stil ihres Kimono und ihres Obi erschienen ihm so anders und mondän, als wäre ihre Trägerin geradewegs einem Hochglanzmagazin über die Kimono-Mode der Nachkriegszeit entstiegen.

»Hallöchen«, sagte sie noch einmal und trat aus dem Schatten des Flurs. Sich mit einer Hand übers Haar streichend, glitt sie anmutig auf die Knie.

»Was gibt es denn?«, fragte sie mit einem koketten Blick, bevor sie graziös den Kopf neigte. »Hochwürden Ryonen schickt Sie?«

Kosuke merkte, dass sie angetrunken war. Er schluckte und stotterte wie üblich, so schnell er konnte, Meister Ryonens Nachricht hervor. Sein Gestotter war ihm so peinlich, dass er zu allem Überfluss anfing, sich den zerzausten Kopf zu kratzen. Offenbar hatte nicht einmal der Krieg ihn von dieser Angewohnheit zu heilen vermocht.

»Ich verstehe.« Oshiho sah ihn mit großen schönen Augen an. Dann lächelte sie. »Jemand aus der Residenz hat mich schon gestern von der Totenwache in Kenntnis gesetzt. Mein Mann ist leider unpässlich, und ich fürchte, ich kann ihn nicht allein lassen. Er ist sehr reizbar, müssen Sie wissen.«

Trotzdem hatte Oshiho getrunken.

»Ich habe bereits gestern ausrichten lassen«, fuhr sie fort, »dass ich gern meine Aufwartung mache, sobald es meinem Mann besser geht. Hat Hochwürden Ryonen meine Nachricht nicht erhalten?«

»Ach, wirklich? Das muss ihm entfallen sein. Entschuldigen Sie vielmals.«

»Aber nein, Sie können ja nichts dafür. Wie nachlässig von Hochwürden.«

»Wie belieben?«

»Und dann stiehlt er Ihnen auch noch die Zeit.«

»Aber nein, ich bin nur auf Besuch hier und habe nichts Besonderes vor.«

»Herr Kindaichi?«

»Ja?«

»Gehen Sie jetzt gleich zur Residenz hinüber?«

»Ja. Kann ich etwas von Ihnen ausrichten?«

»Nein, nein, ich will Sie nicht aufhalten. Besuchen Sie mich doch einmal wieder. Sie gehen ja öfter in der Residenz vorbei, nicht wahr?«

»Ja, stimmt. Ich leihe mir gern das ein oder andere von Chimatas Büchern aus.«

»Wir haben hier zwar keine Bücher, aber wir könnten ein wenig miteinander plaudern. Sie sind jederzeit willkommen. Ich bin weder eine Dämonin noch eine Schlange, müssen Sie wissen.«

»Oh, nein, selbstverständlich nicht! Ich … Ich werde mich jetzt lieber verabschieden.«

»Wie schade. Und grüßen Sie Hochwürden Ryonen von mir.«

Kosuke war schweißgebadet, als er das Anwesen durch das große Tor verließ. Im Gehen vernahm er aus dem Haus das Gelächter eines Mannes und einer Frau, was seinem Selbstwertgefühl einen Stich versetzte. Aber gewiss war es nur Zufall, und sie hatten gar nicht über ihn gelacht. Dennoch konnte er sich eines unguten Gefühls nicht erwehren. Das Lachen hatte berauscht geklungen, was bedeutete, dass Gihei, ob er nun an Gicht litt oder nicht, zumindest saufen konnte. Vielleicht sollte er sich auch ab und zu einen Schluck genehmigen.

Als Kosuke wieder den Tempelpfad erreichte, kam ihm eine Dreiergruppe, angeführt von Ryotaku, der eine Laterne trug, entgegen. Hinter ihm gingen in ein Gespräch vertieft Meister Ryonen und Takezo.

»Oh, Herr Kindaichi! Es tut mir leid, aber anscheinend hatte die Stammfamilie Frau Oshiho bereits unterrichtet.«

»Ja, sie sagte, ihr Mann sei unpässlich, und sie könne deshalb nicht weg.«

»Aha. Nun, da kann man wohl nichts machen.«

Bei ihrer Ankunft stießen sie auf Katsuno, die Geliebte des verstorbenen Kaemon, die besorgt dreinblickend vor dem Haupttor der Residenz herumhuschte.

»Frau Katsuno?«, fragte Takezo. »Was machen Sie denn hier draußen?«

»Ach, Takezo, ich kann Hana nicht finden.«

»Hanako? Die habe ich vorhin noch gesehen.«

»Ja, aber dann war sie plötzlich verschwunden ... Ehrwürdiger Vater, seien Sie willkommen. Treten Sie bitte ein.«

»Hanako ist verschwunden?«

»Ja, aber eigentlich war sie eben noch hier. Aber bitte, gehen Sie doch ins Haus, Hochwürden.«

Katsuno und Takezo blieben am Tor, während die anderen drei durch den Flur die Residenz betraten. Irgendwo im Inneren des Hauses spielte ein Radio. Sanae hörte die Nachrichten über die Repatriierung japanischer Soldaten.

2 Wie eine Schlange im Festgewand

In jüngster Zeit dauern Totenwachen selbst in ländlichen Gemeinden nur noch selten die ganze Nacht. Für gewöhnlich beginnt man gegen neun oder zehn Uhr abends, manchmal sogar erst um elf. Bei der Familie Kito sollte die Totenwache nach zehn Uhr anfangen, aber weil Hanako nicht zu finden war, verschob sich der Beginn, und die Trauergäste wurden allmählich unruhig.

»Frau Katsuno, Sie haben den Mädchen doch beim Ankleiden geholfen?« Der Bürgermeister war sichtlich besorgt. »Da war Hanako noch zu Hause, nicht wahr?«

»Ja, natürlich. Sie war die erste, der ich geholfen habe. Dann kam Tsukiyo an die Reihe und dann Yukie. Das stimmt doch, Mädchen?«

Tsukiyo und Yukie nickten. Die beiden hielten nicht einen Moment Ruhe. Sie fummelten an ihren Ärmeln herum, zupften an ihren Krägen, rückten ihren Haarschmuck zurecht, stupsten sich gegenseitig an, steckten die Köpfe zusammen und kicherten. Sie schauten gerade lange genug auf, um auf Katsunos Frage zu antworten, dann tuschelten sie weiter.

»Tsukiyo? Yukie? Habt ihr eine Ahnung, wo Hanako hingegangen sein könnte?«, fragte Meister Ryonen mit strenger Miene.

»Nein, keine Ahnung. Sie rennt ständig durch die Gegend. Unmöglich ist die!«

»Ja, eine Plage!«

Der Priester wandte sich erneut an Katsuno.

»Frau Katsuno, um wie viel Uhr genau haben Sie Hanako angekleidet?«

»Ich weiß nicht. Es war schon gegen Abend …« Katsuno legte nachdenklich den Kopf schräg. »Ja, genau! Als ich ihr beim Anziehen half, hat Sanae gerade im anderen Zimmer das Radio eingeschaltet. Ich hörte die Musik, mit der die Nachrichten anfangen. Danach hat sie es gleich wieder ausgemacht.«

»Das heißt, gegen 18:15 Uhr war Hanako noch hier«, sagte Kosuke.

Der Bürgermeister wurde zunehmend unruhiger.

»Dann wissen wir zumindest das«, sagte er.

Allerdings half ihnen das auch nicht viel weiter.

»Erinnern Sie sich denn an irgendetwas, Sanae?«

»Ich?«

Sanae in ihrem schlichten schwarzen Trauerkleid bildete einen krassen Gegensatz zu Tsukiyo und Yukie. Sie blickte ein wenig zur Seite, was ihre schön geformten Wangen und erstaunlich langen Wimpern zur Geltung brachte. Das gewellte schulterlange Haar ließ sie noch reizvoller erscheinen.

»Es tut mir leid, aber ich weiß es wirklich nicht genau. Als Tante Katsuno den Mädchen beim Anziehen half, war Hana noch da. Da bin ich mir sicher. Später wollte ich Radio hören und ging ins Tatamizimmer, um es einzuschalten. Aber es hatten gerade die Wirtschaftsnachrichten begonnen, also machte ich es wieder aus. Und genau, jetzt weiß ich es, da habe ich Hana nicht mehr gesehen!«

Hanako musste also gegen 18:15 Uhr verschwunden sein. Inzwischen war es 22:30 Uhr, und es gab allen Grund, sich Sorgen zu machen.

»Es hat keinen Sinn, hier herumzusitzen und zu reden. Wir sollten sie suchen gehen. Und ihr wisst auch, wo«, sagte Gezeitenmeister Takezo.

Offenbar konnte er nicht länger schweigen. Kosuke hatte von Anfang an bemerkt, wie unruhig der Mann war.

»Sie haben also eine Ahnung, wo sie sein könnte, Herr Takezo?«

»Ich bin natürlich nicht sicher, aber vielleicht sollten wir einmal bei den anderen Kitos nachsehen?«

Die Anwesenden wechselten erschrockene Blicke.

»Ich habe diesen Schürzenjäger, der bei ihnen wohnt, heute Abend auf dem Tempelpfad gesehen«, schrie Dr. Koan, der bis jetzt vor sich hingedöst hatte.

»Koan, bist du sicher?«, fragte der Bürgermeister. »He, schlaf nicht wieder ein? Hast du Ukai wirklich zum Tempel gehen sehen?«

Koan war wie üblich um diese Zeit schon ziemlich bezecht, aber als Takezo ihn schüttelte, riss er die Augen auf.

»Ja, ich bin mir fast sicher, dass ich ihn auf dem Weg hierher den Pfad hinaufgehen sah. Aber es wurde schon dunkel, beschwören kann ich es also nicht«, stieß er, sich den Speichel aus dem Ziegenbart wischend und Alkohol ausdünstend, die Worte hervor wie ein Wal seinen Blas, worauf er sofort wieder in sich zusammensackte. Seine Kleidung war völlig zerknittert, was ihn jedoch überhaupt nicht zu stören schien.

»Muss er sich denn dermaßen besaufen?«, fragte Takezo.

»Daran ist jetzt auch nichts zu ändern«, erwiderte der Priester. »Das macht er doch immer. Wir müssen etwas wegen Hanako unternehmen.«

»Frau Katsuno, wissen Sie, ob Hanako sich heute mit diesem Ukai treffen wollte?«, fragte der Bürgermeister stirnrunzelnd.

»Nein. Tsukiyo, Yukie, wusstet ihr etwas davon?«

»Nein. Ukai und Hana? Das kann nicht sein. Stimmt's, Yukie?« Tsukiyos Miene besagte, dass allein der Gedanke lächerlich war.

»Wir haben keine Ahnung. Hana lügt sowieso immer wie gedruckt. Bestimmt ist sie irgendwo eingeschlafen.« Yukie zog einen Schmollmund.

»Frau Katsuno, könnten Sie noch einmal im Haus suchen?«, fragte der Bürgermeister.

»Ich habe bereits überall nachgesehen. Aber natürlich kann es nicht schaden, noch einmal gründlich zu suchen.«

Wer Katsuno genauer ansah, erkannte, dass sie einmal sehr schön gewesen sein musste. Doch nun war ihr offenbar jedes Selbstvertrauen und jede Selbstachtung abhandengekommen, und sie schien unablässig mit den Tränen zu kämpfen. Außerdem war sie furchtsamer als eine Maus. Vermutlich hatten die fast zwanzig Jahre, in denen sie mit dem herrschsüchtigen und impulsiven Kaemon zusammengelebt hatte, ihr jegliche körperliche und geistige Energie geraubt.

Als Katsuno sich erhob, stand auch Sanae auf.

»Ich werde dir helfen«, sagte sie, und die beiden Frauen verließen den Raum.

»Sollte Hana nicht im Haus sein, teilen wir uns auf und suchen draußen nach ihr. Takezo, Sie gehen zum Haus der anderen Kitos hinauf?«

»Das würde ich gerne tun, aber ich komme mit der Hausherrin nicht zurecht.«

»Ryotaku, würdest du ihn begleiten? Würden Sie sich den Besuch in seiner Begleitung zutrauen, Takezo?«

»Ja, wenn Ryotaku dabei ist, wird es schon gehen.«

»Ich suche im Dorf«, sagte der Bürgermeister. »Ich fürchte, Koan ist in diesem Zustand zu nichts nütze.«

Plötzlich ertönte ein Schrei aus dem Inneren des Hauses. Die Stimme klang nach Sanae. Alle sprangen auf, aber als Getrampel und tierhaftes Knurren zu hören war, ließen sie sich wieder nieder.

»Der Kranke scheint heute Abend sehr unruhig zu sein«, murmelte der Priester.

»Ja, er spielt schon seit heute Morgen verrückt. Er ist so schlecht gelaunt!«, kam es von Tsukiyo.

»Genau, wir brauchen nur in seine Nähe zu kommen, schon fletscht er die Zähne wie ein Affe. Ich hasse es, wenn er sich so aufführt«, pflichtete Yukie ihr bei.

Kosuke ahnte, was los war, denn der Barbier hatte ihm ja

erzählt, Chimatas Vater Yosamatsu sei wahnsinnig und seit langem in einem vergitterten Raum eingesperrt.

Anscheinend hatte der Wahnsinnige einen Tobsuchtsanfall. Der Mann heulte wie ein Wolf und rüttelte an den Stäben seines Käfigs, und Kosuke erkannte, welch schwere düstere Bürde auf dieser Familie lastete. Ihm war, als griffe eine kalte Hand nach seinem Herzen.

Kurz darauf kehrte Katsuno zurück und gleich hinter ihr Sanae. Alles Blut schien aus ihrem Gesicht gewichen und ihre Augen waren schreckgeweitet.

»Dem Patienten geht es wohl heute gar nicht gut«, bemerkte der Priester.

»Nein, gar nicht. Schon die ganze letzte Zeit nicht. Tante Katsuno, hast du Hana gefunden?«, flüsterte Sanae fast unhörbar.

Aber Hanako war nirgendwo.

Man beschloss, sich sofort auf die Suche zu machen.

»Also gut, Bürgermeister, du suchst im Dorf«, bestimmte der Priester. »Takezo und Ryotaku gehen zum Anwesen von Herr Gihei und nehmen diesen Ukai ins Gebet. Ich selbst laufe hinauf zum Tempel, obwohl ich mir kaum vorstellen kann, dass sie um diese Zeit noch dort ist.«

»Meister Ryonen, kann ich auch etwas tun?«, fragte Kosuke.

»Herr Kindaichi, Sie kommen bitte mit mir. Oder nein …« Der Blick des Priesters fiel auf den Arzt. »Würde es Ihnen etwas ausmachen, Koan nach Hause zu bringen? Allein wäre es vielleicht zu gefährlich für ihn.«

»Da haben Sie recht.«

Bis die Aufgaben verteilt waren und man aufbrechen konnte, war es etwa 23 Uhr. Der Wind hatte aufgefrischt, und der Himmel war von tiefschwarzen Wolken bedeckt. Am Tor verabschiedete sich der Bürgermeister und machte sich auf den Weg hinunter ins Dorf. Die anderen gingen bergauf. Als sie die Weggabelung erreicht hatten, bog Kosuke mit dem Doktor nach links ab.

»Vielen Dank, dass Sie sich seiner annehmen. So weiß ich ihn in guten Händen«, sagte der Priester.

Takezo, der den Betrunkenen gestützt hatte, übergab ihn an Kosuke.

»Passen Sie auf, dass Sie nicht stürzen, Herr Kindaichi«, sagte er.

»Mache ich.«

Das Haus des Arztes lag noch etwa hundert Meter entfernt. Bei aller Trunkenheit hatte Koan nicht den Mut verloren und war entschlossen, auf eigenen Füßen zu gehen. Kosukes Aufgabe war also nicht allzu schwer, und trotzdem torkelten die beiden mehr schlecht als recht den stockdunklen Weg entlang. Hätte der Wind die Laterne ausgeblasen, hätten sie leicht in den Abgrund stürzen können. Die Laterne in der rechten Hand stemmte Kosuke sich gegen die Böen, während Koan sich auf seine linke Schulter stützte. Mit Müh und Not schafften sie es zum Haus des Doktors.

»Du liebe Güte, Herr Doktor, was ist denn mit Ihnen passiert?«

Die ältere Frau, die dem verwitweten Koan den Haushalt führte, schlug die Hände über dem Kopf zusammen.

Kosuke wehrte ihre überschwänglichen Dankesbezeugungen ab und marschierte sofort weiter. Der Wind wurde immer stärker, und jetzt, wo er allein war, hörte er das Tosen der Wellen unter ihm. Der Himmel war schwarz wie Tusche. Der Sturm trieb Kosuke vor sich her. Es musste etwas passiert sein. Vielleicht sogar etwas Schlimmes. Ausgeschlossen, dass ein junges Mädchen wie Hanako nachts in der Dunkelheit bei Wind und Wetter draußen herumlungerte. Nein, es musste ihr etwas zugestoßen sein.

Voller Besorgnis gelangte Kosuke bald wieder an die Stelle, an der er sich von den anderen getrennt hatte. Als er weiter gen Osten ging, sah er auf der anderen Seite des Tals das Glimmen einer Laterne. Vermutlich waren es Takezo und Ryotaku, die von Giheis Anwesen zurückkehrten.

Am Fuß des Tempelpfads blieb er stehen, bis Takezo und Ryotaku erwartungsgemäß dort auftauchten.

»Wie war's? Wussten sie etwas?«

»Nein, sie sagten, sie hätten keine Ahnung.«

»War Herr Ukai zu Hause?«

»Angeblich war er bereits zu Bett gegangen. Wir wollten, dass sie ihn wecken, aber das wurde strikt abgelehnt.«

»Ist die Hausherrin selbst an die Tür gekommen?«

»Nein, nur ein Dienstmädchen. Ich bin ja der Erzfeind.« Takezo grinste bitter.

Vom Barbier wusste Kosuke ja bereits, dass Oshiho einst versucht hatte, den tüchtigen Gezeitenmeister für ihre Fischereiflotte abzuwerben. Doch Takezo, der Stammfamilie Kito treu ergeben, hatte sie rundheraus abgewiesen, was Gihei und seine Frau ihm nie verziehen hatten.

»Wo wollen wir als Nächstes suchen, Takezo?«

»Ich weiß nicht recht. Wir können die arme Sanae und die Frauen eigentlich nicht völlig allein lassen«, brummte Takezo unentschlossen.

»Hochwürden ist noch immer auf dem Weg«, murmelte auf einmal Ryotaku, der die ganze Zeit stumm mit seiner Laterne herumgestanden hatte. Und wirklich, auf halber Höhe zum Tempel schwankte im Stockdunkeln der winzige Lichtkreis einer Laterne.

Bei diesem Anblick fasste Takezo einen Entschluss.

»Wir wollen hinaufgehen und uns noch einmal mit Hochwürden besprechen.«

»Gut, ich bin dabei«, sagte Kosuke.

Gemeinsam wanderten die drei Männer den gewundenen Pfad hinauf.

Der Träger der Laterne vor ihnen schien sie zu bemerken, denn er hob die Laterne und schwenkte sie grüßend. Kosuke schwenkte seine eigene Laterne, worauf der Lichtschimmer am Berg sich wieder in Bewegung setzte. Unwillkürlich beschleunigten sie ihre Schritte. Ein starker Wind vom Meer zauste die Äste der Rotkiefern. Sobald der Weg eine Biegung nach Westen machte, war es so stürmisch, dass die Männer kaum noch die Köpfe heben konnten, um nach vorn zu schauen.

Erste Biegung, zweite, dritte. Bald sahen sie das kleine

Licht, bald war es verborgen. Als sie an dem kleinen Schrein der Erdgottheit ankamen, erreichte es gerade die Treppe zum Tempel. Der Priester war nicht mehr jung, und der lange Aufstieg musste ziemlich anstrengend für ihn sein. Seine langsam Stufe für Stufe erklimmende Silhouette erschien ein ums andere Mal in ihrem Blickfeld. Kaum hatten die drei jüngeren Männer die Treppe erreicht, als das schwankende Licht für einen Augenblick verschwand, aber auf ihrem Weg nach oben wieder auftauchte.

»Ryotaku! Ryotaku!«, rief der Priester. Es klang dringlich.

»Ja?«, rief der Novize zurück, aber der Priester verschwand, ohne Antwort zu geben, jäh wieder hinter dem Tempeltor.

»Was ist denn mit Hochwürden los? Er hat es ja so furchtbar eilig.«

Erneut überfiel Kosuke eine unheilvolle Ahnung. Er überholte seine Begleiter und rannte die letzten Stufen der Treppe hinauf. Offenbar hatte er Ryotaku und Takezo angesteckt, denn sie hasteten ihm hinterher.

Wieder tauchte der Priester seine Laterne schwenkend oben an der Treppe auf.

»Ryotaku! Ryotaku!«

Diesmal schien er noch aufgeregter. Er kreischte fast, und seine Stimme zitterte.

»Ich komme! Hochwürden! Was ist denn los?«

»Ist Kindaichi bei dir?«

»Ja, beide, Kindaichi und Takezo.«

»Takezo auch? Takezo, Gott sei Dank, dass du auch hier bist. Es ist entsetzlich! Ganz entsetzlich!«

Der Priester machte kehrt und rannte zurück auf das Tempelgelände.

Die drei Männer wechselten einen Blick und eilten ihm wortlos nach.

Kosuke lief als erster durchs Tor und bemerkte sogleich das sich vor der Meditationshalle hin und her bewegende Licht.

»Hochwürden! Was ist geschehen?«

»Ach, Herr Kindaichi, sehen Sie selbst. Sehen Sie nur!«, schrie Meister Ryonen mit schriller zitternder Stimme und hielt die Laterne hoch. In diesem Moment trafen auch Ryotaku und Takezo ein und schrien vor Entsetzen laut auf. Kosuke konnte einen Schrei unterdrücken, war aber nicht minder entsetzt als die Übrigen. Einen Moment lang stand er wie erstarrt und konnte sich nicht vom Fleck rühren.

Von dem prachtvollen alten Pflaumenbaum vor dem Korridor zwischen Meditations- und Haupthalle, dem Stolz des Senkoji, wurde eingangs schon berichtet. Jetzt im Herbst blühte er natürlich nicht, und die meisten Blätter waren abgefallen, doch an einem seiner Äste hing Hanako und bot den grauenvollsten Anblick, den man sich vorstellen kann.

Ihre Knie waren mit ihrem Obi zusammengebunden, ein Stück davon lag noch um ihre Taille, und der Rest schlang sich wie ein bunter Python um den Ast. Eigentlich glich Hanako selbst einer schauerlichen grotesken Schlange, die kopfüber im Pflaumenbaum hing. Ihre Augen waren weit geöffnet, so dass das Licht der Laternen sich in ihnen spiegelte. Ihr Funkeln schien das Grauen der Betrachter zu verhöhnen.

Ein starker Windstoß vom Meer erfüllte den Wald um den Tempel mit lautem Rauschen. Der schrille Schrei eines Vogels durchdrang die Dunkelheit.

Mit einem Mal begann Hanakos Leichnam zu schwanken, und die Haarsträhnen, die sich aus ihrer Frisur gelöst hatten, schlängelten sich wie schwarze Nattern bis hinab auf den Boden. Der Priester zog hastig seine Gebetskette hervor, um Buddha anzurufen.

»Namu Shakyamuni-Buddha, gepriesen sei Shakyamuni-Buddha.«

Dann seufzte er tief, und die Worte, die er hervorstieß, sollten Kosuke noch lange beschäftigen.

»Verrückt, aber nicht zu ändern.«

Eine Frage des Verständnisses

»Verrückt, aber nicht zu ändern.«

Was in aller Welt sollte das bedeuten? Wusste Meister Ryonen, wer der Mörder war? Forschend blickte Kosuke dem Priester ins Gesicht, aber dieser zählte nur stumm seine Gebetsperlen ab.

Takezo und Ryotaku starrten völlig entgeistert auf die vor ihnen hängende Hanako. Der Wind blies zunehmend stärker, so dass der Kiefernwald um den Tempel immer lauter und unheimlicher toste und rauschte. Hanakos Haarsträhnen peitschten den Boden.

Endlich gewann Kosuke seine Fassung zurück. Zugleich meldete sich seine Berufsehre, oder besser gesagt seine angeborene Neugier, und er hob entschlossen den Kopf.

Ausführlich nahm er die Leiche im Licht seiner Laterne in Augenschein, merkte sich ihre Position sowie die Art und Weise, mit der der Obi an dem Ast befestigt war.

Nachdem er alles gründlich untersucht hatte, wandte er sich Takezo zu.

»Takezo, könntest du bitte Dr. Koan holen? Inzwischen ist er vielleicht nicht mehr ganz so betrunken.«

»Ja, natürlich.«

Takezo rieb sich die Augen, als wäre er gerade aus einem schlechten Traum erwacht.

»Hochwürden, wie geht es Ihnen?«, wandte er sich an den

Priester, der sich einigermaßen merkwürdig verhielt. Er stand mit dem Gesicht zur Meditationshalle und schien Takezo gar nicht zu hören. Er wirkte wie betäubt.

»Hochwürden? Ehrwürdiger Vater?«

Der Stab fiel dem Priester aus der Hand und schlug mit einem dumpfen Geräusch auf den Boden auf. Erst jetzt schien er wieder zu sich zu kommen, und er hob ihn auf.

»W-was ist, Takezo?«, sagte er mit zitternder Stimme.

»Herr Kindaichi möchte, dass ich den Doktor hole«, erwiderte Takezo. »Ja, natürlich, geh nur.« Der Priester holte Luft und fing wieder an zu beten.

»Und was ist mit der Familie? Sollten wir sie nicht benachrichtigen?«, fragte Takezo.

»Ja, aber vielleicht sollten wir nur sagen, Hanako sei gefunden, nicht, dass sie ermordet wurde. Was meinen Sie, Herr Kindaichi?«

»Ja, Sie haben Recht«, pflichtete Kosuke dem Priester bei.

»Hanako ist doch ermordet worden, nicht wahr?«

»Nach Selbstmord sieht es jedenfalls nicht aus.«

Kosuke unterdrückte hastig ein unangebrachtes Grinsen und kratzte sich verlegen am Kopf.

»Ja … nun, Takezo, sage der Familie bitte nichts. Die Frauen erfahren es noch früh genug, und ich möchte sie nicht mehr erschrecken als nötig.«

»In Ordnung. Ich beeile mich.«

»Warte! Sag auch dem Bürgermeister Bescheid. Er soll herkommen. Herr Kindaichi, was ist mit der Polizei? Sollen wir Wachtmeister Shimizu benachrichtigen?«

»Er ist wahrscheinlich nicht zu Hause«, sagte Kosuke.

»Wieso nicht?«

»Man hat ihn ins Hauptrevier nach Kasaoka gerufen. Er ist am frühen Nachmittag mit dem Motorboot dorthin gefahren.«

»Aha, geh aber sicherheitshalber doch auf der Wache vorbei, Takezo. Falls Wachtmeister Shimizu bereits zurück ist, soll er herkommen.«

»In Ordnung. Bin schon unterwegs.«

Der Wind hatte sich inzwischen zu einem Sturm ausgewachsen. Die Äste der Kiefern knackten und krachten laut. Takezo mit seinen im Wind wehenden Kimonoärmeln sah aus wie eine Yajirobe-Fingerschaukel. Alsbald klatschten riesige Tropfen zu Boden. Der Wind brachte Regen.

»Verflucht, das hat uns gerade noch gefehlt!«

Kosuke blickte in den dunklen Himmel und schnalzte ärgerlich mit der Zunge.

»Was haben Sie, Herr Kindaichi?«, fragte der Priester.

»Ach, der Regen.«

»Ja, es sieht aus, als würde es gleich einen Wolkenbruch geben.«

»Wenn es bis zum Morgen regnet, werden sämtliche Fußspuren weggewaschen.«

»Ach ja, die Spuren!« Dem Priester schien plötzlich etwas einzufallen. »Fast hätte ich es vergessen. Kommen Sie doch bitte mal einen Augenblick mit, Herr Kindaichi. Ich muss Ihnen etwas zeigen. Ryotaku, du auch.«

Der Novize, der die ganze Zeit stumm und wie versteinert dagestanden hatte, meldete sich erstmals zögernd zu Wort.

»Hochwürden, können wir die Leiche denn dort hängen lassen?«

»Was meinen Sie, Herr Kindaichi? Wäre es in Ordnung, sie abzunehmen?«

»Ich finde, wir sollten sie vorerst nicht abnehmen. Vielleicht ist Wachtmeister Shimizu schon wieder zurück.«

»Nun gut, also lassen wir Hanako erst einmal dort. Ryotaku, du kommst mit uns.«

Sie verließen den Ort des Grauens und gingen hinüber zum Eingang der Priesterwohnung. Nun begann es, in Strömen zu regnen, als hätte der Himmel seine sämtlichen Schleusen geöffnet.

»Verflixt!« Kosuke sah zu den Wolken auf.

»So ein Pech!« Hastig flüchtete der Priester unter das Vordach. »Also, Herr Kindaichi, ich war ja vorhin kurz vor Ihnen hier, nicht wahr? Ich wollte das Gebäude durch die Vordertür betreten, aber dann fiel mir ein, dass ich sie von innen abgeschlossen hatte. Bitte hier entlang. Passen Sie auf, wo Sie hintreten.«

Sie gingen unter dem Vordach am Gebäude entlang, bis sie die Hintertür erreichten, an die unmittelbar ein steiler Hang angrenzte. Die Tür stand einen Spalt offen. Das Innere lag im Dunkeln.

»Da der Vordereingang verschlossen war, wollte ich durch die Hintertür ins Haus. Und dabei habe ich das hier entdeckt.«

Der Priester hob seine Laterne.

»Was ist das?«

»Der Riegel wurde abgeschraubt.«

Kosuke und Ryotaku sogen unwillkürlich den Atem ein. Das Vorhängeschloss hing an einem Pfosten der Hintertür.

»Ryotaku, du hattest doch die Hintertür abgeschlossen? Da sah es noch nicht so aus, nicht wahr?«, fragte der Priester.

»Natürlich nicht. Ich habe die Tür ordnungsgemäß verriegelt und wie üblich das Vorhängeschloss angebracht.«

»Und später stand die Tür dann offen?«, fragte Kosuke.

»Ja. Als ich den Schlüssel herausholte, um aufzuschließen, merkte ich, dass der Riegel abgeschraubt worden war. Ich habe dann überrascht die Tür geöffnet und das hier gesehen.«

Er leuchtete mit seiner Laterne durch den Spalt ins Innere. Der Boden war voller großer schlammiger Fußabdrücke.

Ryotaku schnappte nach Luft.

»Hochwürden, meinen Sie, das war ein Einbrecher?«

»Ich glaube schon. Die Abdrücke sind noch frisch. Dann bin ich losgerannt, um euch zu rufen, dabei habe ich sicherheitshalber mit der Laterne überall herumgeleuchtet – und dann habe ich sie gesehen.« Der Priester schluckte. »Hanakos Leiche.«

»Also hatten Sie noch keine Gelegenheit, drinnen nachzusehen, Hochwürden Ryonen?«, fragte Kosuke.

»Nein, natürlich nicht. Dazu hatte ich keine Zeit.«

»Dann lassen Sie uns mal hineingehen und nachschauen.«

»Gut, Ryotaku, du gehst zuerst rein und machst das Licht an«, befahl der Priester.

»Hochwürden, bitte nicht!«

»Was ist los mit dir? Du zitterst ja. Also wirklich! Sei kein Feigling!«

»Aber der Einbrecher ist bestimmt noch drin.«

»Keine Angst.« Kosuke deutete auf den Boden. »Schau mal, diese Spuren führen ins Innere, und die da wieder nach draußen. Komm, lass mich vorgehen.«

»Nein, ich gehe.«

Von Kosukes Erklärung einigermaßen beruhigt trat Ryotaku durch die Tür und schaltete das elektrische Licht in der Küche ein. Kaum wurde es hell, stieß er einen Schrei aus.

»Ryotaku, was ist los?«

»Hochwürden, auch hier sind überall Schlammspuren.«

»Eine schöne Bescherung. Fehlt etwas?«

»Ich sehe gerade nach.«

»Hochwürden, reichen Sie mir doch mal Ihre Laterne.«

Kosuke hatte seine Takezo mit auf den Weg gegeben. Er untersuchte die Tür von außen. Unmittelbar hinter ihm ragte der steile Berghang auf. An den meisten Tagen kam die Sonne auf der Insel gar nicht heraus, so dass die Erde immer feucht blieb und Fußspuren ganz deutlich darauf zu sehen waren. Aus seiner Zeit im Krieg wusste Kosuke, dass diese hier von Armeestiefeln stammten. Sie führten in das Gebäude hinein und wieder heraus.

Doch auf dem Weg, wo der Boden fest war, waren überhaupt keine Spuren zu erkennen. Und dann auch noch der Regen.

»Verdammt!« Angesichts des strömenden Regens schnalzte Kosuke erneut ungehalten mit der Zunge. Als er sich wieder zur Hintertür herumdrehte, war von den anderen beiden nichts mehr zu sehen.

»Meister Ryonen! Ryotaku!«, rief er.

»Hier drinnen!«, ertönte Ryotakus Stimme aus den Privaträumen des Priesters.

Kosuke ging hinein. Ryotaku war allein und dabei, die Schränke zu durchsuchen.

»Konntest du schon feststellen, ob etwas fehlt?«

»Nein, bisher nicht.«

»Wo ist Meister Ryonen?«

»Er sieht in der Haupthalle nach.«

»Ryotaku! Komm her und leuchte mir!«, rief es in diesem Moment von dort.

Glücklicherweise war die Kerze in Kosukes Laterne noch nicht erloschen. Er und Ryotaku eilten zur Haupthalle hinüber, in der das elektrische Licht brannte. Kosuke öffnete die Holzgitter an der Südseite und sah, dass der Priester über die Balustrade gelehnt nach unten blickte.

»Hochwürden, was gibt es?«

»Geben Sie mir mal die Laterne.« Der Priester leuchtete über die Balustrade, so dass der Opferstock darunter gut zu sehen war. Daneben lagen fünf oder mehr Zigarettenstummel und einige abgebrannte Streichhölzer.

»Ryotaku«, wandte Kosuke sich an den Novizen. »Fegen Sie da unten?«

»Jeden Morgen. Außerdem würde kein Tempelbesucher es wagen, hier zu rauchen.«

»Also war es der Einbrecher. Er muss, bevor er in Meister Ryonens Wohnung eingebrochen ist, hier auf den Stufen gesessen und geraucht haben.«

Glücklicherweise schützte die Dachtraufe die Stelle, so dass weder die Zigarettenstummel noch die Streichhölzer nass geworden waren. Kosuke ging die Stufen hinunter, holte ein Blatt Papier hervor und sammelte alles ein. Sich zufrieden am Kopf kratzend wandte er sich an den Priester.

»Hochwürden, schauen Sie. Die Stummel geben uns einen wichtigen Hinweis. Die Zigaretten sind selbstgedreht, und der Raucher hat dazu die Seiten aus einem Wörterbuch benutzt.«

»Aus einem Englisch-Wörterbuch, wie es scheint.«

»Genau, aus dem *Concise English-Japanese Dictionary*. Offenbar hatte der Raucher kein Zigarettenpapier und verwendete, was er gerade zur Hand hatte. Hochwürden, wer auf der Insel könnte ein englisches Wörterbuch besitzen?«

»Lassen Sie mich überlegen … Die Kitos würde ich sagen. Sowohl Chimata als auch Hitoshi haben die Schule besucht, also hatten sie bestimmt ein englisches Wörterbuch.«

»Und gibt es jemanden in der Familie, der raucht?«

Der Priester musste Luft holen. Seine Augen weiteten sich, und er umklammerte einen der Zierknöpfe an der Balustrade, vielleicht um das Zittern seiner großen, schweren Hände zu verbergen.

»Aber Hochwürden, w-was ist denn?«, stammelte Kosuke, erschrocken über die Reaktion des Priesters.

»Nein, das kann nicht sein … Völliger Unsinn!«

»W-wovon reden Sie? Gibt es einen Raucher bei den Kitos?«

»Ja, ich habe einmal gesehen, wie Sanae Zigaretten gedreht hat. Und erinnere mich jetzt, dass sie ein bedrucktes Blatt dazu verwendete, genau wie dieses hier. Und als ich sie fragte, für wen die Zigaretten seien …«

»Was hat sie geantwortet?«

»Sie seien für ihren Onkel.«

Kosuke schnappte unwillkürlich nach Luft. Die Hand, in der er das Papier mit den Stummeln hielt, zitterte nun auch.

»Und Sanaes Onkel ist der Mann im Käfig?«

»Ja, genau, Yosamatsu, der Wahnsinnige. Ich weiß noch, dass ich damals zu Sanae sagte, es sei in Ordnung, ihn rauchen zu lassen, aber Streichhölzer dürfe sie ihm nicht geben. Und sie versprach, sie außerhalb seiner Reichweite aufzubewahren.«

Eine Ratte rannte mit lautem Gepolter über das Tempeldach über ihnen. Erschrocken fuhren die drei Männer auf.

Der Sturm wurde immer heftiger, und Hanakos triefender Leichnam schwankte im seitlich peitschenden Regen, der inzwischen in Kaskaden aus den schwarzen Strähnen ihrer Haare strömte.

»Namu Shakyamuni …«, betete Ryotaku mit klappernden Zähnen.

»Hochwürden, meinen Sie wirklich, der verrückte Yosamatsu könnte heute Abend hier gewesen sein?«

»Unsinn! Ich habe ihn nur erwähnt, weil Sie nach den Zigaretten gefragt haben.«

Kosuke musterte den Priester eindringlich.

»Aber Sie haben vorhin etwas Seltsames gesagt.«

»Ich? Wann?«

»Vorhin, als wir Hanakos Leiche gefunden haben.«

»Habe ich da was gesagt?«

»Ja, ich konnte es nicht genau verstehen, aber es klang wie: *Verrückt, aber nicht zu ändern.*«

»Das soll ich gesagt haben?«

»Ja, ich bin mir ziemlich sicher. Und ich frage mich, ob Sie dabei an Yosamatsu Kito gedacht haben. Glauben Sie, dass er etwas mit diesem Fall zu tun hat?«

»Verrückt, aber nicht zu ändern – habe ich das wirklich gesagt?«, wiederholte der Priester nachdenklich.

Auf einmal weiteten sich seine Augen, seine Lippen zuckten, und seine breiten Schultern bebten. Jäh barg er das Gesicht in den Händen und taumelte einige Schritte rückwärts.

»Meister Ryonen!« Kosuke rang erschrocken nach Luft. »Ist Ihnen etwas eingefallen?«

Ryonen schwieg, noch immer schwer atmend, die Hände vor dem Gesicht. Gleich darauf ließ er sie sinken, wich aber Kosukes Blick weiter aus. Er blinzelte.

»Herr Kindaichi«, sagte er mit tiefer Stimme. »Sie haben

mich missverstanden. Es ist durchaus möglich, dass ich etwas Ähnliches gesagt habe, aber es hatte nicht das Geringste mit Yosamatsu Kito zu tun.«

»Aber, was bedeuteten diese Worte dann, Hochwürden? Wen meinten Sie denn mit verrückt?«

»Das kann ich Ihnen nicht sagen. Es ist zu schrecklich.«

Der Priester erschauerte noch einmal und seufzte tief auf. Seine Stimme klang verzagt.

»Herr Kindaichi, es gibt entsetzliche Dinge auf der Welt, so entsetzlich, dass man nicht an ihre Existenz glauben möchte. Für jeden mit gesundem Menschenverstand sind sie unvorstellbar, und dennoch gibt es sie. Verrückt, ja das sind sie. Momentan kann ich Ihnen nicht mehr darüber sagen. Vielleicht irgendwann, aber so weit ist es noch lange nicht. Es hat keinen Sinn, mich weiter danach zu fragen.«

Er beugte sich über das Geländer.

»Dr. Koan wird gleich hier sein«, rief er. »Ich sehe ein paar Lichter heraufkommen. Wir sollten die Wartezeit nutzen, um die Meditationshalle zu durchsuchen.«

Die Meditationshalle war also durch einen Korridor mit dem Hauptgebäude verbunden. Sie war lang und schmal, etwa zwei Meter breit und zehn Meter lang und nach Osten ausgerichtet. Betrat man die Halle von Süden durch die Holztür am Ende des Korridors, führte ein gerader Gang durch zwei Reihen von links und rechts angeordneten Tatami. Auf jeder war Platz für die Meditationsübung einer Person, zehn Plätze auf jeder Seite. Allerdings befand sich hinter der fünften Tatami ein Gang, der den Hauptgang im rechten Winkel kreuzte. Dort, also genau in der Mitte der Halle, stand eine Statue des Medizinbuddhas Yakushi-nyorai. Zur Linken lag eine Tür, die in den Tempelgarten mit dem prächtigen Pflaumenbaum führte. Hoch oben, zu beiden Seiten des Eingangs, befanden sich holzvergitterte Mushamado, Fenster, die verhinderten, dass jemand von außen die Meditierenden beobachtete.

Nachdem Ryonen die gesamte Halle genau inspiziert hatte, untersuchte er noch einmal die Tür, die in den Garten führte. Sie war von innen verriegelt.

»Nein, hier ist alles in Ordnung. Hat in den Wohnräumen etwas gefehlt, Ryotaku?«

»Ich bin noch nicht ganz fertig, aber bis jetzt scheint alles an seinem Platz.«

»Ein merkwürdiger Einbrecher. Oder vielleicht gibt es in unserem Tempel einfach nichts zu holen. Der Doktor muss jeden Moment eintreffen. Lassen Sie uns drüben auf ihn warten.«

Kosuke hing seinen Gedanken nach. Meister Ryonens Bemerkung ging ihm nicht aus dem Sinn. Für seinen Geschmack hatte der Priester ein wenig zu viel darum herumgeredet. Das Familienoberhaupt Yosamatsu war zweifelsfrei verrückt, aber eigentlich konnte sowieso nur ein Verrückter eine solche Tat begehen, ob nun Yosamatsu oder ein anderer. *Verrückt, aber nicht zu ändern,* was zum Teufel hatte das zu bedeuten?

Das Radioprogramm

Dr. Koan und Bürgermeister Araki eilten durch den strömenden Regen. Der Wind hatte ihre Schirme umgestülpt. Takezo, der sie begleitete, musste inzwischen kurz zu Hause gewesen sein, denn er hatte seinen formellen Kimono abgelegt. Alle drei waren völlig durchnässt, und Koans Ziegenbart triefte. Der Priester empfing sie am Haupttor.

»Hochwürden Ryonen!« Koans Mundwinkel und sein markanter Adamsapfel zuckten, aber er brachte kein weiteres Wort hervor. Bürgermeister Araki starrte dem Priester mit zusammengepressten Lippen stumm ins Gesicht. Einen Moment lang herrschte unheimliche Stille zwischen den drei Männern.

»Danke«, ergriff Ryonen endlich das Wort, »danke, dass ihr gekommen seid. Als Erstes solltet ihr Hanako sehen.« Er wies in Richtung Pflaumenbaum.

Nachdem Takezo ihnen in groben Zügen erklärt hatte, was passiert war, hatten sie sich eilends auf den Weg gemacht. Koan auf wackeligen Beinen, der Bürgermeister festen Schrittes. Der Priester wollte ihnen folgen, aber Takezo hielt ihn auf.

»Einen Moment bitte, Hochwürden.«

»Takezo, wie sieht es bei der Familie aus?«

»Tsukiyo und Yukie schliefen schon, aber Sanae war noch wach und wirkte furchtbar verängstigt.«

»Sie ist eine sehr kluge junge Dame. Sie ahnt vermutlich etwas.«

»Es schien so. Sie wollte unbedingt mit mir kommen, aber ich konnte sie davon abhalten. Katsuno kümmert sich um sie.«

»Und was ist mit Wachtmeister Shimizu?«, fragte Kosuke.

»Er ist noch nicht zurück.«

»Schade. Danke, dass Sie nachgesehen haben.«

Der Arzt und der Bürgermeister starrten wie versteinert auf den Pflaumenbaum. Koan war zwar Mediziner, dennoch schien Grauen ihn gepackt zu haben, während Bürgermeister Araki mit ausdrucksloser Miene den Leichnam betrachtete. Als Ryonen zu ihnen trat, wandte er sich ihm zu.

»Wie lange müssen wir sie hier noch hängen lassen? Sollten wir sie nicht abnehmen?«

»Herr Kindaichi meinte, wir sollten alles so lassen, bis die Polizei den Tatort untersucht hat. Deshalb haben wir sie bis jetzt nicht angerührt. Aber wir können sie wirklich nicht bis morgen früh hängen lassen. Und jetzt, wo ihr die Leiche auch gesehen habt, könnten wir sie eigentlich abnehmen. Was meinen Sie, Herr Kindaichi?«

»Ich glaube schon. Lassen Sie mich helfen.«

»Nein, das soll Takezo machen.«

»Bitte lassen Sie mich. Wo sollen wir sie hinbringen?«

»Ich finde, wir sollten sie vorerst in der Haupthalle ablegen. Ryotaku, geh du vor und breite ein paar Matten aus.«

Takezo und Kosuke befreiten Hanakos Leiche aus dem Baum und trugen sie in die Haupthalle.

»Herr Doktor, jetzt sind Sie dran«, sagte Kosuke. »Bitte untersuchen Sie die Leiche so gründlich wie möglich.«

Koan hatte seine professionelle Fassung zurückerlangt. Er war immerhin Arzt. Nachdem er beobachtet hatte, wie die beiden Hanako vom Baum geholt und in die Haupthalle gelegt hatten, machte er sich mit geübter Hand daran, ihre Leiche zu untersuchen.

»Können Sie die Todesursache schon bestimmen?«, fragte Kosuke.

»Sie wurde vermutlich erdrosselt. An ihrem Hals sind Spuren von einem Handtuch oder etwas Ähnlichem.«

Koan hob Hanakos Kopf an. »Allerdings scheint sie zuvor einen starken Schlag auf den Hinterkopf bekommen zu haben. Sehen Sie hier, die Platzwunde. Sie hat kaum geblutet, aber der Schlag hat wohl ausgereicht, um sie bewusstlos zu machen.«

»Sie meinen also, jemand hat sie niedergeschlagen, und als sie bewusstlos war, erdrosselt?«, erkundigte sich Kosuke.

»Der Mordbube«, sagte Koan in seiner altmodischen Ausdrucksweise, »wollte auf Nummer sicher gehen. Deshalb hat er sie erdrosselt. Dazu hat er ein großes Taschentuch oder Handtuch benutzt, ich tippe auf ein traditionelles Tenugui aus Baumwolle.«

»Und wann würden Sie den Todeszeitpunkt ansetzen?«

»Um sicher zu sein, muss ich weitere Untersuchungen durchführen, aber ich schätze, sie ist seit fünf oder sechs Stunden tot. Wie spät ist es jetzt?«

Kosuke sah auf seine Armbanduhr. Es war genau halb eins, also eine halbe Stunde nach Mitternacht.

»Das heißt, sie wurde heute, nein, gestern Abend zwischen 18:30 und 19:30 Uhr getötet.«

Genau das hatte Kosuke bereits vermutet. Dieser alte Knabe wusste erstaunlich gut Bescheid, und Kosuke betrachtete den ziegenbärtigen Doktor mit neuem Respekt.

Er selbst war natürlich kein Arzt, verfügte jedoch über einigermaßen solide medizinische Kenntnisse. Während des Studiums an der amerikanischen Universität, das ihm sein Gönner Ginzo Kubo ermöglicht hatte, hatte er als Aushilfspfleger in einem Krankenhaus gearbeitet, einerseits um Ginzo nicht zu sehr auf der Tasche zu liegen, andererseits, weil ihm die Erfahrung in seinem späteren Beruf als Privatdetektiv zugutekommen würde.

Außerdem hatte Kosuke mehrere Jahre an der Front gedient, Tote hatte er also genug gesehen. Immer wieder hatte Kosuke die Leichen der Menschen, die durch Bomben und Gewehre oder an Krankheiten verstorben waren, genau betrachtet und nicht eines der Opfer vergessen. So kannte er sich gut mit den verschiedenen Stadien der Totenstarre aus, und bei Hanako hatte ihm sein Gespür bereits gesagt, was der Arzt ihm nun bestätigte.

Hanako Kito war also am Abend des 5. Oktober zwischen 18:30 und 19:30 Uhr getötet worden. Doch wann war sie im Tempel angekommen? Kosuke rief sich die zeitliche Abfolge der Ereignisse an diesem Abend ins Gedächtnis.

Das letzte Mal war Hanako lebend gesehen worden, als

die Nachrichten im Radio begannen, also gegen 18:15 Uhr. Also musste das Mädchen sich um diese Zeit aus dem Haus geschlichen haben und zum Tempel hinaufgelaufen sein.

Kosuke hatte den Senkoji um 18:25 Uhr verlassen. Dessen war er sich sicher, da er auf seine Uhr geschaut hatte, als der Priester ihm die Laterne anbot. Auf dem Weg nach unten war er auf etwa halber Strecke des Pfades Takezo begegnet. Das musste gegen 18:28 Uhr gewesen sein.

Die beiden hatten sich getrennt, und Kosuke war zum Anwesen von Gihei Kito gegangen, wo er sich einige Minuten aufgehalten hatte. Als er wieder am Tempelpfad eintraf, kamen ihm Priester, Novize und Takezo von oben entgegen, und sie hatten den Weg zur Residenz der Stammfamilie Kito zu viert fortgesetzt. Als sie ankamen, hörte Sanae die Nachrichten über die Kriegsheimkehrer im Radio, die genauer gesagt gerade zu Ende waren.

Damals sah das abendliche Radioprogramm folgendermaßen aus:

18:15 Uhr: Hauptnachrichten

18:30 Uhr: Wetterbericht, Programmvorschau

18:35 Uhr: Nachrichten über Kriegsheimkehrer

18:45 Uhr: Englischkurs »Come, come!«

Kosuke war höchst befriedigt über die Genauigkeit, mit der er den zeitlichen Ablauf nachverfolgen konnte. Daraus ließen sich folgende Schlüsse ziehen: Zwischen dem Verlassen des Senkoji um 18:25 Uhr und der Ankunft bei der Stammfamilie Kito um 18:45 Uhr mit den anderen drei Männern hatte er sich auf dem Pfad befunden, auf dem alle zum Tempel hinaufgingen. Allerdings gab es da eine kleine Lücke. Er wusste nicht genau, wann der Priester, Ryotaku und Takezo den Tempel verlassen hatten. Möglicherweise war das erst geschehen, nachdem Kosuke vom Pfad in den Weg zum Haus der Zweigfamilie abgebogen war. In diesem Fall gäbe es eine kurze Zeitspanne, in der niemand auf dem Tempelpfad war.

Allerdings spielte das keine Rolle. Selbst wenn Hanako den Pfad zum Tempel just in dem Moment hinaufgegangen wäre, in dem Kosuke zu Giheis Haus abgebogen war, hätte sie etwa zehn Minuten bis hinauf zum Tempel gebraucht. Innerhalb dieser zehn Minuten war aber die Gruppe mit dem Priester ganz bestimmt vom Tempel aufgebrochen. Andernfalls wäre Kosuke ihnen nicht auf seinem Rückweg von Giheis Haus begegnet. Das hieß, die Gruppe hätte Hanako auf ihrem Weg nach oben sehen müssen. Also konnte Hanako nicht um diese Zeit zum Tempel hinaufgestiegen sein.

Aber wann dann? Hätte sie das Anwesen um 18:15 Uhr verlassen, wären es noch zehn Minuten bis zu Kosukes Aufbruch gewesen. Doch auch wenn Hanako innerhalb dieser zehn Minuten im Tempel angekommen wäre (was immerhin möglich war, wenn sie sich sehr beeilt hatte), hätte sie doch gewiss jemand bemerkt? Das Studierzimmer, in dem Kosuke untergebracht war, lag auf der Rückseite des Tempelgeländes, so dass er sie nicht hätte sehen können. Aber vom Wohnbereich des Priesters war das Tempeltor gut sichtbar. Außerdem hatte man von dort den Pfad im Auge, und die Läden hatten weit offen gestanden. Kosuke war überzeugt, dass entweder der Priester oder Ryotaku das Mädchen beim Durchschreiten des Tores hätten sehen müssen.

Er vermutete, dass Hanako, als sie das Haus gegen 18:15 Uhr verließ, nicht geradewegs zum Senkoji gegangen war. Sie musste irgendwo anders gewartet haben, bis alle den Tempel verlassen hatten. Daraus ergaben sich zwei wichtige Fragen:

1. Wo hatte Hanako Halt gemacht?

2. Und noch wichtiger: Wozu war Hanako überhaupt zum Tempel hinaufgegangen?

Wie sich herausstellte, ließ die zweite Frage sich sehr einfach beantworten.

Um festzustellen, ob Hanakos Leichnam noch weitere Verletzungen aufwies, hatte der Arzt den vorderen Teil ihres Kimonos geöffnet und dabei einen Brief gefunden. Er war tief in ihrem Unterkimono versteckt gewesen, so dass der Regen ihm nichts hatte anhaben können. Er war lediglich ein bisschen feucht.

»Ein Brief!«, rief der Bürgermeister und spähte dem Arzt über die Schulter.

»Was ist das denn für ein unschicklicher Umschlag?«, sagte der Priester missbilligend und hielt den Brief ins elektrische Licht. »Herr Kindaichi, ich sehe so schlecht. Könnten Sie vorlesen?«

Kosuke nahm den geblümten Umschlag. Er war von der Art, wie junge Mädchen ihn benutzen. Adressiert war er an

»Fräulein Tsukiyo«. Auf der Rückseite stand »Von Du-weißt-schon-wem«.

»Was? Der Brief ist an ihre ältere Schwester Tsukiyo?!«

»Wie seltsam. Wieso hat Hanako einen an ihre Schwester adressierten Brief bei sich?«

»Lassen Sie uns erst mal hören, was drinsteht«, sagte der Priester. »Ich bin mir ziemlich sicher, wer dieser Du-weißt-schon-wer ist. Der Brief geht ganz bestimmt auf das Konto von dieser verdorbenen Oshiho. So etwas sieht ihr ähnlich.«

Kosuke öffnete den Umschlag und las vor.

Verehrtes Fräulein Tsukiyo,
erweist mir bitte heute Abend um 19 Uhr auf dem Gelände des Senkoji die Ehre eines Stelldicheins. Um diese Zeit wird niemand dort sein, so dass wir in aller Ruhe plaudern können, ohne dass neugierige Blicke uns verfolgen.
Ihr Sie-wissen-schon-wer

Beim Lesen des Briefes schwankte Kosuke zwischen Neugier und Belustigung. Sein Gefühl war schwer zu beschreiben, aber es kribbelte ihn nur so in den Fingern. Im Stil erinnerte der Brief an eine Liebesgeschichte aus der Edo-Zeit.

»Der ist von Ukai. Das ist schon mal sicher«, sagte der Bürgermeister.

»Aber diktiert hat ihn Oshiho. Wer anders als diese grässliche Person könnte so etwas schreiben?«

»Kennt jemand Ukais Handschrift?«, fragte Kosuke.

Niemand kannte sie.

»Aber der Brief stammt ohne jeden Zweifel von ihm. Damit hat er Hanako in den Tempel gelockt.«

»Allerdings ist er an Tsukiyo gerichtet, Hochwürden«, wandte Kosuke ein.

»Das spielt keine Rolle. Der Brief ist zwar für Tsukiyo, aber aus irgendwelchen Gründen bekam Hanako ihn in die Finger. Doch statt ihn ihrer Schwester zu geben, wie es sich gehört hätte, hat sie sich aus dem Haus geschlichen und ist selbst hergekommen. Ach, und genau! Koan, sagtest du nicht, du hättest den jungen Schönling am frühen Abend in Richtung Tempel gehen sehen? Um welche Uhrzeit war das?«

»Weiß ich nicht. Ich sehe nie auf die Uhr. Jedenfalls habe ich auf meinem Weg zur Residenz beobachtet, wie der Junge in den Pfad zum Tempel einbog.«

Der Doktor war etwas später als Kosuke und die anderen in der Kito-Residenz eingetroffen. Kosuke schätzte, gegen 18:50 Uhr. So gesehen musste Shozo Ukai hinter ihm gewesen sein, kurz nachdem er Giheis Haus verlassen hatte.

»Sie glauben also, Hochwürden, er hat Hanako hierhergelockt und sie dann ermordet?«, fragte Gezeitenmeister Takezo.

»Ukai soll Hanako ermordet haben?«, murmelte der Doktor.

Bürgermeister und Priester wechselten einen Blick. Niemand bezweifelte, dass Ukai ein junges Mädchen in den Tempel locken würde, aber einen Mord traute ihm keiner zu.

Kosuke war Ukai nur einmal flüchtig begegnet, hatte aber den Eindruck gewonnen, dass der junge Mann vielmehr eine Art Schaufensterpuppe war als ein wahnsinniger Mörder, der eine so grausige Tat begehen würde. Natürlich konnte die äußere Erscheinung eines Menschen täuschen.

»Hochwürden Ryonen, wissen Sie, ob Herr Ukai raucht?«

Der Priester runzelte die Stirn. »Ich habe ihn nie rauchen sehen. Wieso fragen Sie das?«

»Wegen der Kippen, die wir gefunden haben. Immerhin wäre es möglich, dass er diese selbstgedrehten Zigaretten von Tsukiyo, Yukie oder Hanako bekommen hat.«

»Nein, Ukai ist Nichtraucher«, meldete Takezo sich zu Wort. »Er hat mal eine Zigarette, die ich ihm anbot, abgelehnt, weil er nicht rauche. Aber Hochwürden −«, Takezo rutschte auf den Knien nach vorn und schlug mit der Faust auf die Tatami. »Warum hat der Mörder Hanako dort aufgehängt? Und schlimmer noch, mit dem Kopf nach unten? Wer auch immer Hana getötet hat, warum so brutal?«

Das war der springende Punkt. Genau diese Frage ging auch Kosuke Kindaichi die ganze Zeit durch den Kopf. Wollte der Mörder einfach Angst und Schrecken verbreiten? Hatte er dieses grässliche Spektakel aus einer Laune heraus inszeniert, so wie sich manche Schriftsteller besonders grausame Szenen ausdenken, um die Sensationsgier ihrer Leserschaft zu befriedigen? Nein, das konnte nicht sein.

Kosuke Kindaichi glaubte nichts dergleichen. Der Umstand, dass Hanakos Leiche kopfüber in dem Baum aufgehängt war, musste eine tiefere Bedeutung haben. Davon war er überzeugt. Es war völlig verrückt. Allerdings schien die ganze Insel Gokumon etwas Verrücktes an sich zu haben.

Hinter dieser Inszenierung des Verbrechens steckte gewiss ein bestimmtes tiefgründiges Motiv.

Takezos Frage riss die Männer aus ihrer Erstarrung und führte ihnen noch einmal den ganzen Alptraum vor Augen, so dass ein eisiger Schauer sie überlief.

»Hochwürden!«, rief Ryotaku in diesem Moment aus der priesterlichen Wohnung herüber. »Ich weiß jetzt, was der Einbrecher gestohlen hat.«

Mit triumphierender Miene kam er auf die Haupthalle zugerannt. In beiden Händen hielt er einen hölzernen Bottich, in den man für gewöhnlich gekochten Reis füllt.

»Hochwürden, er war noch halb voll. Und jetzt, sehen Sie nur, er ist leer!«

Der Einbrecher hatte einen halben Bottich gekochten Reis gestohlen.

3 Wandschirm mit Haiku

Auf die Nacht des Grauens folgte ein nebliger Morgen.

Es hatte unentwegt in Strömen geregnet, doch nun hatte es aufgehört, und Dunstschwaden zogen über die Insel. Tiefgrauer Nebel verschleierte den Tempel, alles wirkte verschwommen, wie in einem nicht enden wollenden Traum.

Kosuke Kindaichi, der wie betäubt in Schlaf gefallen war, wurde gegen Morgen jäh von den Klängen der Andacht aus der Haupthalle geweckt. In seinem Zimmer war es noch dunkel, aber durch die Ritzen der geschlossenen Läden strömte kaltes Morgenlicht bis in jeden Winkel des Raums. Kosuke rollte sich auf den Bauch und sah auf die Uhr an seinem Kopfende. Es war bereits nach acht. Offenbar hatte auch Meister Ryonen verschlafen.

Auf dem Bauch liegend griff Kosuke nach seinen Zigaretten und zündete sich eine an. Während er rauchte und der Andacht lauschte, erschien ihm der Klang des hölzernen Gongs besonders kalt und durchdringend. Fröstelnd rief er sich die Ereignisse der vergangenen Nacht ins Gedächtnis. Hoffentlich würde es ihm gelingen, der dramatischen Inszenierung zumindest etwas von der Wahrheit zu entringen. Aber er hatte zu wenig geschlafen, um einen klaren Gedanken fassen zu können, und tastete wie beim Blindekuhspiel nur orientierungslos herum.

Er beschloss, das Grübeln vorläufig aufzugeben. Vielleicht sollte er aufstehen, aber die Decke war so schön warm, und er war noch so müde, dass er sich einfach nicht aufraffen konnte.

Überdies wirkten die monotonen Schläge des Gongs angenehm einschläfernd. Kosuke beschloss, der Versuchung nachzugeben und noch eine Weile zu dösen. Danach rauchte er langsam eine weitere Zigarette, währenddessen er, das Kinn träge in die Hand gestützt, mit schläfrigem Blick den zweiteiligen Wandschirm am Kopfende seines Futons betrachtete.

Meister Ryonen hatte ihn freundlicherweise vor ein paar Tagen eigens ins Zimmer gebracht, damit der Gast in den kalten Nächten der Insel Gokumon vor Zugluft geschützt war. Es war ein hübscher, dekorativer Wandschirm der Art, wie man sie zum traditionellen Puppenfest aufstellt. Der Untergrund war Papier, wahrscheinlich aus den Seiten eines alten Haiku-Bands. Die Gedichte waren allerdings in derartig stilisierter Schrift verfasst, dass Kosuke kaum mehr als die Zeichen für »Ach!« und »und« entziffern konnte. Auf diesen Untergrund hatte jemand zusätzlich drei Schmuckkarten geklebt, zwei auf die rechte Seite des Wandschirms, eine auf die linke. Auf jeder Karte befand sich eine Tuschezeichnung von einem Mönch oder Teemeister. Die Person auf den beiden rechten Karten – es schien sich um dieselbe zu handeln – trug eine Kopfbedeckung im Stil der Bergasketen und eine schwarze Jacke. Aus den drei tiefen Falten auf seiner Stirn ließ sich schließen, dass der Mann schon älter war. Die beiden Karten zeigten ihn in unterschiedlicher Körperhaltung. Der Mann auf der linken Karte wirkte dagegen ausgesprochen ungehobelt. Seine Jacke ähnelte der auf den anderen beiden, doch bei ihm stand sie bis zum Bauchnabel offen. Er saß im Schneidersitz und stellte seine behaarten Beine zur Schau. Er trug keine Kopfbedeckung, und sein runder, rasierter Schädel erinnerte Kosuke an den kahlköpfigen Meeresgeist Umibozu. Über jedem der Porträts stand anscheinend jeweils ein Haiku, doch so nachlässig hingekritzelt, dass es noch schwieriger zu entziffern war als die Verse auf dem Untergrund. Eigentlich hatte Kosuke keine Veranlassung, sich damit abzumühen, doch wie immer, wenn er untätig war, breitete sich Unbehagen in seiner Magengrube aus, und er musste etwas unternehmen, um es loszuwerden.

Also zuerst das Haiku oben rechts. Die fünf Zeichen in der oberen Zeile und die fünf in der unteren waren offenbar in der Silbenschrift Hiragana geschrieben. Das hatte er also schon einmal erkannt, aber wie sie entziffern? Eine Zeit lang starrte er abwechselnd auf die obere und die untere Zeile, aber die eigentümliche Schrift erweckte den Anschein, als wären vom Mairegen schlammige Würmer über das Papier gekrochen. Kosuke gab auf und richtete sein Augenmerk auf den Namen des Dichters. Sonderbarerweise schien es zwei Unterschriften zu geben. Als er genauer hinsah, erkannte er unter einem der Namen ganz schwach das Zeichen für »kopiert von«. Jäh begriff er, dass es sich bei diesen Haiku nicht um die Originale eines Dichters handelte, sondern dass jemand anders sie abgeschrieben hatte. Bei noch genauerem Hinsehen gelang es ihm, auf den anderen beiden farbigen Karten den gleichen Namen zu entziffern. Auch darunter stand »kopiert«. Das hieß, alle drei Gedichte waren von derselben Person abgeschrieben worden. Als nächstes suchte Kosuke das am besten lesbare von den drei Haiku heraus. Mit viel Mühe entzifferte er den Namen Gokumon.

Kosuke stieß ein zufriedenes Grunzen aus.

Das Pseudonym »Gokumon« war natürlich eindeutig eine Anspielung auf die Insel. Der Kopist musste hier ansässig gewesen sein. Was aber nicht bedeutete, dass auch der Verfasser ein Bewohner der Insel war. Bis dahin konnte Kosuke sich alles zusammenreimen, aber mit dem Inhalt half ihm das nicht weiter. Nun versuchte er, die Namen der ursprünglichen Dichter zu entziffern, die jeweils aus drei Silbenzeichen bestanden, und kam zu dem Schluss, dass die Namen auf den beiden Karten rechts identisch waren. Das hieß, die Zeichnungen des Mannes mit der Kapuze bildeten tatsächlich dieselbe Person ab. Aber der Name … Nach langem Grübeln las Kosuke schließlich die drei Silben O-ki-na, was »der alte Meister« bedeutete und ein Hinweis auf den großen Dichter Basho war.

»Donnerwetter! Basho!«, entfuhr es Kosuke nicht gerade so respektvoll, wie es dem altehrwürdigen Meister Matsuo Basho gebührt hätte. Was jedoch nicht hieß, dass er keine Hochachtung vor diesem Dichter empfand, den viele als einen wahren Gott des Haiku verehren. Nur war er ein wenig enttäuscht, nach der ganzen Anstrengung auf den populärsten Haiku-Dichter aller Zeiten zu stoßen.

Doch da es sich nun um Gedichte von Basho handelte, war ihre Entzifferung in greifbare Nähe gerückt. Vielleicht waren es sogar berühmte, auch ihm bekannte Haiku.

Kosuke überprüfte zugleich, ob die Silben »o«, »ki« und »na« aus dem Wort »Okina« noch weitere Male erschienen. Dies war tatsächlich der Fall, und nachdem er die Zeilen erneut gründlich in Augenschein genommen hatte, stellte er fest, um welches Haiku es ging:

> *Tragisches Schicksal*
> *unter dem Helm verborgen*
> *nun eine Grille*

Kosuke hatte das Gefühl, etwas Großes geleistet zu haben. Nachdem er das eine Haiku auf der rechten Seite entziffert hatte, fiel ihm das andere überraschend leicht.

> *In einer Hütte*
> *schlafen mit Kurtisanen*
> *Buschklee im Mondlicht*

Beide Gedichte stammten aus Bashos berühmter Sammlung *Auf schmalen Pfaden durchs Hinterland*, und Kosuke hatte sie in der Schule gelernt.

Nachdem er die beiden rechten Haiku entschlüsselt hatte, war es an der Zeit, das linke in Angriff zu nehmen. Dem

Porträt nach zu urteilen, stammte es nicht von Basho. Der Meister hätte sich nie in einem solchen Aufzug präsentiert. Außerdem war der Name unter dem Haiku keinesfalls Okina, Basho oder eine andere Ableitung seines Namens. Da jedoch die beiden Gedichte rechts von ihm stammten, musste das linke Haiku ebenfalls von einem bekannten Dichter der Vergangenheit sein. Niemand würde auf die Idee kommen, das Gedicht eines unbedeutenden Dilettanten neben Werke des großen Meisters zu stellen. Kosuke zermarterte sich das Gehirn. Welche anderen bekannten Haiku-Dichter gab es? Schließlich kam er auf Bashos berühmten Schüler Kikaku Takarai.

»Natürlich – das heißt ›Kikaku‹. Warum hat man den Namen so lächerlich kompliziert geschrieben?«, schnaubte Kosuke ärgerlich.

Alles, woran er sich erinnern konnte, war, dass Kikaku auf einer Brücke in einen Zen-Dialog mit Gengo Otaka, einem der 47 Ronin, verwickelt wurde, der höchst peinlich endete. Leider kannte Kosuke sich mit Kikakus Gedichten überhaupt nicht aus, so dass er sich kaum zutraute, das vorliegende Haiku zu ermitteln.

»Also gut, was gab es da von ihm?« Kosuke kramte in den Schubladen seines Gedächtnisses. *Am Jahresende / Wasser fließt dahin / des Menschen Schicksal?* Nein, das war definitiv nicht von Kikaku. Kosuke überlegte weiter, bis ihm schließlich ein paar weitere Haiku einfielen, die von Kikaku hätten sein können.

Herbstlicher Vollmond / die Schatten von Kiefern / auf

den Tatami? Oder vielleicht *Die Abendkühle / die Musashi-Ebene / eine Sternschnuppe*? Nein, beide kamen nicht infrage. Ach, war da nicht noch eins über das Pampasgras am Ise-Schrein? Egal, das war es sowieso nicht. Wie sollte er jemals herausfinden, welches Gedicht er hier vor sich hatte?

Alles, was er mit viel Mühe herausbekam, waren ein paar Hiragana. Nichts als grammatikalische Partikeln. Er hatte nicht die geringste Ahnung, welche bedeutungstragenden Kanji die Lücken ausfüllten.

Als er noch so grübelte, rief jemand aus der Priesterwohnung seinen Namen.

»Kindaichi! Kindaichi!«

Sein Drang, das Haiku auf dem Wandschirm zu entziffern, schwand wie Morgennebel in der Sonne.

»He, Kindaichi, schläfst du noch?«, rief Wachtmeister Shimizu.

Kosuke sprang auf. Er merkte, wie sehr er das gutmütige bärtige Gesicht seines Freundes vermisst hatte.

»Warte kurz, ich komme.«

Die Morgenandacht war noch im Gang, aber die langsamer werdenden Schläge des Gongs kündigten an, dass sie sich dem Ende zuneigte. Kosuke zog sich hastig an und stopfte sein Nachtgewand in den erstbesten Schrank. Als er die Läden aufschob und den dichten Nebel sah, musste er vor Überraschung dreimal hintereinander niesen.

Mit nackten Füßen tappte er hinüber in die kalte Küche, wo ihm der Wachtmeister mit seinen weißen Zähnen breit entgegen grinste, aber sofort wieder ernst wurde und sich verlegen räusperte.

»Guten Morgen!«, sagte Kosuke. »Tut mir leid, ich habe verschlafen.«

»Kein Wunder, nach dem Schreck letzte Nacht.«

Shimizu sah allerdings auch nicht aus, als hätte er viel Schlaf bekommen.

»Genau, und dann noch dieser furchtbare Regen. Bist du gerade zurückgekommen?«

»Ja, eben erst. Bei mir ist es auch nicht besonders gelaufen. Fast wie in einem Actionfilm.«

»Was war denn?«

»Wir haben eine Seeräuberbande verfolgt, und es gab eine Schießerei. Hast du die Schüsse nicht gehört?«

»Nein. Also ist es in der Nähe passiert?«

»Nein, drüben bei der Insel Manabe. Es war schrecklich. Anscheinend waren sieben oder acht Gangster auf dem Schiff. Sie haben sich verzweifelt gewehrt, wie von einer Katze in die Enge getriebene Ratten, und ständig auf uns geschossen. Wir haben uns auch nicht zurückgehalten. Es war ein einziges Geballer, eine Schlacht größer als die bei Dannoura.«

Der Vergleich mit der großen Seeschlacht im Jahre 1185 war natürlich maßlos übertrieben.

»Klingt furchtbar«, sagte Kosuke. »Habt ihr die Piraten gekriegt?«

»Die Kerle haben es tatsächlich geschafft zu entkommen. Unglücklicherweise haben sie unseren Motor getroffen, so dass wir manövrierunfähig waren und sie abhauen konnten. Sie hatten einen sehr schnellen 15-Tonner.«

»Tut mir leid, das zu hören. Du sagst ›wir‹, also warst du nicht allein?«

»Nein, es waren mehrere Beamte an Bord, weil wir ja das Schiff vom Hauptrevier hatten. Sie hatten einen von der Bande geschnappt, die in ein Lagerhaus in Mizushima eingebrochen war und Textilien und andere wertvolle Güter gestohlen hatte. Mit seiner Hilfe konnten wir den Schurken eine Falle stellen. Ach ja, übrigens habe ich einen getroffen, der dich kennt.«

»Ach? Wen denn?«, fragte Kosuke verblüfft.

Shimizu schien anzudeuten, Kosuke könne etwas mit den Piraten zu tun haben. Er musterte ihn argwöhnisch und räusperte sich. Dann fuhr er in verändertem Tonfall fort.

»Kindaichi, ich weiß nicht, wieso, aber du bist mir ans Herz gewachsen. Deshalb gebe ich dir jetzt einen Tipp. Wenn du irgendetwas auf dem Kerbholz hast, solltest du schnellstens von hier verschwinden.«

»W-w-was sagst du da?« Kosuke war fassungslos über Shimizus unerwartet kumpelhafte Warnung. »Wie kommst du darauf, dass ich etwas auf dem Kerbholz haben könnte? Wer hat so was gesagt?«

»Der, der dich angeblich kennt. Er hat mich gefragt, ob sich auf Gokumon etwas Ungewöhnliches zugetragen hat, was ich verneint habe. Und dann habe ich gesagt, dass sich ein Vagabund namens Kosuke Kindaichi … na ja … äh …«

»Macht nichts, du kannst mich ruhig so nennen. Du hast

ihm also von einem zwielichtigen Vagabunden namens Kosuke Kindaichi erzählt?«

»Ja, er war ganz verdutzt. Was? Kosuke Kindaichi ist auf Gokumon? Dann fragte er, ob dieser Kosuke Kindaichi so oder so ähnlich aussehe, und seine Beschreibung traf haargenau auf dich zu. Als ich es ihm bestätigte, war er noch überraschter. Ohne Grund würdest du garantiert keinen so abgelegenen Ort wie die Insel Gokumon aufsuchen. Du hättest auf jeden Fall eine bestimmte Absicht, sagte er. Ich soll aufpassen und ein Auge auf dich haben. Wenn er Zeit hat, will er vorbeikommen und sich selbst ein Bild machen.«

Kosuke starrte den Wachtmeister wie vom Donner gerührt an.

»Shimizu, wer in aller Welt war dieser Mann, von dem du da sprichst?«

Shimizu setzte sogleich eine dienstliche Miene auf und maß Kosuke mit seinem würdevollsten Blick.

»Sein Name ist Isokawa. Ein altgedienter Kommissar, ein Veteran im Hauptrevier von Okayama. Wie man hört, ein äußerst fähiger Ermittler.«

Kosuke fing sofort an, sich mit einem Ausdruck größter Freude am Kopf zu kratzen. Ganze Wolken von Schuppen flogen um ihn herum, so dass Wachtmeister Shimizu sich genötigt sah, ein paar Schritte zurückzuweichen.

»Du kennst Kommissar Isokawa?«

»J-ja, k-klar. W-wie geht es ihm? Ist er wohlauf?«

»Ja, es sah so aus. Viele haben ja wegen des Krieges ihre Stelle bei der Polizei verloren, er offenbar nicht.«

»Und er hat gesagt, er käme vielleicht auf die Insel?«

»Kindaichi?« Der Wachtmeister musterte Kosuke erstaunt. »Was ist los? Weinst du etwa?«

»Aber nein, wo denkst du hin?« Kosuke wischte sich hastig die Augen.

Liebe Leserinnen und Leser, sollten Sie *Die rätselhaften Honjin-Morde* gelesen haben, werden Sie verstehen, warum Kosuke Kindaichi so gerührt war, und mit ihm fühlen. Der geheimnisvolle Mord in dem Dorf in der Präfektur Okayama war der erste Fall, den Privatdetektiv Kosuke Kindaichi gemeinsam mit Kommissar Isokawa gelöst hatte. Allerdings war dies nicht der einzige Grund für Kosukes Tränen. Zwischen dem Mord damals und dem aktuellen Fall hatte ein Weltkrieg stattgefunden. Viele junge Männer waren nach Übersee geschickt worden und nicht zurückgekehrt. Zahllose der Daheimgebliebenen hatten zumeist bei Bombenangriffen ihr Leben oder ihr Heim verloren und waren im ganzen Land verstreut. Oft konnten die Menschen nicht einmal feststellen, wer von ihren Lieben überlebt hatte. Und nun hatte Kosuke auf dieser abgelegenen Insel, mit der er eigentlich nichts zu tun hatte, unverhofft Nachricht von einem alten Freund erhalten. Dies hatte ihn so völlig unerwartet getroffen, dass er seine Rührung nicht verbergen konnte.

Shimizu sah Kosuke forschend ins Gesicht.

»Du brauchst also nicht abzuhauen?«

»Sinnlos, mein Karma wird mich immer einholen. Haha.«

Kosuke lachte vergnügt, und Shimizu schnaubte ungläubig.

»Weißt du, Kindaichi, als Takezo mir heute Morgen erzählt hat, was letzte Nacht passiert ist, war ich fest entschlossen, dich festzunehmen, vor allem nach dem Gespräch mit Kommissar Isokawa. Offenkundig hattest du schon früher mit der Polizei zu tun. Und wie der Kommissar über dich geredet hat, bist du dort eine ziemlich bekannte Persönlichkeit.«

»Ja, da hast du recht.« Kosuke unterdrückte ein Grinsen. »Aber dass du mir noch keine Handschellen angelegt hast, bedeutet wohl, dass du deine Meinung geändert hast?«

»Nicht unbedingt. Denn ich habe viel nachgedacht, und da ist noch etwas, das keinen Sinn ergibt. Ich bin zu einer Schlussfolgerung gekommen, die genau das Gegenteil von dem ist, was du behauptest. Und wenn sie sich als richtig erweist, werde ich gezwungen sein, dich zu verhaften.«

»Was meinst du mit Gegenteil?«

Kosuke sah Shimizu verwundert an. Was ging dem freundlichen Polizisten durch den Kopf?

Shimizu kniff bekümmert die Augen zusammen und blinzelte.

»Du behauptest, ein Kriegskamerad von Chimata Kito und auf seinen Wunsch auf die Insel gekommen zu sein?«

»D-das ist richtig.«

»Nun, das ist mein Problem. Wärst du stattdessen ein Kamerad von Hitoshi, dem Cousin von Chimata, und in seinem Auftrag nach Gokumon gekommen, müsste ich dich sofort einsperren.«

Kosuke traute seinen Ohren nicht. Vor Erstaunen starrte er Shimizu fast ein Loch ins Gesicht.

»Shimizu, wovon redest du? Warum müsstest du mich verhaften, wenn ich ein Freund von Hitoshi wäre?«

»Verstehst du nicht? Chimata, der Erbe des Namens Kito, ist tot. Das ist offiziell. Und jetzt, da Chimata tot ist, fällt der gesamte Besitz der Familie Kito an seinen Cousin Hitoshi. Doch halt! Da sind ja noch die drei Schwestern Tsukiyo, Yukie und Hanako. Um an das Erbe zu kommen, müsste er zuerst sie aus dem Weg räumen.«

Ein kalter Schauer lief Kosuke über den Rücken, und seine Nackenhaare sträubten sich. Er blickte Shimizu durchdringend ins unrasierte Gesicht.

»Ich verstehe, was du sagen willst. Wäre ich ein Komplize von Hitoshi und in seinem Auftrag nach Gokumon gekommen, stünde ich in Verdacht ein von ihm gedungener Mörder zu sein?«

»Ja, genau, so denke ich es mir. Aber du …«

»Warte! Deine Theorie ist zumindest in zwei Punkten nicht schlüssig. Erstens kann Hitoshi in Burma nicht wissen, dass Chimata auf der Rückreise von Neuguinea gestorben ist. Zweitens ist es immer gefährlich, jemand anderen mit einem Mord zu beauftragen. Es wäre doch viel einfacher und sicherer für Hitoshi, nach Hause zu kommen und die Morde selbst zu begehen.«

»Da kann ich dir nicht zustimmen. Stell dir vor, Hitoshi kommt nach Hause, und unversehens wird ein Kito-Mädchen nach dem anderen umgebracht. Er wäre doch der Hauptverdächtige. Aber solange er noch in Burma ist, verdächtigt ihn natürlich niemand. Nehmen wir an, du wärst

Hitoshis Auftragskiller. Du hast keinerlei Verbindung zur Familie Kito und könntest die Morde begehen, ohne in Verdacht zu geraten.«

»Aber, wie gesagt, war Hitoshi in Burma und Chimata in Neuguinea. Hitoshi konnte nicht wissen, dass Chimata tot ist.«

»Und wenn er es einfach riskiert hat? Immerhin wusste er, dass man Chimata an die Front geschickt hatte. In einem so verheerenden Krieg ist die Wahrscheinlichkeit hoch, dass jemand getötet wird. Also beauftragt er einen guten Kumpel, der vor ihm zu Hause sein wird. Sollte Chimata noch am Leben sein, auch egal. Im Falle seines Todes jedoch wäre es dein Auftrag, vor Hitoshis Rückkehr die drei Schwestern zu töten. Hätte Chimata überlebt, hätte Hitoshi dich wahrscheinlich aufgefordert, zuerst ihn zu töten.«

Diese entsetzliche Theorie ausgerechnet aus dem Mund des gutmütigen Wachtmeisters Shimizu zu hören, verstärkte ihre ohnehin schockierende Wirkung auf Kosuke. Er knirschte mit den Zähnen, schluckte und stand eine Weile völlig fassungslos da, bis es ihm endlich wieder gelang, dem Polizisten in die Augen zu sehen.

»Dennoch bist du auf dem Holzweg, mein guter Shimizu. Ich bin kein Freund von Hitoshi, sondern Chimatas Kriegskamerad. Ich bitte dich, mir das zu glauben.«

Shimizu seufzte und ließ die angespannten Schultern sinken.

»Ich glaube dir. Ich habe eben sogar bei den Kitos angerufen. Sanae hat mir bestätigt, dass der Zettel, den du mitgebracht hast, ohne jeden Zweifel in Chimatas Handschrift verfasst ist. In diesem Punkt waren sie und Frau Katsuno sich ganz sicher. Also sehe ich vorläufig von deiner Verhaftung ab.«

»Dafür bin ich dir sehr dankbar. Aber wie kommst du eigentlich auf diese schrecklichen Dinge? Würdest du Hitoshi wirklich etwas so Grauenhaftes zutrauen?«

»Ich weiß selbst nicht, wie ich auf diese fürchterliche Idee gekommen bin. Daran ist bestimmt nur diese verfluchte Insel schuld. Ich hatte es dir ja schon gesagt, die Bewohner von Gokumon sind nicht wie andere Leute. Sie haben etwas Merkwürdiges an sich, das sich dem gesunden Menschenverstand entzieht. Sie sind hart und verschlossen wie Muscheln. Eine derart eigentümliche Mentalität kann man sich auf dem Festland gar nicht vorstellen. Und dann auch noch der Krieg, in dem wir alle mehr oder weniger verrückt geworden sind. Vielleicht kommt mir deshalb so grausiges Zeug in den Sinn.«

Shimizu tippte sich an die Stirn und schüttelte betrübt den Kopf. Er hatte sich geirrt. Kosuke war Hitoshi nie begegnet, und das war Beweis genug.

Dennoch fragte Kosuke sich, ob er Shimizus Hypothese einfach als Hirngespinst abtun konnte. Womöglich enthielt sie doch ein Körnchen der grausamen Wahrheit.

Wieder einmal dröhnten die letzten Worte des sterbenden Chimata wie Meeresrauschen und fernes Donnergrollen in Kosukes Ohren: Kindaichi, bitte! Fahr nach Gokumon! ... Rette meine Schwestern ... meine Cousine ...«

»Wachtmeister Shimizu, danke, dass Sie gekommen sind.«

Kosuke wurde aus seinen Gedanken gerissen. Meister Ryonen und sein Novize Ryotaku kamen von der Morgenandacht aus der Haupthalle zurück. Ihre Augenlider waren geschwollen, auch sie hatten kaum geschlafen.

»Ryotaku, mach bitte gleich Frühstück. Sie sind bestimmt hungrig, Herr Kindaichi.«

Der Priester wandte sich an den Polizisten.

»Es gibt einiges für Sie zu tun, Herr Wachtmeister. Die Leiche befindet sich in der Haupthalle. Sie wollen sie bestimmt sofort sehen. Aber ich müsste vorher schnell noch etwas essen. Macht es Ihnen etwas aus, einen Moment zu warten?« Ryonen sah wieder Kosuke an. »Sie sagten, Sie wollten die Fußspuren noch einmal im Hellen untersuchen. Dazu sind Sie sicher nicht gekommen? Sie haben verschlafen und sind eben erst aufgestanden? Nun, das ist ja auch kein Wunder. Bei der ganzen Aufregung und dem Sturm hat wohl letzte Nacht keiner von uns viel geschlafen. *Die ganze Nacht lang / lauschte ich dem Sturmgeheul / Berge im Rücken*. Das ist ein Haiku von Sora, dem Weggefährten von Basho. Sora war kein großer Dichter, aber dieses Haiku vermittelt ein echtes Gefühl.«

Meister Ryonen brach in vor Schlafmangel heiseres Gelächter aus. Typisch für ihn, schon wieder ein Haiku zu zitieren.

Wartet, er kommt bestimmt

Die Bewohner von Gokumon fühlten sich, wie schon erwähnt, ihrem Tempel stark verbunden. Nach seiner ersten Nacht im Senkoji war Kosuke noch vor dem Morgengrauen von Schritten, Gebete murmelnden Stimmen und dem Tempelgong geweckt worden. Er hatte angenommen, es sei ein Feiertag, doch später war ihm klar geworden, dass ein morgendlicher Tempelbesuch auf der Insel zum Alltag gehörte. Die Insulaner fühlten sich unwohl, wenn sie vor dem Auslaufen ihrer Schiffe oder dem Aufbruch zur Arbeit nicht im Tempel gewesen waren. Allerdings war dabei weniger fromme Inbrunst im Spiel als Gewohnheit. Beten war für sie wie Waschen oder Zähneputzen.

Doch an diesem Morgen hatte Wachtmeister Shimizu dafür gesorgt, dass keine Besucher das noch immer in dichten Nebel gehüllte Tempelgelände betraten. Es war keine Menschenseele zu sehen. Kosuke war erleichtert, weil niemand am Tatort herumgetrampelt war, und das, obwohl er verschlafen hatte.

»Herr Kindaichi, frühstücken Sie doch auch erst mal was. Wir waren letzte Nacht so lange auf, und Sie müssen halb verhungert sein. Können wir Ihnen auch etwas Tee anbieten, Herr Wachtmeister? Ihrer Arbeit können Sie auch noch ein bisschen später nachgehen.«

»Ja, bitte, ich bedanke mich.«

Das Tempelfrühstück war sehr einfach. Es gab mit Gerste gemischten Reis, Misosuppe und ein paar Scheiben eingelegten Rettich. Wachtmeister Shimizu machte sich nicht die Mühe, seine Schuhe auszuziehen, und setzte sich umstandslos auf die Eingangsstufe, um die Schale Tee zu schlürfen, die Ryotaku ihm brachte.

Plötzlich schien ihm etwas einzufallen.

»Hochwürden Ryonen, stimmt es, was ich gerade von Takezo gehört habe? Der Einbrecher von letzter Nacht soll sich mit Ihrem gekochten Reis davongemacht haben?«

»Ja, das stimmt. Er hat den Topf vollständig geleert.«

»Und wie viel war noch drin?«

»Ungefähr drei Portionen. Ich hatte vergessen, dass wir gestern bei der Totenwache in der Residenz essen sollten, und versehentlich die übliche Menge Reis fürs Abendessen gekocht.«

»Er hat also den ganzen Reis verputzt. Hochwürden, glauben Sie, Morden macht Hunger?«

Shimizu sprach in völligem Ernst. Kosuke musste prusten und hätte sich fast an seinem Tee verschluckt.

»Danke fürs Frühstück. Es wird Zeit, die Fußspuren des Mörders mit dem großen Appetit zu untersuchen.«

Voller Tatendrang erhob er sich.

Unmittelbar hinter dem Priesterquartier ragte also der steile Berghang auf, so dass der Boden dort stets ein bisschen feucht war. Dank der überhängenden Dachtraufen hatte der starke Regen in der vergangenen Nacht die Fußabdrücke nicht fortgewaschen.

»Aha, Abdrücke von Armeestiefeln. Wir hätten etwas

vorsichtiger sein müssen, aber ich kann noch erkennen, was du meinst. Sie führen durch die Tür ins Haus und dann wieder nach draußen.«

Der Priester, sein Novize und Kosuke waren in der Nacht darüber hinweggetrampelt, und Wachtmeister Shimizu hatte am Morgen ein Übriges dazu getan. Dennoch ließen sich die Abdrücke noch einigermaßen deutlich erkennen.

»Shimizu, weißt du, ob es auf der Insel Leute gibt, die Militärstiefel tragen?«

»Ja, massenhaft. Denk an die vielen Kriegsheimkehrer. Außerdem wurden neulich noch Armeestiefel verteilt. He, Moment mal!« Shimizu beugte sich tiefer. »Guck dir das mal an. Siehst du diesen Abdruck? Da ist eine kleine Stelle, die die Form einer Fledermaus hat. Kommt das vom Schlamm? Oder ist es so was wie ein Riss in der Sohle, der diesen Abdruck verursacht?«

»Ja, jetzt sehe ich es auch. Am rechten Stiefel.« Kosuke bückte sich und versuchte, in dem Durcheinander einen rechten Stiefelabdruck zu finden. »Shimizu, du hast recht. Der rechte Stiefel hinterlässt immer diesen Abdruck. Guck mal da drüben, genau das Gleiche, oder?«

Die Stiefelabdrücke, auf die Kosuke jetzt deutete, waren zwar unterschiedlich tief, hatten aber alle den gleichen kleinen fledermausförmigen Abdruck im Zehenbereich hinterlassen.

»Sein rechter Stiefel hat also diese Markierung an der Sohle. Wer auch immer einen solchen Stiefel trägt, muss der Mörder sein.«

»Einen besseren Beweis hätten wir nicht finden können.«

Wachtmeister Shimizu war äußerst zufrieden mit seiner Entdeckung. Plötzlich richtete Kosuke sich auf. Die Bewegung war so abrupt, dass der Polizist ihm erschrocken ins Gesicht sah.

»Kindaichi, was ist los?«

Aber Kosuke schien ihn nicht zu hören, sondern starrte abwesend ins Weite. Über Shimizus Gesicht legte sich der Schatten des Argwohns.

»Kindaichi? He, Kindaichi! Was ist? Sag bloß, du kennst den Mann, dem dieser Stiefel gehört?«

»Ich –?«

Kosuke drehte sich leicht zu Shimizu um, aber als er den Argwohn in den Augen des Polizisten bemerkte, schüttelte er rasch den Kopf.

»D-das ist völliger Unsinn. Wie sollte das möglich sein?«

»Aber irgendwas hat dich doch überrascht, als du dir den Abdruck angesehen hast?«

»Das hatte nichts mit dem Stiefel zu tun, Shimizu. Überrascht hat mich, – nein, darüber sollten wir später sprechen. Lass uns zuerst hier draußen alles absuchen.«

Kosuke wich Shimizus jetzt höchst misstrauischem Blick aus und wand sich durch den schmalen Spalt zwischen Hintertür und Felsen. Damals hätte er nicht im Traum daran gedacht, welch schwerwiegende Folgen es haben könnte, Argwohn in dem guten Shimizu zu säen. Andernfalls hätte er ihm lieber gleich anvertraut, was er entdeckt hatte.

Bei näherer Betrachtung der rechten Stiefelabdrücke vor

der Hintertür zur Priesterwohnung fiel ihm nämlich auf, dass mehr Fußabdrücke ins Haus hineinführten als hinaus. Und nicht nur das, einige der nach innen führenden Abdrücke überlagerten eindeutig solche, die nach draußen führten, mussten also nach ihnen entstanden sein.

Was bedeutete das? Die meisten Abdrücke zeigten, dass der Jemand, nachdem er die Wohnräume betreten hatte, wieder herausgekommen war. Aber es sah so aus, als hätte sich der Mörder anschließend noch einmal umgedreht, um wieder hineinzugehen.

Und was hatte er dann gemacht? Es gab keine Fußspuren, die ein zweites Mal nach draußen führten. Wohin war er also verschwunden? Er konnte nur durch die Wohnung des Priesters gegangen sein.

Kosuke kam Meister Ryonens seltsames Verhalten am alten Pflaumenbaum in der Nacht zuvor in den Sinn. Er hatte mit dem Gesicht zur Meditationshalle gestanden, als ihm, wie vor Schreck, sein schwerer Priesterstab laut klappernd zu Boden fiel. Beim Aufheben hatten seine Hände heftig gezittert. Hatte er in der Meditationshalle jemanden gesehen – vielleicht sogar den Mörder?

Je mehr Kosuke darüber nachdachte, desto verdächtiger fand er das Verhalten des Priesters. Dadurch, dass er Kosuke und Ryotaku gleich anschließend zur Hintertür seiner Wohnung geführt hatte, um ihnen die Fußspuren zu zeigen, war die Meditationshalle ihrem Blickfeld entzogen. Somit wäre es für jeden, der sich vielleicht dort versteckt hielt, ein Leichtes gewesen zu entkommen. Überdies (bei diesem Gedanken wuchs Kosukes Aufregung) war der Priester, während Kosuke die Fußabdrücke untersuchte, durch die Küche und seine Wohnung allein hinüber zur Haupthalle gegangen. Vielleicht war er auf dem Weg in die Meditationshalle geschlüpft und hatte deren Tür verriegelt, um die Flucht des Mörders zu verschleiern? Anschließend hatte er Kosuke und Ryotaku in die Meditationshalle gebracht, um ihnen zu beweisen, dass sie verschlossen gewesen war.

Kosuke war sich sicher: Der Priester wusste, wer der Mörder war. Und dann seine Verwendung des Wortes ›verrückt‹, als sie Hanakos Leiche entdeckt hatten … Ganz sicher, Meister Ryonen kannte den Mörder. Nein, er kannte ihn nicht nur, er hatte ihn absichtlich entkommen lassen.

Kosuke überlegte hin und her, während er den Tempelgarten gründlich absuchte. Doch erwartungsgemäß fand er nicht eine Spur, die auch nur annähernd ein Fußabdruck hätte sein können. Das Gelände, auf dem der Tempel stand, war aus Granit und wurde, wenn es ein paar Tage nicht regnete, trocken wie ein Mahlstein, und Regengüsse wie der in der vergangenen Nacht spülten meist das letzte bisschen Sand und Erde fort. Besonders gründlich nahm Kosuke die Umgebung der Meditationshalle unter die Lupe, aber auch hier war nichts zu entdecken. Natürlich waren weder in der Haupt- noch in der Meditationshalle Schlammspuren zu finden. Der Mörder musste also seine Stiefel ausgezogen haben, bevor er sie betrat, und anschließend barfuß aus der Meditationshalle geflüchtet sein. Kosuke bezweifelte, dass jemand, der mit nackten Füßen auf Zehenspitzen lief, selbst bei dem starken Regen Spuren hinterlassen hätte. Lediglich an dem Opferstock vor der Haupthalle, wo sie die Zigarettenkippen gefunden hatten, waren ein paar getrocknete Schlammspuren zu sehen. Und alle rechten Stiefelabdrücke wiesen die gleiche fledermausförmige Einkerbung auf.

»Der Mörder muss sich eine Weile hier aufgehalten haben. Was meinst du, Shimizu? Von hier aus kann man zwar die Treppe zum Tempel nicht sehen, aber das Tor. Er war im Bilde, sobald jemand heraufkam. Und während er das Tor im Auge behielt, rauchte er.«

»Er hat geraucht? Woher weißt du das?«

»Weil hier Kippen auf dem Boden lagen. Ach stimmt, das kannst du ja noch gar nicht wissen.«

»Hier lagen Kippen herum? Was ist mit denen passiert?«

»Wir haben sie aufgesammelt. Hochwürden Ryonen hat sie gefunden.«

»Kindaichi?« Wachtmeister Shimizu richtete sich zu voller Größe auf, um seine Autorität zu unterstreichen. Seine Miene hingegen wirkte unschlüssig. Wie sollte er ausdrücken, was er auf dem Herzen hatte?

»Was denkst du dir eigentlich? Ich bin der Hüter des Gesetzes und der öffentlichen Ordnung auf dieser Insel. Ich bin die Polizei! Wie kommst du dazu, die Leiche ohne meine Erlaubnis vom Baum zu schneiden und diese Zigarettenkippen einzusammeln? Das sind Beweismittel! Weißt du nicht, wie entscheidend es sein kann, einen Tatort, insbesondere bei Mord, unverändert zu lassen? Oder willst du die Ermittlungen absichtlich behindern?«

»Aber, aber, Shimizu.«

»Nichts aber aber, Shimizu! Rück sofort die Zigaretten-stummel raus! Nein, nicht einfach rausholen. Du legst sie gefälligst genau dorthin zurück, wo ihr sie gefunden habt.«

»Aber d-das geht nicht!«

»Wieso geht das nicht? Du musst doch wissen, wo und wie diese Kippen auf dem Boden lagen. Das könnte von größter Bedeutung sein. Wenn du das nicht kannst, muss ich dich wegen Unterschlagung von Beweismitteln festneh-men.«

»Aber w-was hast du denn, mein guter Shimizu? Warum bist du auf einmal so streng zu mir? Ich dachte, wir wären Freunde?«

»Wir sind Freunde? Was für Freunde denn? Wovon redest du? Du bist ein Herumtreiber von Wer-weiß-wo, und ich bin der rechtmäßige Gesetzeshüter dieser Insel.«

So überheblich und außer sich hatte Kosuke den Polizis-ten noch nie erlebt. Er war völlig verblüfft.

»Nun, ja, da hast du wohl recht ... Oh, guten Morgen! Sie kommen gerade im rechten Augenblick. Wir wollten Ihnen eben einen Besuch abstatten. Bzw. nicht wir, sondern Wacht-meister Shimizu. Er hat just davon gesprochen. Nicht wahr, Herr Wachtmeister?«

Oshiho aus der Seitenlinie der Familie Kito betrat das Tempelgelände. Sie hatte den hübschen Shozo Ukai im Schlepptau. Die beiden kamen Kosuke mehr als gelegen. Er begriff noch immer nicht, warum Shimizu sein Verhalten so schlagartig geändert hatte, wollte jedoch die Ankunft der

Besucher nutzen, um ihn von seinem Ärger abzulenken, und wandte sich Oshiho sogleich mit großer Liebenswürdigkeit zu. Dabei entging ihm, dass er Shimizus Argwohn auf diese Weise nur schürte.

»Haben Sie beide sich etwa gerade gestritten?«

Oshiho war an diesem Morgen besonders sorgfältig zurechtgemacht. Zart und weiß wie eine Abendwinde tauchte ihr Gesicht aus dem Nebel auf. Und dann die Art, wie sie sich bewegte! Mit ihrem anmutigen Gang strahlte sie eine atemberaubende Sinnlichkeit aus.

»Nein, wieso? W-Wie kommen Sie darauf?«

Da Kosuke kurz vor einem seiner üblichen Stotteranfälle war, fing er an, sich den wirren Haarschopf zu kratzen, denn das half bisweilen, ihn vom Stottern abzuhalten.

»Da bin ich aber froh. Wachtmeister Shimizu –« Oshiho warf Kosuke einen verführerischen Blick zu, bevor sie sich Shimizu zuwandte. »Ich bin gekommen, weil mir etwas sehr Merkwürdiges zu Ohren gekommen ist.«

Von Angesicht zu Angesicht mit der schönen Oshiho war der großspurige Ton, den Shimizu gerade noch gegenüber Kosuke angeschlagen hatte, wie weggeblasen.

»Was denn Merkwürdiges?«, stammelte er und schluckte hastig seine Spucke hinunter.

»Nun, etwas Seltsames eben. Also dachte ich, ich komme mit Herrn Ukai her und finde heraus, was es damit auf sich hat. Herr Kindaichi, wo ist Hochwürden Ryonen?«

»Hier ist er!« Der Priester kam mit schweren Schritten von seiner Wohnung auf die Haupthalle zu. »Guten Morgen, Oshiho. Wie geht es Herrn Gihei? Ich hoffe, seine Gicht hat sich ein wenig gebessert. He, Ryotaku! Hol ein paar Kissen, damit wir uns setzen können. Und Sie da, wie war noch mal der Name? Ach ja, Ukai, setzen Sie sich bitte auch zu uns. Sie brauchen keine Angst zu haben. Ein gut aussehender junger Mann wie Sie ist immer willkommen. Wir werden Sie schon nicht fressen. Höchstens vielleicht Oshiho. Hahaha!«

Wie zu erwarten, verschlug es Oshiho die Sprache. Erstaunt musterte sie den Priester, der sich im Schneidersitz auf einem Zabuton niedergelassen hatte.

Dieser vergeudete keine Zeit. »Ich habe von dort drüben zugehört. Sie möchten also unbedingt etwas fragen? Oder haben Sie uns etwas zu sagen? Wenn ja, sprechen Sie frei heraus. Hanako dort drüben hört ebenfalls zu.« Der Priester deutete mit seinem dicken Finger auf die Haupthalle.

Als Shozo Ukai dies hörte, verdüsterte sich seine Miene, und er versteckte sich hinter Oshiho, die kurz erbleichte. Dann schoss ihr das Blut ins Gesicht. Dieser Wechsel von Weiß zu Rot war besonders augenfällig. Aus ihren Augen schienen Blitze zu schießen. Doch sie hatte sich sofort wieder im Griff. In der Öffentlichkeit die Fassung zu verlieren wäre eine schmähliche Niederlage gewesen. Oshiho zog es vor, sich vor anderen keine Blöße zu geben.

»Hahaha, Sie sind mir einer, Hochwürden!« Mit einem glockenhellen Lachen sank sie graziös auf das Kissen, das Ryotaku ihr gebracht hatte. Die Röte war aus ihrem Gesicht gewichen.

»Hochwürden, wenn Sie so reden, könnte man meinen, ich wäre hier, um mich zu beschweren. Dabei bin ich nur eine unkultivierte, ungehobelte Frau, die nicht weiß, wie man sich höflich ausdrückt. Aber ich war einfach so aufgeregt. Sie wissen ja, ein Wurm krümmt sich, wenn er getreten wird.«

»Ein Wurm? Aber liebe gnädige Frau, Sie sind doch kein Wurm! Gewiss nicht, Sie sind ein viel größeres Geschöpf. Eine Schlange schon eher.«

Abermals schoss Oshiho das Blut in die Wangen. Der Priester sah es und fuhr fort.

»Lassen wir das. Sagen Sie mir, was Sie auf dem Herzen haben, gnädige Frau.«

»Das will ich tun. Es heißt, Hanako sei letzte Nacht hier ermordet worden. Im ganzen Dorf wird darüber geredet. Die Leute behaupten, dass Ukai sie auf meine Veranlassung hierhergelockt hätte und wir sie dann gemeinsam getötet hätten. Das ist doch ungeheuerlich!«

»Das ist in der Tat eine furchtbare Anschuldigung. Aber wie Sie wissen, Oshiho, sagt man auch, wo Rauch ist, ist auch Feuer. Sind Sie sicher, dass Sie sich nicht auf irgendeine Weise verdächtig gemacht haben?«

»Ich? Wie können Sie so etwas sagen! Das verbitte ich mir.«

»Aber, aber. Natürlich behaupte ich nicht, dass Sie beide Hanako ermordet haben. Aber sie scheint tatsächlich aufgrund eines Briefes von Herrn Ukai hier gewesen zu sein, in dem er sie um ein Stelldichein bat.«

»Ein Brief von Ukai? Wirklich? Ukai, hast du Hanako gebeten, sich hier mit dir zu treffen?«

»Hanako? Nein, ich kann mich an nichts Derartiges erinnern.«

Ukai zog die schönen Brauen zusammen. Es war das erste
Mal, dass Kosuke den jungen Mann sprechen hörte. Wie er
es erwartet hatte, passte seine zarte melodische Stimme zu
seinem Aussehen. Sie zitterte ganz leicht und vermittelte
etwas von der Melancholie einer verlorenen Seele.

»Da hören Sie es, Hochwürden. Ukai kann sich an so etwas nicht erinnern. Sind Sie sicher, dass es sich nicht um
einen Irrtum handelt?«

»Unzweifelhaft habe ich mich falsch ausgedrückt. Die Person, die Ukai um ein Rendezvous gebeten hat, war nicht Hanako, sondern ihre ältere Schwester Tsukiyo. Ich habe keine
Ahnung, warum Hanako den Brief an sich genommen hat
und anstelle ihrer Schwester hierhergekommen ist. Ryotaku, gib mir mal den Brief. Vermutlich erinnern Sie sich
jetzt an ihn, Herr Ukai?«

Ukai und Oshiho tauschten einen Blick, worauf sie sich
ein wenig vorbeugte.

»Oh, jetzt verstehe ich! Hana hatte diesen Brief! Nun, an
den kann ich mich erinnern. Ich habe ihn diktiert, und Herr
Ukai hat ihn niedergeschrieben. Sind Sie jetzt zufrieden? Ukai
und Tsukiyo sind ein ideales Paar. Aber man versucht ständig,
sie auseinanderzubringen. Das tut mir sehr leid, und ich tue
mein Möglichstes, um die Liebe der beiden jungen Leute zu
unterstützen. Sie sind wie füreinander geschaffen.«

Oshihos Stimme klang sanft, aber hinter dieser Sanftmut spürte Kosuke ihren eisernen Willen. Sie war unberechenbar und entschlossen zu bekommen, was sie wollte.

»Das mag alles sein, aber Ihre persönlichen Absichten spielen für uns keine Rolle. Was wir von Ihnen, Herrn Ukai, wissen möchten, ist, ob Sie in der vergangenen Nacht hier auf dem Tempelgelände waren. Wir haben nämlich einen Zeugen, der sie auf dem Pfad nach oben gesehen hat.«

Ukai zögerte einen Moment, aber auf einen Blick von O-shiho machte er einen Schritt auf den Priester zu.

»Ja, ich war hier«, murmelte er leise und mit gesenkten Lidern. »Eigentlich bin ich sogar heute hier, um Ihnen davon zu erzählen, weil ich ein Missverständnis fürchtete. Ich hatte Tsukiyo diesen Brief geschickt und war ziemlich sicher, dass sie kommen würde. Also habe ich hier am Tempel gewartet. Aber als sie nach einer Stunde nicht aufgetaucht war, gab ich auf und ging nach Hause. Das war alles.«

»Aha. Und haben Sie in der Zeit zufällig Hanako gesehen?«

»Nein. Mit ihr hätte ich sowieso nie gerechnet.«

»Wie viel Uhr war es, als Sie hier eintrafen?«

»Ich weiß nicht genau. Ich verließ das Haus«, er wandte sich Kosuke zu, »kurz nachdem Sie wieder gegangen waren, Herr Kindaichi. Ich sah Hochwürden und die anderen den Tempelpfad hinunterkommen. Unten trafen Sie mit ihnen zusammen, worauf sie gemeinsam den Weg zur Residenz der Kitos einschlugen. Ich wartete, bis Sie nicht mehr zu sehen waren, bevor ich den Pfad zum Tempel hinaufstieg. Ich kann nicht genau sagen, wie lange ich hier oben gewartet habe, aber kurz bevor es acht Uhr schlug, war ich wieder zu Hause.«

»Aber wo um alles in der Welt war Hanako die ganze Zeit, wenn Herr Ukai sie nirgendwo gesehen hat, wie er sagt?«

Der Priester rieb sich nachdenklich das Kinn und ließ den Blick über die Gesichter schweifen. Niemand sagte etwas, bis Oshiho Anstalten machte, sich zu erheben.

»Wie dem auch sei, Ukai hat nichts mit dieser Sache zu tun. Er hatte überhaupt keinen Grund, Hanako zu töten. Überdies hätte er gar nicht den Mut zu so etwas.«

Kosuke, der das Geplänkel zwischen Oshiho und dem Priester belustigt verfolgt hatte, meldete sich erstmals zu Wort.

»Ich hätte noch eine Frage an Sie, Herr Ukai. Haben Sie geraucht, während Sie auf Tsukiyo warteten?«

»Geraucht? Nein, ich bin Nichtraucher.«

»Hatten Sie gestern Abend japanische oder westliche Kleidung an?«

»Japanische. Ich besitze keine westliche Kleidung.«

»Aber etwas Westliches haben Sie doch bestimmt? Schuhe, zum Beispiel? Vielleicht Armeestiefel?«

»Ja, Armeestiefel.«

»Vorsichtshalber solltest du dir die Stiefel später zeigen lassen, Shimizu. Auch wenn ich nicht glaube, dass es die richtigen sind. Eine Frage hätte ich noch hinsichtlich des Briefes, den Sie Tsukiyo geschrieben haben. Wissen Sie, wie er in Hanakos Hände gelangt sein könnte?«

Ukai zögerte und errötete ein wenig unter Oshihos Blick.

»Tsukiyo und ich legten unsere Briefe immer in ein Astloch des Liebesbaums.«

»Des Liebesbaums? Sie meinen wie den Aizen Katsura?«

Alle bekamen große Augen, und Kosuke kratzte sich grinsend den Kopf.

»Wie in diesem Liebesroman? Das ist ja ausgesprochen romantisch, ich wusste gar nicht, dass es so einen Baum wirklich gibt.«

Ukai errötete abermals.

»Ich kannte die Bezeichnung Aizen Katsura auch nicht. Die Leute sagen, der Baum heißt eigentlich Nozen Katsura, aber Tsukiyo will nichts davon hören. Sie nennt ihn Aizen Katsura, den Liebesbaum, wie in der Geschichte. Er steht unten im Tal am Fuß des gewundenen Pfades. Im Juli blüht er wunderschön rot. Tsukiyo sagt, wer unter diesem Baum steht, wird glücklich.«

Die Verfilmung des Romans *Aizen Katsura* von Matsutaro Kawaguchi hatte die weibliche Bevölkerung in ganz Japan zu Tränen gerührt. Der Titelsong »Warte auf mich unter dem Aizen Katsura« war noch immer sehr beliebt. Gokumon hatte kein Kino, aber als der Film in Kasaoka gezeigt wurde, charterte man eigens ein Boot, um sämtliche Frauen von der Insel dorthin zu bringen. Besonders hingerissen von dem Film waren die drei Kito-Mädchen. Sie hatten sich sogar bei Bekannten in Kasaoka einquartiert, um die Vorstellung an mehreren Tagen hintereinander zu besuchen und sich richtig auszuweinen.

»So war das also«, murmelte Shimizu beinahe gerührt. »»Warte auf mich unter dem Aizen Katsura‹. Leider hätten Sie gestern ewig warten können, Tsukiyo wäre nicht gekommen, weil Hanako den Brief stibitzt hatte. Herr Ukai, glauben Sie, Hanako kannte Ihr Geheimnis?«

»Bestimmt. Von den drei Schwestern war sie die neugierigste«, sagte Oshiho.

»Jedenfalls wissen wir noch immer nicht, wie Hanako an den Brief gekommen ist. – Ah, der Herr Bürgermeister.«

Mit gewohnt grimmiger Miene und heruntergezogenen Mundwinkeln stapfte Bürgermeister Makihei Araki gefolgt von Takezo auf sie zu.

»Wachtmeister Shimizu, das Problem mit dem Telefon besteht weiter. Ich komme einfach nicht durch«, sagte er, nachdem er der Gruppe hastig zugenickt hatte.

»Was ist denn mit dem Telefon?«, fragte der Priester.

»Seit ich heute Morgen von dem Mord erfahren habe, versuche ich, die Präfekturpolizei zu erreichen«, sagte Shimizu. »Leider funktioniert das Telefon nicht, ich bekomme einfach keine Verbindung. Also habe ich den Herrn Bürgermeister gebeten, es weiter zu versuchen. Falls wir telefonisch nicht durchkommen, sollten wir jemanden aufs Festland schicken oder der Fähre zumindest eine Nachricht mitgeben. Auf alle Fälle wird es eine Weile dauern, bis jemand kommt. Wie stehen die Chancen, die Telefonleitung bald zu reparieren, Herr Araki?«

»Falls sich der Defekt irgendwo auf dem Meeresboden befindet, brauchen wir Geduld. Dann könnte es einige Tage dauern, bis jemand vom Hauptrevier kommt. Aber was sollen wir inzwischen mit der Leiche machen? Wir können sie ja nicht ewig hier aufbewahren. Vielleicht könnten wir eine Tür als Bahre benutzen und sie zu den Kitos in die Residenz bringen? Hochwürden, was meinen Sie?«

»Ein guter Vorschlag«, sagte der Priester. »Wir haben alle gesehen, was vergangene Nacht passiert ist. Zeugen gibt es also genug. Wenn Wachtmeister Shimizu einverstanden ist, würde ich sagen, wir bringen Hanakos Leiche gleich zu den Kitos nach Hause.«

Shimizu wirkte unentschlossen, aber nach kurzem Hin und Her war auch er einverstanden.

Und so wurde das erste Mordopfer der Insel Gokumon auf eine Bahre gelegt und den Berg hinuntergetragen. Noch in derselben Nacht verschwand das zweite Opfer.

Unter dem Helm verborgen,
nun eine Grille

Seiko, der Barbier, hatte Kosuke erklärt, alle Bewohner der Insel seien Nachkommen von Piraten und Sträflingen. »Womöglich haben sie auch noch das Blut von geflüchteten Kriegern aus dem Heike-Clan in sich«, hatte er hinzugefügt. »Damit meine ich besonders diese Teufelin Oshiho. Ihre Vorfahren waren doch offensichtlich nicht von hier. Und ihr Erbe kann sie nicht verleugnen. Angeblich kommt es vor, dass das Blut des alten Kriegeradels nach Hunderten von Jahren wieder hervorbricht. Genauso ist es bei Sanae. Sie sieht zwar eher wie eine Inselbewohnerin aus als Oshiho, aber sie hat auch diese hochfahrende gebieterische Art, diese fast furchteinflößende Stärke, die nicht zu ihrer Jugend passt. Tut mir leid, es sagen zu müssen, aber Sanae ist im Grunde ebenfalls eine Teufelin.«

Dank seiner Wanderungen durch ganz Japan war Seiko auf vielen Gebieten recht beschlagen. Anscheinend kannte er sich auch mit den Gesetzen der Vererbungslehre aus. Kosuke Kindaichi lauschte seinen Erläuterungen immer mit Gewinn, aber diesmal war er besonders beeindruckt von der Weltläufigkeit des Barbiers.

Sanae hielt sich bewundernswürdig, als die Männer Hanakos Leiche ins Haus trugen. Natürlich war sie bleich wie der Tod, und in ihren Augen stand Entsetzen. Dennoch verlor sie keine Sekunde die Fassung. Im Gegenteil, sie rügte Katsuno für ihre in ihrem Alter unangemessene Kopflosigkeit, während sie selbst die verzweifelt schluchzenden Schwestern Tsukiyo und Yukie tröstete und es währenddessen noch schaffte, Takezo detaillierte Anweisungen zu geben. Kosuke musste an Seikos Worte denken. Er hatte recht, Sanae verhielt sich geradeso wie ein tapferer Samurai, der die Leiche eines im Kampf gefallenen Verwandten in Empfang nimmt. Selbst jetzt noch verteidigte sie mit ihren zarten Händen die fast schon gefallene Festung.

»Und nun?«

Als Hanakos sterbliche Überreste schließlich vor dem buddhistischen Familienaltar aufgebahrt waren und sich alle im großen Tatamizimmer versammelt hatten, richtete Sanae ihren Blick auf den Priester. In ihren Augen lagen grenzenlose Bitterkeit und Empörung.

Der Priester hüstelte verlegen.

»Ähem ja, nun … ein außergewöhnlicher Vorfall. Es tut mir sehr leid für euch alle.« Er rieb sich mit seiner großen Hand die Stirn.

»Unter diesen tragischen Umständen müssen wir Chimatas Bestattung wohl verschieben«, ergriff Bürgermeister Araki düster das Wort.

Sanae drehte sich zu ihm um.

»Ach, das spielt doch jetzt überhaupt keine Rolle. Viel wichtiger ist die Frage, wer das getan hat. Wer würde Hanako etwas so Grauenhaftes antun?«

Natürlich konnte niemand diese Frage beantworten. Im

Raum herrschte völlige Stille, eine seltsam befangene, hintergründige Stille, und Kosuke konnte sich des Gefühls nicht erwehren, dass alle nur einen Gedanken im Sinn hatten.

»Wenn wir das wüssten, wären wir nicht in dieser schrecklichen Lage«, ergriff schließlich der Doktor das Wort. Sein Ziegenbart zitterte. Niedergeschlagen ließ er die mageren Schultern hängen.

»Aber wir müssen es herausfinden«, entgegnete Sanae. »Wir sind hier nicht in einer Großstadt wie Tokio oder Osaka. Es gibt nicht so viele Menschen, und unsere Insel liegt mitten im Meer. Niemand kann so einfach kommen und gehen. Also muss derjenige, der Hana ermordet hat, von der Insel sein. Oder nein …« Sanae brach ab, und ihr Blick huschte hinüber zu Kosuke. »Entweder ist es ein Inselbewohner oder jemand, der sich gerade hier aufhält. Es muss doch herauszufinden sein, wer Hanas Mörder ist! Nicht wahr, Hochwürden Ryonen?«

»Vermutlich ja.«

»Hana hatte doch einen Brief von diesem Mann … von diesem Ukai in ihrem Kimono, nicht wahr?«

»Ja, bestimmt hat sie sich deswegen aus dem Haus geschlichen und ist zum Tempel hinaufgegangen. Dennoch kann ich mir nicht vorstellen, dass Ukai etwas derart Schreckliches im Sinn hatte. Vor allem hatte er überhaupt kein Motiv, sie zu töten.«

»Woher wollen Sie das wissen? Nehmen wir an, Ukai war es nicht, aber vielleicht hat er Hintermänner? Was ist mit Gihei oder Oshiho? Die beiden …«

»Sanae!«, rief der Priester in scharfem Ton.

Sanae zuckte ein wenig zusammen und funkelte ihn an, senkte aber dann das bleiche Gesicht, worauf der Priester einen milderen Ton anschlug.

»Wir sollten keine voreiligen Schlüsse ziehen. Für dich ist natürlich erst mal jeder verdächtig. Das ist nur menschlich. Dennoch solltest du niemanden vorschnell beschuldigen. Es könnte unangenehm für dich werden, wenn diese Leute davon erführen. Es hat keinen Sinn, dir darüber den Kopf zu zerbrechen. Überlass das der Polizei. Falls es Beweise gibt, dass diese Leute etwas damit zu tun haben, wird die Polizei sie finden. Habe ich recht, Wachtmeister?«

»Ja, es ist genau, wie Hochwürden Ryonen sagt. Und sobald es eindeutige Beweise gibt, spielt es auch keine Rolle, ob es sich um einen Fischereiunternehmer und seine Frau handelt oder nicht. Niemand wird geschont. Seien Sie unbesorgt«, erklärte Shimizu feierlich, mit Daumen und Zeigefinger an seinen Bartstoppeln zupfend.

Doch Sanae schien nicht überzeugt und biss sich mit gesenktem Blick auf die Lippe, während ihr eine einzelne Träne in den Schoß fiel. Kosuke stand auf.

»Genau, als erstes brauchen wir Beweise. Vor allem anderen. Deshalb möchte ich, dass Sie sich etwas ansehen, Sanae.«

Kosuke holte die Tüte mit den Zigarettenkippen aus seiner Innentasche, was Wachtmeister Shimizu mit missbilligendem Schnauben und einem finsteren Blick quittierte. Der Priester und der Arzt sahen sich an. Bürgermeister

Araki starrte wie üblich schweigend und mit heruntergezogenen Mundwinkeln vor sich hin.

Sanae runzelte verwundert die Brauen.

»Zigarettenkippen?«

»Ja. Ich würde Ihnen gern ein paar Fragen dazu stellen. Haben Sie die für den, äh, Mann im Hinterzimmer gedreht? Ich meine, für den Patienten?«

Sanae nickte.

»Ich frage, weil diese Zigarettenstummel auf dem Gelände des Senkoji gefunden wurden. Ganz in der Nähe von Hanakos Leiche.«

Sanae blickte Kosuke mit schreckgeweiteten Augen an. Ihr Atem ging schneller.

»Aber das ist unmöglich … Das muss ein Irrtum sein. Bestimmt sind wir nicht die einzigen, die ein solches Wörterbuch besitzen. Ganz sicherlich stammen diese Kippen von jemand ganz anderem.«

»D-das glaube ich auch. D-dennoch möchte ich mich vergewissern. Wann haben Sie zuletzt Zigaretten für Ihren Onkel gedreht?«

»Gestern Abend.«

»Wie viele waren es?«

»Zwanzig.«

»Könnten Sie hineingehen oder – nein, ich habe eine bessere Idee.«

Kosuke schien etwas eingefallen zu sein, und er kratzte sich wieder wild den Kopf.

»Es ist vielleicht ein wenig unhöflich, tut mir leid, aber

w-warum nehmen Sie mich nicht mit zu ihm hinein? Nicht, dass ich Sie v-verdächtige. Es ist einfach nur w-wichtig.«

Stotternd und zagend brachte Kosuke schließlich heraus, was er vorhatte. Priester, Arzt und Bürgermeister musterten ihn bestürzt. Shimizu schnalzte mit der Zunge, um abermals seiner Missbilligung Ausdruck zu verleihen.

Sanae, ebenfalls erstaunt, sah Kosuke fragend an.

»Kommen Sie, hier entlang«, sagte sie, fast wie zu sich selbst. Sie stand von ihrem Zabuton auf.

»Sanae, ist das in Ordnung? Wird das den Patienten nicht zu sehr aufregen?«, fragte der Bürgermeister nervös.«

»Nein, solange wir uns ruhig verhalten, wird es schon gehen. Mein Onkel schläft gerade.«

»Also gut, ich begleite euch.« Der Priester erhob sich langsam. »Wachtmeister Shimizu, Sie kommen auch mit.«

Sie ließen den Arzt und den Bürgermeister zurück und begaben sich in den hinteren Teil des Hauses.

Kosuke war schon öfter in dem großen Tatamizimmer gewesen, doch nun betrat er zum ersten Mal einen anderen Teil der Residenz. Wie er bereits von oben gesehen hatte, war sie ein regelrechter Irrgarten. Bei ihrer Wanderung durch die Korridore glaubte er, es ginge hinunter, doch dann ging es plötzlich doch hinauf. Immer wieder bogen die Gänge ab und führten bald in diese, bald in jene Richtung. Es war, als wollte man ihm das ganze Ausmaß von Kaemons Wohlstand zeigen. Er fragte sich, ob er, hätte man ihn unterwegs zurückgelassen, jemals zurück in das große Tatamizimmer gefunden hätte. Schließlich erreichten sie am Ende eines Ganges einen überdachten Außenkorridor.

Hier drehte Sanae sich zu den anderen um.

»Könnten Sie bitte einen Moment hier warten? Ich möchte zuerst allein nach meinem Onkel sehen.«

Darauf durchquerte sie eilig den Korridor.

An eine Holzwand gelehnt blickte Kosuke neugierig ins Freie. Der Nebel war einem leichten Nieselregen gewichen, der den Garten durchtränkte. Auf einem Hügel außerhalb des Gartens stand ein mit Schindeln gedecktes Häuschen, offenbar das Andachtshaus, nach dem er den Priester damals am Hang gefragt hatte. Kosukes Blick wanderte hinunter auf die Erde unter dem Außenkorridor.

Plötzlich fuhr er erschrocken auf, als hätte er einen Geist gesehen. Genau in diesem Moment kehrte Sanae zurück.

»Folgen Sie mir. Aber bitte leise. Mein Onkel schläft tief und fest.«

»Wir werden uns Mühe geben.«

Der Priester folgte Sanae durch den Korridor. Als Wachtmeister Shimizu ebenfalls gehen wollte, packte Kosuke ihn am Ellbogen und flüsterte ihm etwas ins Ohr.

Überrascht bückte Shimizu sich sogleich und schaute unter den Durchgang.

»Bleib du hier«, sagte Kosuke und machte sich allein auf den Weg durch den Korridor, während Shimizu davor stehen blieb. Der Korridor führte im rechten Winkel zu Yosamatsus Zelle.

Zelle – wenn Kosuke sich bei diesem Wort ein düsteres

Gefängnis vorgestellt hatte, wurde er enttäuscht. Natürlich gab es ein Gitter aus massiven Eisenstäben, die tief im Boden verankert waren, was sich ziemlich düster ausnahm, doch der Raum selbst war unverhofft komfortabel. Er war mindestens zehn Tatami groß, und es mangelte nicht an Licht und Luft. Es gab sogar eine Tokonoma – eine Schmucknische – und mehrere Regale. Wäre das Eisengitter nicht gewesen, hätte es sich um einen normalen, besonders behaglichen Wohnraum gehandelt, der überdies über Bad und Toilette zu verfügen schien, wie eine Seitentür nahelegte. Er hatte so etwas wie eine Luxus-Zelle vor sich.

Yosamatsu lag auf einem Futon hinter einem Wandschirm. Er war nicht glattrasiert, sein Haar war jedoch ordentlich geschnitten. Er wirkte auch nicht ungewaschen, und wenn man ihn so friedlich schlafen sah, hatte man nicht den Eindruck, einen Tobsüchtigen vor sich zu haben. Er lag auf dem Rücken. Mit seiner ausgeprägten Nase hatte er im Profil große Ähnlichkeit mit dem sterbenden Chimata.

An der Außenseite des Gitters hing eine lange Stange mit einem Haken. Sie diente dazu, Gegenstände aus dem Inneren der Zelle ans Gitter zu ziehen, ohne es zu öffnen. Sanae führte sie zwischen den Stäben hindurch und hakte sie in den Griff des Tabletts neben Yosamatsu ein, auf dem sich ein Aschenbecher und eine Schachtel mit Zigaretten befanden. Sanae zog die Stange vorsichtig zu sich, bis das Tablett in ihrer Reichweite war. Sie nahm die Schachtel und gab sie Kosuke. Es waren sechs Zigaretten darin.

»Bitte auch den Aschenbecher«, flüsterte Kosuke.

Sanae reichte ihn Kosuke. Dieser zog ein Papier aus seinem Kimono und kippte den Inhalt des Aschenbechers darauf.

»Wann haben Sie den zuletzt geleert?«

»Gestern Abend. Nachdem ich ihm frische Zigaretten gedreht hatte.«

»Und das waren zwanzig Stück?«

Sanae nickte, und Kosuke kratzte sich zufrieden am Kopf.

»Schauen Sie her. Es sind noch sechs Zigaretten in der Schachtel, und fünf Kippen lagen im Aschenbecher, das macht zusammen elf. Also …«

Ihr Flüstern musste den Schlafenden geweckt haben, denn Yosamatsu setzte sich nun schwerfällig auf seinem Futon auf.

»Onkel, bist du wach?«

Rasch verdeckte der Priester Kosuke mit seiner massigen Gestalt, damit der Patient ihn nicht sah.

»Herr Yosamatsu, wie fühlen Sie sich?«

Yosamatsu saß auf seinem Futon und sah ausdruckslos zwischen Sanae und dem Priester hin und her. Zog man das Alter seines Sohnes Chimata in Betracht, musste der Mann bereits weit über fünfzig sein, doch er sah aus wie höchstens vierzig. Vermutlich aufgrund mangelnder Bewegung war er recht füllig. Seine Schultern und der Rücken unter dem Flanellpyjama waren rundlich. Die gekreuzten Beine schienen geschwollen, als hätte er Beriberi. Doch vor allem seine fahle Haut und die stumpfen, blickleeren Augen wiesen darauf hin, dass man einen geisteskranken Menschen vor sich hatte.

Kosuke wirkte ein wenig enttäuscht. In dem Moment ertönte plötzlich irgendwo Gelächter. Tsukiyo und Yukie alberten unweit der Zelle herum. Anscheinend wurden sie von Lachkrämpfen geschüttelt.

»Nein, so geht das wahrhaftig nicht!«, rief Sanae. »Hochwürden, könnten Sie die beiden bitte entfernen.«

Kosuke verstand ihre Aufregung sofort. Yosamatsus Ausdruck veränderte sich drastisch, als er die beiden hörte. In seinen eben noch ausdruckslosen Augen blitzte unaussprechlicher Zorn auf, die Haare standen ihm buchstäblich zu Berge, und seine Züge verzerrten sich.

»Kommen Sie, Kindaichi, wir gehen.«

Der Priester packte Kosuke am Arm und zog ihn in den Korridor, wo sie hörten, wie Yosamatsu an den Gitterstäben seiner Zelle rüttelte und heulte wie ein wildes Tier. Dazwischen ertönte immer wieder Sanaes tränenerstickte Stimme.

»Was ist hier los? Was ist das für ein Lärm?«, fragte Wachtmeister Shimizu, der am Korridor gewartet hatte. Dann nickte er Kosuke bedeutungsvoll zu. »Der Wahnsinnige hat wohl wieder einen seiner Anfälle. Sanae ist die Einzige, die mit ihm fertig wird. Sie hat die erstaunliche Gabe, ihn zu beruhigen.«

Die drei Männer machten sich auf den Weg zurück in das große Tatamizimmer, wo Arzt und Bürgermeister schweigend auf sie warteten.

»Der Patient hat anscheinend wieder einen Anfall«, sagte Doktor Koan besorgt. Der Bürgermeister sah wie üblich düster drein. Von irgendwoher war noch immer Tsukiyos und Yukies Gegacker zu hören. Der Priester runzelte die Stirn.

»Es ist wirklich schwer. Ihre Stimmen treiben ihn in den Wahnsinn. Dabei sind sie seine leiblichen Töchter. Ein schreckliches Karma muss auf ihnen lasten«, sagte der Priester leise.

»Was ist denn mit den Zigaretten, Kindaichi?«, fragte der Wachtmeister.

»Es ist genauso, wie wir es uns gedacht haben.«

Kosuke zog die Schachtel mit den sechs verbliebenen Zigaretten und das Papier mit den Kippen aus dem Aschenbecher hervor.

»Es sind die gleichen Zigaretten. Sieh her. Sie sind aus den D-Seiten des Wörterbuchs gerollt worden. Man kann es an den alphabetisch geordneten Einträgen erkennen. *Dummy, dump …* Auf dem Papier auf einer der Kippen, die wir im Tempel gefunden haben, stand *dumping, dumpish, dumpling.* Der Raucher im Tempel hat sie also definitiv von den zwanzig Zigaretten abgezweigt, die Sanae am Abend zuvor gedreht hatte. Und was ist mit dem Fußabdruck, Shimizu?«

Der Wachtmeister verzog das stoppelige Gesicht.

»Nun, das ist wirklich seltsam. Er gehört eindeutig zu demselben Stiefel wie die Abdrücke im Tempel.«

»Von welchem Fußabdruck sprechen Sie?«, fragte der Priester verwundert.

»Hochwürden Ryonen, Shimizu und ich haben doch vorhin die Fußabdrücke auf dem Tempelgelände untersucht,

nicht wahr? Jetzt habe ich eben einen ähnlichen Abdruck
– wohl gemerkt nur einen – unter dem Korridor zu Yosamatsus Zelle entdeckt. Also bat ich Wachtmeister Shimizu,
ihn zu untersuchen.«

Bei dieser Enthüllung spiegelte sich Erstaunen in den Gesichtern des Priesters, des Arztes und sogar des sonst so ver-
schlossenen Bürgermeisters Araki.

»Und Sie haben herausgefunden, dass er mit den Abdrü-
cken auf dem Tempelgelände übereinstimmt?«

Shimizu nickte steif. Die anderen drei wechselten betrof-
fene Blicke, und der Priester erhob sich.

»Aber, Shimizu, was hat das zu bedeuten? Hat etwa der
Verrückte …?«

Kosuke sah dem Priester forschend ins Gesicht.

»Das weiß ich nicht. Aber der, dem sie gehören, ist vergangene Nacht von diesem Haus zum Senkoji hinaufgestiegen.«

Priester, Bürgermeister und Arzt tauschten wieder einen
rätselhaften Blick.

»Kindaichi, wie sieht es aus? Begleitest du mich auf die
Wache? Ich habe etwas mit dir zu besprechen«, sagte Shimizu.

Die beiden verabschiedeten sich von den anderen drei
Männern. Der Nieselregen hatte aufgehört, doch noch immer war der Himmel von tiefliegenden Wolken bedeckt.
Wahrscheinlich würde es gleich wieder anfangen zu regnen.

»Ob das Telefon noch immer nicht funktioniert?«

Die Polizeiwache lag den Hang hinunter am Dorfrand. Es war der belebteste Teil der Insel, und auch das Bürgermeisteramt und der Barbiersalon befanden sich dort. Als die beiden auf der Wache ankamen, stellten sie fest, dass die Telefonverbindung wieder hergestellt war.

»Es ist schon fast dunkel!«, bemerkte Kosuke.

»Stimmt. Bei dem miesen Wetter hier wird es meistens früh dunkel. Otane, wo bist du? Wir haben Besuch.«

Otane war Shimizus Frau. Sie war klein, zierlich und sehr freundlich, eine gute Seele wie ihr Mann. Aber aus dem Inneren kam keine Antwort. Otane war nicht zu Hause.

»Sie ist nicht da. Wo kann sie denn nur sein?«, murmelte Shimizu, während er den schmalen Gang zu den Wohnräumen hinter der Wache entlang ging. Kurz darauf rief er nach seinem Besucher.

»Kindaichi! Kindaichi! Kannst du mal kommen?«

»Was ist los?« In dem Flur war es so dunkel wie in einem Tunnel. Kosuke tastete sich voran, bis er in den bescheidenen Garten gelangte.

Auf der anderen Seite des Gartens stand ein kleiner, aber solide wirkender Bau. Offenbar die Arrestzelle.

»Shimizu? Wo bist du?«, rief Kosuke.

»Hier bin ich! Hier drin!«, antwortete Shimizu aus der Arrestzelle.

Ohne sich etwas dabei zu denken, ging Kosuke an die Tür und steckte den Kopf in die Zelle. Plötzlich wurde er von hinten gestoßen. Er verlor das Gleichgewicht und stolperte ein paar Schritte vorwärts in die Zelle, worauf er die Tür hinter sich zuschlagen und Shimizu lachen hörte.

»Shimizu, w-w-was soll das?«

»So ist es besser. Tut mir leid, aber du bleibst so lange hier, bis jemand vom Hauptrevier kommt.«

»Shi-Shimizu, bist du verrückt geworden? Wie-wieso machst du das?«

»Die Frage solltest du dir mal lieber selbst stellen. Du bist mir zu verdächtig. Du bist bloß ein Herumtreiber, trotzdem spielst du Detektiv, sammelst Zigarettenkippen und untersuchst Fußabdrücke. Das will mir nicht einleuchten. Aber keine Sorge, es wird nicht lange dauern. Morgen rufe ich im Hauptrevier an, und bestimmt kommt bald jemand. Aber bis dahin musst du dich gedulden. Du kriegst sogar Sonderbehandlung. Guck mal, ich habe dir Bettzeug hingelegt. Zu essen bekommst du auch. Nicht, dass du mir verhungerst. Stell dir einfach vor, du wärst wieder auf dem Schiff. Hahaha.«

Shimizu schien eine schwere Bürde von den Schultern genommen. Er lachte fröhlich und marschierte, ohne auf Kosuke zu hören, schnurstracks zurück in die Wache.

»Du Trottel! Shimizu, du bist ein echter Trottel! Du machst einen Riesenfehler. Ich bin nicht der, für den du mich hältst. Ich bin ... «

Aber es war zwecklos. Shimizu verdächtigte Kosuke. Es hatte ohnehin keinen Sinn, mit ihm zu diskutieren, denn er war nicht mehr da. Kosuke konnte schreien und jammern, wie er wollte, niemand würde ihn befreien.

Dennoch stampfte er wütend mit den Füßen, schlug mit den Fäusten gegen die Tür, schrie und tobte, was das Zeug hielt, bis er nach und nach seinen Humor zurückgewann. Shimizus Verdacht belustigte ihn immer mehr, bis er schließlich lauthals über seine absurde Lage lachen musste.

Als Shimizus Frau Otane ihm das Abendessen brachte, war er bester Laune, während sie den Gefangenen äußerst sonderbar fand. Nachdem er gegessen hatte, breitete er sein Bettzeug auf dem Boden aus und legte sich hin. Da er in der vorangegangenen Nacht kaum geschlafen hatte, fiel er sofort in einen tiefen Schlummer. Und bekam von all dem, was in der Nacht geschah, nichts mit.

Geweckt wurde er vom lauten Klingeln des Telefons.

»Zumindest funktioniert es wieder«, dachte er.

Er hob den Kopf und blinzelte in die Morgensonne, die durch das Fenster seiner Zelle schien. Das Wetter war ausnahmsweise schön. Während Kosuke sich reckte und streckte und ausgiebig gähnte, telefonierte Shimizu. Er redete so schnell, dass es unmöglich war, zu verstehen, was er sagte. Als er aufgelegt hatte, hörte Kosuke seine Schritte näherkommen, bis Shimizus Gesicht in dem Fensterchen in der Tür auftauchte.

»Shimizu, du gemeiner Schuft. Es war richtig niederträchtig von dir, mich so zu überrumpeln.«

Shimizu runzelte die Stirn und musterte Kosuke forschend. Schließlich räusperte er sich verlegen.

»Kindaichi, du hast doch heute Nacht die Zelle nicht verlassen, oder?«

»Die Zelle verlassen? Bist du irre? Du hast doch selbst die Tür abgeschlossen. Ich bin schließlich kein Ninja«, zeterte Kosuke, doch dann verstummte er und sah Shimizu ins Gesicht.

Der Wachtmeister wirkte ausgezehrt. Unrasiert war er ja immer, aber nun lagen seine Augen tief in den Höhlen und waren blutunterlaufen. Offenkundig hatte er auch in der letzten Nacht nicht geschlafen.

»Shimizu, was ist passiert?«

Shimizu sah aus, als würde er gleich in Tränen ausbrechen, und schloss mit lautem Gerassel die Zellentür auf.

»Kindaichi, kannst du mir je verzeihen? Ich habe einen schrecklichen Fehler begangen.«

»Das spielt jetzt wirklich keine Rolle, mein Freund. Sag mir sofort, was passiert ist.«

»Komm mit. Dann wirst du alles erfahren.«

Sie verließen das Polizeirevier und wanderten den Weg hinauf, der zum Anwesen der Zweigfamilie Kito führte. An den Gesichtern der Menschen, denen sie unterwegs begegneten, konnte Kosuke ablesen, dass sich abermals etwas Furchtbares ereignet haben musste.

Hinter dem Anwesen erreichten sie das kleine Felsplateau, das Tengu-Nase genannt wurde und auf dem Wachtmeister Shimizu vor einigen Tagen durch sein Fernglas nach Piratenschiffen Ausschau gehalten hatte.

Eine größere Menschenmenge hatte sich dort versammelt, darunter Meister Ryonen, Bürgermeister Araki und Dr. Koan, der aus irgendeinem Grund den linken Arm in einer Schlinge trug. Sanae war auch anwesend. Ebenso Katsuno, Takezo und der Novize Ryotaku. Etwas abseits standen Oshiho, Ukai und zwischen ihnen ein Mann, den Kosuke noch nie gesehen hatte, von dem er aber annahm, dass es Gihei war, Oshihos Ehemann und Oberhaupt der Kito-Seitenlinie. Er war klein und untersetzt, hatte graumeliertes Haar und buschige weiße Augenbrauen, die durch die starke Bräune in seinem Gesicht umso auffälliger wirkten. Er machte einen strengen, sogar unbarmherzigen Eindruck auf Kosuke.

Während Kosuke sich näherte, fiel ihm auf, wie sonderbar still es war. Worauf starrten sie denn alle so?

Er blieb abrupt stehen, als er die Felsnase erreichte. Die Leute hatten sich im Halbkreis um die große Tempelglocke versammelt, die dem Senkoji nach Kriegsende zurückerstattet und auf dem Weg dorthin vorübergehend hier abgestellt worden war. Die kürzeste Strecke war eigentlich die, die an der Residenz der Kitos vorbeiführte, aber der Weg auf dieser Seite des Tals war weit weniger steil. Unter der Glocke lugte etwas hervor, das Kosuke das Blut in den Adern gefrieren ließ. Ein Kimonoärmel!

»Der Ärmel gehört zu Yukies Kimono.« Shimizu wischte sich den Schweiß von der Stirn.

»D-du meinst, Yukie liegt unter der Glocke?«

Niemand antwortete. Es herrschte eine tiefe unheimliche Stille. Die Sonne schien hell, das Meer war ruhig und glatt, eine laue Brise liebkoste Kosukes Gesicht. Dennoch brach ihm der kalte Schweiß aus.

Wie nicht anders zu erwarten, hatte Meister Ryonen auch für diesen Anlass ein Haiku parat, welches er im gemessenen Ton eines Requiems vortrug.

Tragisches Schicksal
unter dem Helm verborgen
nun eine Grille

4 Wie man eine Tempelglocke anhebt

Auch wenn es eine altbekannte Eigenheit Meister Ryonens war, zu jeder passenden und unpassenden Gelegenheit ein Haiku zu zitieren, war er dieses Mal zu weit gegangen.

Tragisches Schicksal
unter dem Helm verborgen
nun eine Grille

Die Anspielung war zugegebenermaßen genial. Doch niemand konnte sich angesichts dieser allzu treffenden Metapher eines gewissen Unbehagens erwehren.

Meister Ryonen hatte vermutlich nicht beabsichtigt, derart pietätlos zu sein, und das Haiku war ihm einfach gewohnheitsmäßig herausgerutscht. Dennoch vermochte Kosuke sein Missfallen kaum zu unterdrücken.

Der Tod war eine ernste Sache, der man unter allen Umständen mit gebotenem Respekt zu begegnen hatte. Sich darüber lustig zu machen, war eine unverzeihliche Taktlosigkeit und geschmacklos. Für ihn hatte die Reaktion des Priesters etwas Krankhaftes und Morbides, das ihn mit Abscheu erfüllte.

Dieser schien sich seines Ausrutschers bewusst zu werden, als sämtliche Blicke sich auf ihn richteten, und er strich sich mit der großen Hand übers Gesicht und murmelte ein Gebet.

»Namu Shakyamuni, gepriesen sei Shakyamuni-Buddha …«

Auch Kosuke gewann seine Fassung zurück.

»Wenn Yukie da drunter ist, sollten wir möglichst schnell einen Weg finden, die Glocke anzuheben«, wandte er sich an Shimizu.

»Es kommen gleich ein paar junge Männer. Meinst du, sie brauchen noch lange, Takezo?« Shimizu wirkte nicht sehr überzeugt.

»Nein, da kommen sie.«

Takezo blickte den Hang hinunter und gab jemandem Zeichen.

»Aber wie sollen sie die Glocke denn anheben, Takezo?«, fragte Kosuke.

»Es gibt nur eine Möglichkeit. Wir müssen ein Gerüst bauen und sie dann mit einem Flaschenzug hochziehen.«

Die Fischer mussten immer wieder schwere Gegenstände bewegen, so dass das nötige Werkzeug zur Verfügung stand.

Kosuke umrundete in gebückter Haltung die Glocke, um sie eingehend zu inspizieren. Sie stand dicht an der Kante der Felsnase. Shimizu folgte ihm.

»Übrigens kommst du als Übeltäter nicht infrage, Kindaichi. Wie hättest du einen so schweren Gegenstand anheben sollen? Du kannst unmöglich ein Gerüst gebaut und einen Flaschenzug angebracht haben. Dazu hättest du ja auch gar keine Zeit gehabt …«

Kosuke hatte seine Inaugenscheinnahme beendet.

»Könnten Sie bitte alle etwas zurücktreten? Ja, so ist es gut. Bitte bleiben Sie so stehen«, sagte er wie der Gehilfe eines Zauberkünstlers.

Er schien eine Idee zu haben und kratzte sich wie wild den Kopf.

»Die Frage lautet also: Wie konnte der Mörder eine so schwere Glocke allein und ohne Flaschenzug bewegen? Nun, dabei geht es schlicht und einfach um Mechanik. Shimizu, sieh dir das mal an. Genau hier, unter dem Rand der Glocke, hat er ein Loch gegraben. Und das da ist der Rest von einem steinernen Sockel, auf dem eine Statue von Jizo oder so gestanden hat. Er liegt etwa sechzig Zentimeter von dem Loch entfernt, neben der Glocke. Und dann …«

Kosuke deutete auf eine Kiefer in einiger Entfernung.

»Siehst du die kräftige Kiefer da drüben? Kiefer, Sockel und das Loch unter dem Rand der Glocke bilden eine Linie. Außerdem befindet sich der dicke Ast dort in idealer Höhe. Der, der nach unten zeigt. Das heißt, mithilfe dieser drei Elemente hat der Täter einen Mechanismus konstruiert, mit dem er die Glocke anheben konnte.«

Shimizu fiel es sichtlich schwer, Kosukes Erklärung zu folgen, dennoch blickte er folgsam in jede Richtung, in die sein Freund zeigte, und nickte.

Kosuke hatte recht. Im Boden unter dem Rand der Glocke

befand sich ein Loch mit einem Durchmesser von etwa zehn Zentimetern. Etwa sechzig Zentimeter von diesem Loch entfernt lag der steinerne Sockel, auf dem früher eine Statue von Jizo, der Schutzgottheit der Kinder, gestanden hatte. Er war alt und verwittert, dennoch ließ sich noch etwas von dem einstigen Lotus erkennen. Das Loch unter dem Rand der Glocke, der Steinsockel und die Kiefer an der Felswand lagen auf einer Geraden. Der mächtige Ast der Kiefer zeigte nach unten, wie man es an der Küste häufig sieht.

»Und?« Shimizu blickte Kosuke erwartungsvoll an, der angefangen hatte, die Schritte zwischen Sockel und Baum zu zählen.

»Es sind ungefähr fünf. Es geht mir um das Verhältnis der Abstände zwischen Loch und Sockel und zwischen Sockel und Kiefer. Nehme ich den ersten Abstand als eins an, dann ist der zweite Abstand fünfmal so lang. Bei Anwendung des Hebelgesetzes ergibt sich folgende Gleichung: Wenn Q das Gewicht der Glocke ist und M die Kraft, die erforderlich ist, um sie zu heben, dann ist $M = Q/5$. Mit anderen Worten: Die zum Anheben der Glocke erforderliche Kraft ist umgekehrt proportional zur Differenz zwischen den Entfernungen zwischen dem Loch und dem Sockel und zwischen dem Sockel und der Kiefer. Übrigens, Hochwürden, wissen Sie zufällig, wie viel die Glocke wiegt?«

Der Priester runzelte nachdenklich die fleischige Stirn.

»Eigentlich ja, wir haben sie gewogen, als sie damals beschlagnahmt wurde. Ryotaku, kannst du dich erinnern?«

»Ich war damals nicht im Tempel.«

Der Novize hatte bis Kriegsende in einer Munitionsfabrik auf der Insel Mizushima gearbeitet.

»Ich glaube, es waren ungefähr 170 Kilo«, schaltete sich Bürgermeister Araki ein und zog sofort wieder die Mundwinkel herunter.

Der Doktor, der, den Arm in der Schlinge, neben ihm stand, schien verwundert.

»Ach, nur 170 Kilogramm? Ich hätte sie für schwerer gehalten.«

»Also, 170 Kilo durch fünf – ergibt etwa 34 Kilo. Demnach könnte jeder, der in der Lage ist, 34 Kilo zu stemmen, die Glocke anheben. Mit einem stabilen Stock oder einem Pfosten könnte ich es Ihnen demonstrieren.«

»Herr Kindaichi, wie wäre es damit?«

Takezo hatte einen Holzpfosten vom Boden neben sich aufgehoben. Kosuke schaute den Gezeitenmeister verdutzt an und riss ihm den Pfosten dann aufgeregt aus der Hand.

»Meister Takezo, wo haben Sie den her?«

»Er lag da drüben im Gebüsch. Eigentlich benutzen wir solche Pfosten, um Boote im Hafen festzumachen. Jemand muss ihn hier heraufgebracht haben. Ich habe ihn eben gefunden.«

»Der Pfosten stammt aus dem Hafen? Also könnte jeder ihn genommen und ins Gebüsch geworfen haben?«

Kosuke wandte sich dem Wachtmeister zu.

»Shimizu! Das Gewicht der Tempelglocke war für unseren Mörder kein Hindernis. Er hat sich nicht einmal die Mühe gemacht, zu verbergen, wie er sie angehoben hat.

Sonst hätte er den Pfosten nicht einfach am Tatort weggeworfen.«

»Du meinst also, dass er mit diesem Pfosten …«

»Genau! Siehst du das hier? Das ist ein Abdruck vom Glockenrand. Und der hier stammt vom Sockel. Aber Probieren geht über Studieren. Kommt, wir versuchen es mal.«

Außer Kosuke und Wachtmeister Shimizu standen noch etwa zehn Personen im Halbkreis auf der Felsnase: Meister Ryonen, Novize Ryotaku, Bürgermeister Araki, Dr. Koan, Takezo, Sanae und neben ihr Katsuno, die kurz davor schien, in Ohnmacht zu fallen. Auch Oshiho, Gihei und der schöne Ukai beobachteten aus einiger Entfernung das Geschehen. Alle blickten ungeachtet des glitzernden Meeres und der sanften Brise düster drein. Selbst Oshiho sah ängstlich aus und nestelte nervös an ihrem Kimono herum.

Nur Kosuke war sein typisches aufgedrehtes Selbst. Energisch schob er den Pfosten in das Loch unter dem Glockenrand, so dass er schräg unter der Glocke hervorragte, und legte ihn anschließend auf den Sockel.

Kosuke schaute in die Runde.

»Jetzt müsste jemand den Pfosten nach unten drücken. Takezo, schaffen Sie das?«

Etwas zögernd trat Takezo vor.

»Ich drücke den Pfosten also jetzt runter, ja?«

»Genau. Ganz am Ende des Pfostens erzielen Sie die beste Hebelwirkung. Sie sollten dazu ihr gesamtes Körpergewicht einsetzen. Der Sockel wird zum Drehpunkt, und Sie können die Glocke langsam anheben.«

Ein Raunen ging durch die Menge, als die Zuschauer verstanden, was Kosuke vorhatte. Er beeilte sich, sich vor die Glocke zu stellen.

»Bitte Abstand halten, auf keinen Fall näherkommen! Habt ihr verstanden? Takezo, jetzt mit voller Kraft, noch ein bisschen. So ist es gut.«

Takezo wurde feuerrot, während er mit aller Kraft den Pfosten herunterzudrücken versuchte. Wie Würmer traten die Adern an seinen Armen und auf seiner Stirn hervor, und der Schweiß brach ihm aus. Er war zwar klein, aber seine Arbeit als Gezeitenmeister hatte ihn gestählt. Er spannte die Muskeln an, bis der Pfosten sich ungefähr auf der Höhe seines Nabels befand.

»So ist es gut. Hinter Ihnen ist der dicke Kiefernast. Versuchen Sie jetzt, das Ende des Pfostens darunter zu klemmen, bis Sie ihn loslassen können, ohne dass er nach oben schnellt. Ja, so ist es gut. Jetzt loslassen.«

Takezo brauchten mehrere Anläufe, um den Pfosten ausreichend weit unter den Ast zu schieben. Der Ast federte ein paar Mal nach, ohne jedoch zu brechen, und der Pfosten blieb stabil. Der Rand der Glocke hatte sich an der einen Seite etwa zwanzig Zentimeter vom Boden gehoben. Die Chance, dass sie dieses heikle Gleichgewicht hielt, war gering, aber es funktionierte.

Die versammelten Zuschauer stöhnten und redeten wieder aufgeregt durcheinander, was unter den gegebenen Umständen kein Wunder war. Unter der angehobenen Glocke kam ein prachtvoller Yuzen-Kimono zum Vorschein, dessen

Farben so lebhaft waren, dass man sie beinahe riechen konnte. Von dort, wo die Zuschauer standen, war nicht viel mehr als der Ärmel zu sehen, aber das reichte schon. Yukie saß aufrecht unter der Glocke.

Plötzlich ertönte ein hässliches Gelächter, und die Zuschauer fuhren zusammen. Aller Augen richteten sich auf Oshiho, die hysterisch lachte und gar nicht mehr aufhören konnte.

»Unglaublich! Genau wie in diesem No-Stück *Die Glocke vom Dojo-Tempel*. Allerdings ist es hier andersrum. Eigentlich gehörst doch du unter die Glocke, Ukai. Im Stück ist es der Mönch Anchin, der sich dort versteckt, nicht seine Geliebte Kiyohime. Da war doch noch was …«

Oshiho schien etwas eingefallen zu sein.

»Genau, das ist es! Yukies Mutter war doch Schauspielerin! Und die Kiyohime aus *Die Glocke vom Dojo-Tempel* war ihre Paraderolle. Angeblich hat sie Yosamatsu damit so behext, dass er sie von der Geliebten zu seiner zweiten Frau befördert hat. Die Sünden der Mutter haben die Tochter eingeholt. Und, und …«

»Oshiho, halt um Himmels willen den Mund!«, unterbrach Gihei sie in scharfem Ton. Aber Oshiho dachte nicht daran.

»Wie kannst du einfach stumm dastehen und zusehen? Was soll das Ganze? Wenn jemand Yukie tot sehen wollte, warum hat er sie dann nicht einfach umgebracht? Was für ein Mensch muss das sein, der das Stück über die Glocke des Dojoji auf diese Weise pervertiert? Das erinnert mich an den alten Kaemon mit seinen exzentrischen Ideen. Das ist doch der reine Wahnsinn, die sind alle verrückt. Völlig verrückt.«

»Weib! Sei endlich still!«, brüllte Gihei sie an. »Ich muss mich für meine Frau entschuldigen. Sie ist hysterisch und weiß nicht mehr, was sie redet. Der Schreck war einfach zu viel für sie. Komm Oshiho, wir gehen nach Hause.«

Er wollte ihre Hand nehmen.

»Nein, ich will sehen, was für ein Gesicht Yukie gemacht hat, als sie starb.«

Oshiho hatte wirklich so etwas wie einen hysterischen Anfall. Ihre Erregung ging über jedes normale Maß hinaus. Sie benahm sich wie ein ungezogenes Kind, stampfte, schmollte und versuchte, sich loszureißen. Da Kosuke sie bisher nur sorgfältig zurecht gemacht und gefasst kennengelernt hatte, erschien ihm ihre Verwandlung besonders bizarr. Oshio wirkte abstoßend, ja abartig. Er musste daran denken, wie Shimizu einmal zu ihm gesagt hatte, auf Gokumon seien alle verrückt.

»Oshiho, mach nicht so ein Gesicht! Ukai, nimm ihre andere Hand. Wachtmeister, falls Sie noch Fragen an uns haben, kommen Sie bitte jederzeit vorbei. Ich will mich nicht drücken, aber Sie sehen ja. Ukai, lass sie nicht los! In diesem Zustand ist sie wie ein verwundetes Tier, nicht zu bändigen.«

»Nein, lasst mich! Ukai, ich hasse dich! Du … du!«

Oshiho tobte und stampfte vor Wut mit den Füßen. Ihre Kleidung war durcheinander, ihre Haare flogen, sie war völlig außer sich. Schließlich nahmen Gihei und Ukai sie in die Mitte und zerrten sie den Hang hinunter.

»Nein! Ich will nicht! Lass mich los, Ukai! Lasst mich los! Gihei! Bitte!«

Oshihos Flehen entfernte sich immer weiter, und als sie endlich nicht mehr zu hören war, atmeten alle auf und sahen sich an.

Der Priester lachte leise und vielsagend.

»Das war ja eine tolle Vorstellung. Da hat der alte Gihei alle Hände voll zu tun. Na ja, seine Sache«, sagte er wegwerfend, als wolle er etwas Schmutziges loswerden.

»Nun denn, jetzt mal was anderes.«

Shimizu hüstelte verlegen, bevor er sich an Kosuke wandte. »Du meinst also, der Täter hat die Glocke auf diese Weise angehoben und Yukies Leiche unter dem Spalt hindurch geschoben?«

»Wie bitte? Äh, ja …«, antwortete Kosuke abwesend, denn er war in Gedanken versunken. Ihn beschäftigte das, was Oshiho zu Beginn ihres Ausbruchs gesagt hatte. Die Mutter der drei Mädchen war Schauspielerin und ihre Paraderolle war das Stück über die Glocke vom Dojo-Tempel gewesen. Yosamatsu hatte sich in sie verliebt, sie zunächst zu seiner Geliebten und dann zu seiner zweiten Frau gemacht. Von all dem hörte Kosuke zum ersten Mal. Ihm wurde klar, dass er nichts über die Mutter der drei Mädchen wusste. Nur, dass sie gestorben war. Bis jetzt war ihm nie in den Sinn gekommen, die Morde könnten etwas mit ihr zu tun haben. Doch ihre Rolle in dem Stück von der Glocke stellte eindeutig eine Verbindung zu diesem verrückten Mordfall dar. Womöglich lag hier sogar der geheime Schlüssel zur

Lösung des Falls. Doch darüber würde er später nachdenken. Es war zu anstrengend, über zwei Dinge gleichzeitig nachzugrübeln.

»D-das ist richtig. Auf diese Weise lässt sich die Glocke ohne Hilfe lüften. Der Mörder könnte es ganz allein geschafft haben, ich meine, ohne einen Komplizen.«

Eine Zeit lang schwiegen alle, dann stakste einer nach dem anderen steifbeinig auf die Glocke zu und spähte unter ihrem Rand hindurch, um den prachtvollen bunten Kimono zu betrachten. Ich sage es noch einmal. Die Sonne strahlte vom Himmel, das Meer war glatt und friedlich, eine leichte Brise liebkoste die Wangen der Anwesenden. Und dennoch war die Szene bei allem Sonnenschein düster und grauenhaft wie ein Blick in die Hölle. Es war entsetzlich.

»War Yukie noch am Leben, als man sie unter die Glocke schob?«, fragte Sanae, die offenkundig wesentlich standfester war als Oshiho. Dabei mussten ihr Schock unvergleichlich viel größer und ihre Trauer weitaus tiefer sein. Ihr war nicht der geringste Anflug von Hysterie oder Fassungslosigkeit anzumerken, auch wenn alles Blut aus ihrem Gesicht gewichen war und sie zitterte.

»Nein, keine Angst«, wandte sich Kosuke mitfühlend an sie. »Yukie war nicht mehr am Leben. Das Entsetzen, lebendig unter der Glocke begraben zu sein, ist ihr erspart geblieben. Sie wurde zuvor stranguliert. An ihrem Hals sind Spuren.«

»Aber, aber … Herr Kindaichi?«, fragte Takezo. »Warum hat der Täter ihre Leiche unter die Glocke gelegt? Warum hat er sie nicht einfach liegen lassen, nachdem er sie getötet hatte? Warum musste er etwas so Grausiges tun? Das ist doch verabscheuungswürdig.«

Kosuke schwieg einen Moment. Ihn fror, und er konnte es selbst kaum glauben.

»Ich weiß es auch nicht«, sagte er kopfschüttelnd mit hohler Stimme. »Warum hat der Mörder Hanako an den Pflaumenbaum gehängt? Und warum hat er Yukie unter die Glocke gelegt? Das müssen wir herausfinden. Wenn der Mörder nicht gänzlich verrückt ist, haben diese Inszenierungen eine tiefere Bedeutung und sind der Schlüssel zur Lösung des ganzen Falls. Doch im Augenblick bin ich ratlos, aber ich kann mir nicht vorstellen, dass es sich bei dem Mörder um einen Wahnsinnigen handelt.«

Seufzend kratzte Kosuke sich den widerspenstigen Schopf.

Die jungen Männer aus dem Dorf trafen ein und schleppten Pfähle, Flaschenzüge und Netze herbei.

»Kindaichi«, wandte Wachtmeister Shimizu sich an Kosuke. »Ich glaube, ich habe dir Unrecht getan. Oder du siehst deine Lebensaufgabe darin, mir einen unfassbaren Schwindel unterzujubeln. Du warst die ganze vergangene Nacht in der Arrestzelle auf der Wache. Und den Schlüssel habe ich. Inzwischen bin ich überzeugt, dass du mit dem Verbrechen letzte Nacht nichts zu tun hast. Dennoch traue ich dir noch nicht ganz über den Weg. Ich bin völlig verwirrt. Und warum? Zum einen, weil dieser Fall so grotesk ist, zum anderen ist es deine Schuld, Kindaichi. Wer zum Teufel bist du? Allein dieses Anheben der Tempelglocke! Woher weißt du so was alles? Du konntest die Vorgehensweise des Mörders in kürzester Zeit nachstellen. Wie war das möglich? Entweder bist du selbst der Täter oder sein Komplize. Los, Kindaichi, raus damit, hier und jetzt. Sag mir, dass du nichts mit den Morden zu tun hast. Dann kann ich dir endlich vertrauen und fühle mich wohler.«

Ein Gerüst wurde errichtet und die Glocke mit Hilfe von Flaschenzügen hochgezogen, um Yukies Leichnam zu bergen. Dr. Koans Untersuchung ergab, dass das junge Mädchen am Abend zuvor zwischen 18 und 19 Uhr stranguliert worden war. Die Tatwaffe musste ein Baumwolltuch, ein Tenugui oder etwas Ähnliches gewesen sein. Anschließend wurde Yukies Leiche von Takezo und einigen Männern in die Residenz der Kitos gebracht. Hochwürden Ryonen, sein Novize, der Bürgermeister und der Arzt begleiteten sie. Die übrigen jungen Männer schickte man, nachdem sie ihre Aufgabe erfüllt hatten, wieder ins Dorf. Zurück blieben nur Kosuke Kindaichi und Wachtmeister Shimizu.

Letzterer setzte sich an den Rand der Aussichtsplattform und kaute an seinen Fingernägeln. Die beiden schlaflosen Nächte hatten ihren Tribut gefordert, und er wirkte völlig erschöpft. Zudem litt er unter seelischen Qualen, da er seinen Argwohn gegenüber Kosuke nicht bezwingen konnte. Dieser legte ihm sacht die Hand auf die Schulter.

»Shimizu?«, sagte er ruhig.

Unverwandt blickte der gutmütige Polizist zu ihm auf.

»Shimizu, bitte, sieh mir in die Augen.«

Der Wachtmeister gehorchte.

»Und jetzt sieh dir bitte die Glocke an.«

Shimizu betrachtete die am Flaschenzug hängende Glocke. Sie sollte dortbleiben, bis jemand vom Hauptrevier kam, um sie zu inspizieren. Jemand, der nichts von dem dort begangenen Mord wusste, wäre über den Anblick des Gerüsts und der Glocke auf der Felsnase höchst erstaunt gewesen. Shimizu erschauerte.

»Ich schwöre bei dieser Glocke, dass ich weder mit dem Mord an Hanako noch mit dem an Yukie letzte Nacht etwas zu tun habe«, erklärte Kosuke feierlich. »Bitte, sieh mir in die Augen und vergewissere dich, dass ich nicht lüge.«

Shimizu starrte Kosuke lange wortlos in die Augen, bis er schließlich einen tiefen Seufzer ausstieß.

»Kindaichi, ich habe beschlossen, dir zu vertrauen. Ich erkenne keine Falschheit in deinen Augen. Aber wer in aller Welt bist du? Was bist du von Beruf? Was ist der Grund für deine Anwesenheit auf Gokumon? Wieso bist du auf diese verfluchte Insel gekommen? Das ist es, was ich nicht begreife. Was hast du auf dieser furchtbaren Insel zu suchen? … Oh!«

Shimizu sprang auf und eilte zum Rand der Klippe. Die Augen mit der Hand beschirmend schaute er aufs Meer hinaus. Hinter der Silhouette der benachbarten Insel Manabe kam eine Barkasse in Sicht, die, Rauchwölkchen ausstoßend, auf Gokumon zusteuerte.

Bei ihrem Anblick war jeglicher Kummer in Shimizus stoppligem Gesicht wie weggeblasen. Er grinste breit mit seinen weißen Zähnen, und seine Augen strahlten.

»Guck mal, Kindaichi, da kommt die Polizeibarkasse und auf ihr dieser altgediente Kommissar Isokawa. Er sagt ja, ihr kennt euch. Aber das ist kein Problem, Kindaichi, oder? Du musst nicht abhauen oder so was? Könntest du ja auch gar nicht. Solltest du etwas auf dem Kerbholz haben, gibt es kein Entrinnen.«

Shimizu brach in schallendes Gelächter aus.

DER MANN AUS DEM MEER

Die Polizeibarkasse ankerte auf offener See, und ein Boot paddelte ihr entgegen, um die Passagiere aufzunehmen, während sich an der Anlegestelle eine Menge schaulustiger Inselbewohner einfand.

Wachtmeister Shimizu und Kosuke Kindaichi eilten, so schnell sie konnten, den Hügel hinunter, um sich ihnen anzuschließen. Doch als sie auf dem Steg standen, wurde Shimizu immer unruhiger. Vielleicht auch weil Kindaichi so gar nicht aus der Ruhe zu bringen war.

Shimizu zupfte nervös an seinen Barthaaren und musterte Kosuke von der Seite. »Woher kennst du eigentlich den Kommissar? Macht es dir nichts aus, dass er kommt?«

»Nein, überhaupt nichts. Aber meinst du, er kommt wirklich heute hierher?«

»Ich bin mir ziemlich sicher. Als ich anrief, hieß es, er sei noch in Kasaoka. Da, da! Das ist doch Kommissar Isokawa, oder?«

Die Polizeibeamten, allen voran Kommissar Isokawa, wechselten von der Barkasse in das Zubringerboot.

»Ja, das ist er. Er ist ganz schön alt geworden«, murmelte Kosuke bewegt.

Es war im Herbst 1937 gewesen, als Kosuke Kindaichi und Kommissar Isokawa sich bei dem Honjin-Mordfall in der Landgemeinde in Okayama kennengelernt hatten. Seither waren gut neun Jahre vergangen, und unter normalen Umständen hätte Isokawa inzwischen einen weit höheren Rang eingenommen. Doch dann war der Krieg ausgebrochen, und man hatte ihn einberufen. So waren alle Beförderungen an ihm vorbeigegangen, und er war noch immer ein einfacher Kommissar. Man hatte ihn zur Kriminalpolizei der Präfektur versetzt, wo er sich in seiner Rolle als dienstältester Beamter recht wohlzufühlen schien. Seine unerwartet prompte Ankunft auf Gokumon verdankte sich dem Umstand, dass er wegen der Piraten in Kasaoka ermittelte.

»Aber Shimizu, warum sind die denn so schwer bewaffnet?«, fragte Kosuke seinen Freund. »Ist das bei Einsätzen auf den Inseln üblich?«

»Ich wundere mich auch«, antwortete Shimizu. »Und warum sind es so viele? So viele braucht man doch gar nicht, um einen Täter festzusetzen.«

»Haha, stimmt, mit mir würdest du auch alleine fertig, mein guter Shimizu. Was Körperkraft angeht, traue ich mir nicht gerade viel zu.«

»Wenn du meinst.«

Das Boot entfernte sich von der Polizeibarkasse und bewegte sich langsam auf die Anlegestelle zu. Shimizu und Kosuke wunderten sich zu Recht. Die Polizisten trugen Einsatzkleidung und waren schwer bewaffnet.

Kommissar Isokawa musste Kosuke entdeckt haben, denn sein tief gebräuntes Gesicht verzog sich zu einem breiten Grinsen, und er winkte. Shimizu drehte sich um und starrte Kosuke an.

»Kindaichi, Kindaichi, der Kommissar hat dir eben zugewinkt!«

Shimizu war völlig verblüfft über die offenkundige Freude des Kommissars. Damit hatte er nicht gerechnet. Kosuke grinste.

»Mach dir nichts draus, mein Alter. Missverständnisse können immer passieren. Aber dass du mich letzte Nacht in die Arrestzelle gesperrt hast, bleibt besser unter uns.«

Er klopfte Shimizu leicht auf die Schulter und bahnte sich dann einen Weg durch die Menge der Inselbewohner hinunter zum Bootssteg. Kommissar Isokawa sprang als erster von Bord.

»Hallo!«

»Hallo!«

»Wie ist es Ihnen ergangen?«

»Sie sehen gut aus!«

»Sie haben sich überhaupt nicht verändert.«

»Das stimmt nicht. Ich habe einiges durchgemacht. Aber Sie sind auch um ein paar Jährchen gealtert, Herr Kommissar.«

»Kann man wohl sagen. Damals hatte ich noch keine weißen Haare.«

»Ein bisschen dicker sind Sie auch geworden. Das verleiht Ihnen Würde.«

»Haha, Würde, das ist gut. Auch wenn ich in den ganzen zehn Jahren nicht über den Kommissar hinausgekommen bin. Die meisten meiner Kollegen sind längst Oberkommissar.«

»Ach, was soll's, daran ist der Krieg schuld. Wir wollen nicht klagen.«

»Da haben Sie recht. Tut mir leid, dass ich gleich davon angefangen habe. Wachtmeister Shimizu?«

Shimizu hatte mit großen Augen von einem zum anderen geblickt. Doch als der Kommissar ihn ansprach, fuhr er auf, wie aus einem Traum gerissen, und stand stramm.

»Jawohl!«, rief er zackig.

»Was in aller Welt ist hier los? Bei Ihnen sind kurz nacheinander zwei junge Frauen ermordet worden?«

Shimizu öffnete und schloss den Mund wie ein Karpfen, brachte aber keinen Ton heraus. Der aufrechte Inselpolizist schämte sich noch immer fürchterlich, dass er Kosuke so falsch eingeschätzt hatte.

»Das sollten wir in Ruhe woanders besprechen«, schaltete dieser sich ein. »Warum haben Sie eigentlich so viele Männer mitgebracht? Und alle bis an die Zähne bewaffnet?«

Außer Kommissar Isokawa waren noch sechs weitere Polizisten auf dem Boot gewesen, alle trugen Pistolen, was Kosuke ein wenig übertrieben erschien. Auch ein Herr im Anzug war dabei, vermutlich der Gerichtsmediziner.

»Wir wären auch gekommen, wenn Shimizu uns nicht wegen der Morde angerufen hätte. Euer Mörder könnte einer sein, den wir suchen.«

»Wer denn?«, fragte Kosuke.

»Einer der Piraten. Sie haben sicher von Wachtmeister Shimizu gehört, dass wir vor zwei Tagen hier in der Gegend Jagd auf Piraten gemacht haben. Sie sind uns zwar entwischt, aber einen von ihnen haben wir in Uno geschnappt. Er hat ausgesagt, ein Mitglied der Bande sei während der Verfolgungsjagd von Bord gesprungen. Er könnte schwimmend Gokumon oder die Insel Manabe erreicht haben. Kindaichi, haben Sie vielleicht Anhaltspunkte für etwas Derartiges?«

Kosuke blieb abrupt stehen. Sein Herz begann heftig zu klopfen.

Ihm war sofort der Gedanke an den geheimnisvollen Eindringling durch den Kopf geschossen, der den Reis aus dem Tempel gestohlen hatte.

»Kindaichi, wissen Sie etwas?«, fragte der Kommissar noch einmal.

»Genau! Kindaichi, das muss er sein! Der Einbrecher, der den Reis gestohlen hat«, rief der Wachtmeister aufgeregt.

»W-w-warte mal. Könntet ihr beide kurz ruhig sein? Ich ... ich war bisher völlig auf dem Holzweg. Gebt mir nur einen Moment zum Nachdenken.«

Kosuke knirschte mit den Zähnen, seine Augen funkelten, und er kratzte sich wie wild den ungekämmten Kopf. Er musste jetzt ganz scharf nachdenken.

So konnte es gewesen sein: Zuerst hatte der Mann sich in die Residenz der Kitos geschlichen, Yosamatsus Zelle entdeckt und sich die Zigaretten herausgeangelt, so, wie Sanae es ihnen gestern gezeigt hatte. Ein Raucher würde lieber sterben, als ohne Zigaretten auskommen. Danach war er zum Senkoji hinaufgestiegen und hatte sich an eine Stelle gesetzt, von der aus er den Tempelpfad im Blick hatte. Dort rauchte er fünf oder sechs Zigaretten, um seine Gier zu stillen. Anschließend ging er in die Küche und stieß auf den Topf mit dem Reis. Allerdings hatte Kosukes Theorie einen entscheidenden Haken. Selbst wenn sich alles so abgespielt hatte, was in aller Welt hatte dieser Mann mit dem Mord zu tun? War er im Tempel auf Hanako gestoßen und hatte sie deshalb getötet? Nein, Kosuke hatte sich in seinem Zeitplan geirrt. Nach seinen neuen Berechnungen war der Reisdieb noch auf dem Gelände, als der Priester zurückkam. Zumindest schloss Kosuke dies aus Meister Ryonens Verhalten in jener Nacht. Außerdem waren Ryotaku, Takezo und er selbst dicht hinter dem Priester gewesen. Oder sollte er besser davon ausgehen, dass der Dieb vor Hanakos Tod bereits aus dem Tempel verschwunden war? Der Pirat hätte sich doch bei aller Abgebrühtheit auf keinen Fall so lange und in aller Ruhe am Tatort eines so grausamen Mordes aufgehalten … Der Mann musste sich zu einem früheren Zeitpunkt in den Tempel geschlichen haben. Kosuke hatte sich etwas vorgemacht, als er mutmaßte, Meister Ryonen hätte gewusst, dass der Dieb sich noch im Tempel versteckt hielt. Es musste eine andere Erklärung für Ryonens Verhalten in dieser Nacht geben. Natürlich. Denn wäre der Pirat der Mörder, hätte er nicht den geringsten Grund gehabt, ihn zu schützen. Dennoch war Kosuke sicher, dass der Priester etwas wusste. Allein diese gemurmelte Bemerkung »verrückt, aber nicht zu ändern«. Sein ganzes Benehmen … Verflucht noch mal. Er hatte keine Ahnung, was da los war. Ob dieser Pirat nun der Mörder war oder nicht, er musste wissen, um welche

Zeit er sich im Tempel aufgehalten hatte. Dazu musste er herausfinden, wann der Mann in der Residenz gewesen war. Dann wüsste er nämlich auch, wann er zum Tempel hinaufgegangen war.

An diesem Punkt seiner Überlegungen fiel Kosuke noch etwas Anderes ein, das ihm fast den Atem nahm. Nachdem Hanako an dem Abend von Chimatas Totenwache verschwunden war, hatten sich Katsuno und Sanae noch einmal aufgemacht, um das Haus ein letztes Mal zu durchsuchen. Sobald sie fort waren, hatte man Sanae schreien hören, worauf der Wahnsinnige brüllte, und er hatte angenommen, dass Sanaes Schrei mit dem Zustand ihres Onkels zusammenhing. Doch im Nachhinein erschien ihm das ein wenig seltsam. Yosamatsu hing sehr an Sanae, und es brauchte nur ein Wort von ihr, um ihn zu beruhigen. Sie wusste das, also hätte sie doch gewiss nicht so laut geschrien, nur weil ihr Onkel aufbegehrte? Trotzdem hatte sie geschrien. Aber das war es nicht allein. Als sie in das große Tatamizimmer zurückkehrte, war sie sehr bleich, und ihre Augen wirkten angsterfüllt. Was hatte Sanae so erschreckt? Hatte sie in der Nähe der Zelle ihres Onkels womöglich einen unbekannten Mann entdeckt? Sogar gesehen, wie er die Zigaretten stahl?

Aber weshalb hatte sie dann nicht um Hilfe gerufen? Warum den Mann entkommen lassen? Vor allem, ihn nicht einmal erwähnt, als sie zu den anderen zurückkam? Warum hatte sie die Anwesenden glauben lassen, ein Anfall ihres Onkels habe ihr den Schrei entlockt?

Dann war da noch die Frage nach den Fußabdrücken. Unter dem Korridor war nur ein einziger Abdruck von der Sohle mit der fledermausförmigen Stelle. Eigentlich hätten in der nassen Erde selbst nach dem starken Regen noch weitere Abdrücke sichtbar sein müssen, aber es gab nur diesen einen. Hatte womöglich jemand alle anderen entfernt, nachdem der Mann wieder verschwunden war? Und dabei den unter dem Korridor bloß übersehen? War dieser Jemand vielleicht Sanae? Kannte sie den Mann? Und wenn ja, wer war er?

»Kommissar, wissen Sie Genaueres über den Piraten, der ins Meer gesprungen sein soll?«, wandte Kosuke sich an Isokawa.

»Nein, leider nicht. Auch der Komplize, den wir in Uno festgenommen haben, kannte ihn nur flüchtig. Er behauptet, der Mann habe sich der Bande erst kürzlich angeschlossen. Angeblich heißt er Taro Yamada, aber natürlich muss das nicht sein richtiger Name sein. Er soll ein kräftiger Mann um die dreißig mit stark gebräunter Haut sein, weshalb der Befragte vermutete, er sei erst vor Kurzem irgendwoher aus dem Süden gekommen. Er trug Uniform und Armeestiefel, zudem hatte er eine Pistole und eine Menge Munition bei sich. Bevor er vom Schiff sprang, hatte er sich die Sachen wohl in einem Lederbeutel auf den Kopf gebunden. Nach Aussage des Komplizen war er ein unangenehmer Kerl. Sie vermuten, er könnte sich auf Gokumon aufhalten, Kindaichi?«

»Ja, außerdem glaube ich, er ist irgendwie in unseren Fall verstrickt. Shimizu, was meinst du, wo auf der Insel könnte sich ein solcher Mann verstecken?«

»Vielleicht auf dem Suribachi?« Shimizu hatte endlich die Fassung zurückerlangt. »Das ist der Berg hinter dem Tempel. Dort befinden sich die Überreste einer Piratenfestung. Im Krieg hatte man auf seinem Gipfel einen Luftschutzwachturm und eine Flugabwehrstellung errichtet. Jetzt ist der ganze Berg ein Irrgarten aus Löchern. Also ein ideales Versteck. Übrigens, Herr Kommissar«, Shimizu hüstelte und fuhr etwas wichtigtuerisch fort. »Zu dem, was Sie gerade sagten, fällt mir noch etwas ein. Ein Inselbewohner behauptet, in der vergangenen Nacht jemanden gesehen zu haben, auf den Ihre Beschreibung zutrifft. Bis eben hatte ich dem keinen rechten Glauben geschenkt, aber nun bin ich überzeugt, dass es sich um den Gesuchten handelt.«

»Wer hat ihn denn gesehen?« Kosuke sah den Wachtmeister erstaunt an.

»Dr. Koan. Er hat ihn nicht nur gesehen, sondern sich sogar mit ihm geprügelt.«

»Aha! Deshalb trägt er den Arm in der Schlinge.«

»Es gab ein Gerangel, bei dem Dr. Koan über den Abhang gestoßen wurde und sich den linken Arm brach. Ich dachte, es wäre ihm peinlich, dass er mal wieder im Rausch gestürzt war, und er hätte sich die Geschichte deshalb ausgedacht. Aber jetzt ist mir klar, dass dieser brutale Kerl noch auf unserer Insel herumschleicht.«

Inzwischen waren sie mit den Beamten an der Polizeiwache angelangt. Als sie sich umschauten, bemerkten sie, dass die meisten der Schaulustigen ihnen wie ein Leichenzug vom Hafen bis hierher gefolgt waren.

»Vermutlich möchten Sie möglichst bald die Leichen der Mädchen sehen, Herr Kommissar«, sagte Kosuke. »Aber eigentlich würde ich gerne zuerst die Einzelheiten über die Ereignisse der letzten Nacht von Shimizu hören.«

Isokawa wirkte ein wenig verwundert, war aber einverstanden.

»In Ordnung, hören wir zuerst, was er zu sagen hat. Wo befinden sich die Leichen?«

»Wir haben sie in die Residenz der Kitos bringen lassen. Sehen Sie das Gebäude am Hang, das aussieht wie eine Burg? Das ist sie, und dort lebt ihr Oberhaupt.«

»Aha. He, Sie!« Isokawa rief einen der Polizeibeamten zu sich. »Bringen Sie unseren Gerichtsmediziner zu dem Anwesen dort oben. Bitte untersuchen Sie die Leichen, Herr Doktor.«

Also machte sich der Arzt in Begleitung des Polizisten auf den Weg hinauf zur Residenz, während der Rest der Gruppe die Wache betrat. Sensationsgier gibt es nicht nur in der Stadt. Männer und Frauen, Junge und Alte umschwirrten die Polizeiwache der Insel wie die Fliegen.

Da gerade Mittagszeit war, packten die Polizisten ihren Proviant aus und boten Kosuke und Shimizu davon an. Shimizus Frau Otane hatte mit weiblicher Intuition rasch das Unrecht erkannt, dass ihr Mann Kosuke zugefügt hatte, und bemühte sich um Wiedergutmachung, indem sie ihn zum Essen einlud. Kosuke zierte sich zunächst, aber dann fiel ihm ein, dass er seit dem Morgen nichts gegessen hatte.

Die verpassten Nachrichten

Kosuke Kindaichi stotterte, wenn er aufgeregt war, aber sonst war er ein guter Erzähler. Er gab Kommissar Isokawa einen kurzen Überblick über alles, was sich seit seiner Ankunft auf der Insel Gokumon zugetragen hatte.

Nur den letzten Wunsch seines Kriegskameraden Chimata Kito auf dem Sterbebett ließ Kosuke absichtlich unerwähnt. Dafür war die Zeit noch nicht reif. Er fürchtete, Verwirrung auf der Insel zu stiften, wenn er dem Kommissar zu viel anvertraute. Dieser konnte sich deshalb des Gefühls, dass in Kosukes Geschichte etwas fehlte, nicht erwehren, nickte jedoch zu allem.

»Aber ich bin nicht der Richtige, um Ihnen von den Ereignissen der letzten Nacht zu berichten. Ich war noch so erledigt von der Nacht davor, dass ich bis heute Morgen durchgeschlafen habe wie ein Stein.«

»Wollen Sie behaupten, Sie hätten alles verschlafen?«

Der Kommissar warf Kosuke einen argwöhnischen Blick zu, aber nun schaltete Shimizu sich mit kummervoller Stimme ein.

»Das war meine Schuld«, sagte er unglücklich. »Ich habe einen schrecklichen Fehler gemacht, aber ich wusste ja überhaupt nicht, was es mit Kosuke Kindaichi auf sich hat.«

»Wie meinen Sie das – was es mit ihm auf sich hat? Hat er Ihnen das nicht gestern Abend erzählt?«

»Ja, aber dieser Fall ist so ernst, und er schien mir so verdächtig.«

»Sie haben ihn verdächtigt? Unseren Kindaichi hier?«

Dem Kommissar fielen fast die Augen aus dem Kopf. Er brach in schallendes Gelächter aus.

»Shimizu, wovon reden Sie? Kosuke Kindaichi – ein Verbrecher? Wie um alles in der Welt kamen Sie denn darauf?«, fragte Kommissar Isokawa, nachdem er dem nun äußerst betretenen Wachtmeister von seiner früheren Verbindung zu Kosuke erzählt hatte.

»Nun, ich, äh … Aus Ihrem Tonfall, als wir das erste Mal über Herrn Kindaichi sprachen, schloss ich, Sie würden ihn aus anderen Gründen kennen. Bei meiner Rückkehr auf die Insel erfuhr ich dann von dem Mord an der jungen Hanako. Und äh, nun ja, nach reiflicher Überlegung … Also kurz und gut, zur Sicherheit habe ich ihn gestern Abend in die Arrestzelle gesperrt.«

Shimizu wäre am liebsten in ein Mauseloch gekrochen.

»Sie haben diesen Mann in eine Zelle gesperrt?«

»Kein Problem, es war eine sehr interessante Erfahrung für mich.«

Kosuke lachte, wurde aber gleich wieder ernst.

»Eigentlich sind wir beide mitschuldig. Sie, Kommissar, hätten ihn besser über unsere Beziehung in Kenntnis setzen müssen. Und ich muss ehrlich zugeben, dass ich es amüsant fand, wie der gute Shimizu an mir gezweifelt hat, also habe ich ihn absichtlich weiter aufs Glatteis geführt und seinen Verdacht geschürt. Außerdem wäre es mir zu peinlich gewesen, mich als bekannten Privatdetektiv vorzustellen.«

Kosuke musste wieder lachen.

Kommissar Isokawa machte ein Gesicht, als hätte er in eine Zitrone gebissen, ließ sich dann jedoch von Kosukes Gelächter anstecken.

»Gegen so viel aufrechte Gewissenhaftigkeit kommt man nicht an. Machen Sie sich nichts draus, mein guter Wachtmeister. Solange mein Freund Kindaichi es Ihnen nicht übelnimmt, brauchen Sie sich keine Gedanken zu machen. Aber jetzt erzählen Sie uns, was in der vergangenen Nacht vorgefallen ist.«

»Jawohl, Chef«, antwortete Shimizu wieder wie ein Soldat seinem Vorgesetzten. Hastig wischte er sich mit dem Handrücken den Schweiß von der Stirn und begann in aufgeregtem Ton, die Ereignisse der Nacht zu schildern. Leider klang sein Bericht so wirr, dass Isokawa und Kosuke ihn ständig auffordern mussten, Dinge zu wiederholen und näher zu erläutern. Hinzu kam, dass der gute Shimizu zum Teil wegen seines unglückseligen Irrtums, aber auch vor lauter Hochachtung vor seinem Zuhörer, dem erfahrenen Kriminalkommissar, völlig verunsichert war. Außerdem konnte er nicht recht fassen, dass der schmuddelige Zottelkopf neben ihm ein berühmter Privatdetektiv sein sollte, und sah während seines ganzen Berichts unentwegt zu Kosuke hin.

Im Folgenden finden Sie eine möglichst geordnete Zusammenfassung von Shimizus etwas verworrener Geschichte.

1. Nachdem er Kosuke Kindaichi in die Zelle gesperrt

hatte, machte sich Shimizu auf den Weg zur Residenz der Familie Kito und traf gegen 18:30 Uhr dort ein. Zu diesem Zeitpunkt waren Katsuno, Sanae, die Schwestern Tsukiyo und Yukie, Meister Ryonen und sein Novize Ryotaku dort anwesend. Yukie war also noch am Leben und zu Hause. Shimizu hatte sie nicht nur mit eigenen Augen gesehen, sondern auch mit ihr gesprochen.

2. Gegen 19:30 Uhr trafen Dr. Koan, Bürgermeister Araki und Takezo ein. Es dauerte recht lange, bis Yukies Verschwinden bemerkt wurde. Katsuno und Sanae suchten im ganzen Haus, aber zum Entsetzen aller war sie nirgends zu finden. Man teilte sich auf, um draußen nach ihr zu suchen. Inzwischen musste es nach Shimizus Vermutung etwa 20:30 Uhr gewesen sein.

3. Die Suchtrupps setzten sich wie folgt zusammen: Wachtmeister Shimizu und Bürgermeister Araki gingen gemeinsam, sowie Takezo und Ryotaku. Da Dr. Koan wie üblich ziemlich bezecht war, schlug man ihm vor, in der Residenz zu bleiben, doch er hatte sich, wie sich später herausstellte, eigenmächtig auf die Suche gemacht. Meister Ryonen blieb ebenfalls, da sich sein Rheumatismus wegen des schrecklichen Unwetters in der Nacht zuvor verschlimmert hatte. Überdies wollte man die Frauen nicht ohne männlichen Beschützer im Haus zurücklassen. Der verrückte Hausherr in seiner Zelle zählte nicht. Besonders Tsukiyo hatte große Angst.

4. Die beiden Suchtrupps stiegen zunächst gemeinsam den Hang hinauf. Momentan regnete es nicht, aber der

Himmel war pechschwarz. Als die vier Männer an den Pfad gelangten, der zum Senkoji hinaufführte, trennten sie sich. Takezo und Ryotaku wollten im Tempel nachsehen, während Wachtmeister Shimizu und der Bürgermeister sich weiter bis zum Aussichtspunkt Tengu-Nase begaben, wo die Tempelglocke stand. Shimizu hatte mit seiner Taschenlampe um sie herumgeleuchtet, aber von einem Kimonoärmel war nichts zu sehen gewesen.

»Moment«, hatte Kosuke ihn an dieser Stelle unterbrochen. »Du bist also sehr nah an die Glocke herangegangen?«

»Nein, nicht bis direkt an den Rand. Ich habe die Felsnase nur vom Weg aus angeleuchtet. Als ich die Glocke sah, strahlte ich sie mit der Taschenlampe an und leuchtete auch um sie herum. Von einem Kimonoärmel war ganz sicher nichts zu sehen. Kindaichi, du hast doch heute Morgen gesehen, dass der Ärmel auf der dem Weg zugewandten Seite der Glocke hervorschaute? Wäre er in der Nacht schon da gewesen, hätte ich ihn auf jeden Fall bemerkt. Außerdem war ich nicht allein. Bürgermeister Araki wird bestätigen, dass da kein Ärmel war. Wer auch immer die Leiche unter die Glocke gelegt hat, tat es, als wir wieder weg waren. Dafür lege ich meine Hand ins Feuer.«

5. Nachdem Shimizu und der Bürgermeister auf der Felsnase außer der Glocke nichts Ungewöhnliches entdeckt hatten, marschierten sie weiter den Hügel hinunter zum Haus der anderen Familie Kito. Es regnete jetzt wieder, und der Wind hatte aufgefrischt, so dass die Wellen geräuschvoll an

die Felsen unter ihnen schlugen. Sie trafen Gihei, Oshiho und Ukai zu Hause an. Gihei und Oshiho hatten wohl wie üblich zusammen Sake getrunken. Alle drei sagten aus, nichts über Yukies Verbleib zu wissen. Sie hätten sie an diesem Tag überhaupt nicht gesehen, und Ukai schwor, das Haus seit seiner Rückkehr vom Tempel am Morgen nicht mehr verlassen zu haben.

»Während wir die drei im Flur befragten, hörten wir plötzlich aus der Ferne Schreie. So als riefe jemand um Hilfe. Aber der Wind blies so stark von Westen, dass es unmöglich war, etwas zu verstehen, dennoch machten der Bürgermeister und ich auf der Stelle kehrt, liefen auf den Weg hinaus und blickten in die Richtung, aus der die Stimme zu kommen schien. Gihei, Oshiho und Ukai schlüpften eilig in ihre Geta, um uns zu folgen.

Wie erstarrt standen wir zu fünft im Wind und lauschten. Der Hilferuf ertönte ein zweites und ein drittes Mal. Ich fand, die Stimme klinge wie die von Dr. Koan, und die anderen pflichteten mir bei. Er musste ungeachtet seines betrunkenen Zustands die Residenz verlassen haben und uns gefolgt sein. Seine Rufe waren zu undeutlich, um etwas zu verstehen, doch erkannten wir an seinem Tonfall, dass er in ernster Gefahr sein musste. Der Bürgermeister und ich rannten los. Die anderen drei folgten uns, gewiss auch aus Angst um Yukie.«

»Moment! Wer folgte euch? Gihei, Oshiho und Ukai?«

»Ja, alle drei. Vor dem Haupttor hielten wir noch einen Moment inne und lauschten, bis wir uns einig waren, dass die Rufe vom unteren Ende des Tempelpfads kamen. Also eilten wir, so schnell wir konnten, dorthin.«

»Dabei müsst ihr doch wieder an der Glocke vorbeigekommen sein?«

»Ja, natürlich. Es gibt keinen anderen Weg, um auf den Tempelpfad zu gelangen.«

»Hast du in dem Moment noch einmal zu der Glocke hingesehen?«

»Nein, dazu war keine Zeit. Wir hatten es zu eilig.«

»Du sagtest, es regnete und war stockdunkel. Vermutlich hättet ihr die Glocke auch vorher gar nicht richtig gesehen, wenn du sie nicht mit der Taschenlampe angeleuchtet hättest.«

»Genau. Wir hatten die Glocke ja gerade erst überprüft, also rannten wir in Richtung der Hilferufe an ihr vorbei, ohne auf sie zu achten. Was hätte sich schon ändern sollen?«

»W-warte mal. Wie viel Uhr war es, als du die Glocke inspiziert hast? Nur ungefähr.«

»Wir teilten die Suchtrupps ein und verließen die Residenz gegen 20:30 Uhr. Also müssten wir ungefähr um 20:40 Uhr an der Felsnase gewesen sein.«

»Anschließend habt ihr die anderen Kitos aufgesucht. Weißt du, wie lange ihr euch dort aufgehalten habt?«

»Höchstens zehn Minuten, würde ich sagen.«

»Wenn man von der Felsnase bis zum Haus der Kitos zwei Minuten braucht, ergibt das insgesamt vier Minuten für Hin- und Rückweg. Das heißt, zwischen dem Moment, als du die Glocke untersucht hast, und dem, als ihr erneut daran vorbeilief, waren in etwa vierzehn Minuten vergangen. Beim zweiten Mal regnete es, nicht wahr? Ich glaube, du sagtest, es habe angefangen, als ihr von der Felsnase zum Haus der Kitos unterwegs wart.«

»Ja, stimmt. Vielleicht war es sogar ein bisschen früher. Es tröpfelte bereits, als wir die Glocke untersuchten. Bergab sind wir gerannt.«

»Wie stark regnete es zu der Zeit?«

»Eigentlich so gut wie gar nicht. Ja, genau, jetzt erinnere ich mich. Als wir zum zweiten Mal an der Glocke vorbeikamen, regnete es plötzlich in Strömen.«

»Und wie lange hat es so weiter geregnet? Ich habe doch vergangene Nacht so tief geschlafen …«

»Es hat erst im Morgengrauen aufgehört. Jetzt weiß ich es wieder. Als Gihei, Oshiho und Ukai kamen, um mir von dem Kimonoärmel zu berichten, regnete es noch.«

»Was?! Die drei haben den Ärmel unter der Glocke entdeckt? Egal, bitte weiter der Reihe nach. Aber zu dem Zeitpunkt hat es noch geregnet, nicht wahr?«

»Ja, ganz sicher. Nachdem ich die Nachricht erhalten hatte, ging ich hinaus in den Regen.«

»Kindaichi?« Kommissar Isokawa hatte den beiden von Anfang an schweigend zugehört, doch jetzt klang er verwundert. »Warum ist es so wichtig, ob es geregnet hat oder nicht? Ist das von Bedeutung?«

»Ja, durchaus.«

Kosuke fuhrwerkte wie üblich kräftig in seinem Haar herum.

»Bei Wachtmeister Shimizus Bericht ist mir etwas aufgefallen. Es betrifft Yukies Leiche. Als wir die Glocke hochhoben, war sie gar nicht nass. Nur der Ärmel, der unter dem Rand hervorlugte, war völlig durchweicht, aber der Rest der Leiche fast trocken. Bekanntlich hat es auch die ganze vorangegangene Nacht geregnet, also muss es auf der Felsnase ziemlich nass gewesen sein. Außerdem hat der Mörder, während er die Vorkehrungen zum Anheben der Glocke traf, Yukies Leiche bestimmt auf dem Boden abgelegt. Das bestätigt der einigermaßen feuchte Rücken ihres Kimonos. Aber sonst war alles an ihr völlig trocken. Der restliche Kimono, ihr Haar usw. Wie ist das möglich?«

Kommissar Isokawa und Shimizu musterten Kosuke erstaunt. Nach kurzem Schweigen versuchte Shimizu zögernd eine Erklärung.

»Aber vielleicht könnte die Leiche in so was wie einen Regenmantel eingewickelt gewesen sein?«

»Aber der Rücken ihres Kimonos war feucht. Und nicht nur das, es klebte auch Schlamm daran. Selbst bei größter Vorsicht hätte der Mörder Yukie wohl kaum durch den kleinen Spalt zwängen können, ohne dass sie nass wurde. Wie um alles in der Welt soll ihm das gelungen sein? Shimizu, du sagtest doch, es hat stark geregnet?«

Shimizu nickte kraftlos. Er sah sehr niedergeschlagen aus.

»Jetzt verstehe ich, was du meinst. Hast du eine Idee dazu, Kindaichi?«

»Nun, eigentlich gibt es nur eine vorstellbare Erklärung. Nämlich die, dass der Mörder, nachdem der Bürgermeister und du die Glocke untersucht hattet und gegangen wart, die Glocke mit diesem Trick angehoben hat. Wie wir festgestellt haben, sind bis zu eurer Rückkehr etwa vierzehn Minuten vergangen. Das wäre genügend Zeit. Außerdem regnete es in dem Moment, wie du sagtest, nur ganz wenig.«

»Stimmt. Es tröpfelte nur. In Strömen goss es erst, als wir zum zweiten Mal an der Felsnase vorbeikamen. Heißt das, der Mörder hat irgendwo in der Nähe gewartet, bis wir die Glocke angeleuchtet hatten und wieder gegangen waren?«

»Ja, und zwar mit der Leiche.«

Kosuke machte ein skeptisches Gesicht und seufzte.

»Yukie war Dr. Koan zufolge schon eine Weile tot. Der von ihm geschätzte Todeszeitpunkt liegt zwischen 18 und 19 Uhr. Nehmen wir an, Yukie wurde gegen 19 Uhr ermordet. Warum hat der Mörder dann bis etwa 20:40 Uhr gewartet, um die Leiche zu verstecken? Doch nein, die viel wichtigere Frage ist, warum ist er das Risiko eingegangen, ertappt zu werden, indem er so viel Aufwand betrieb, um Yukies Leiche unter die Glocke zu bugsieren?«

Diesmal war es Kommissar Isokawa, der einen tiefen, bedenklichen Seufzer ausstieß.

»Dieser ganze Fall ist ausgesprochen bizarr. Der zweite Mord ist ebenso aberwitzig wie der erste.«

»Sie sagen es, Kommissar. Völlig verrückt. Entschuldige, dass ich dich unterbrochen habe, Shimizu. Bitte, fahre fort.«

»Wie bitte? Verzeihung, wo war ich stehen geblieben? Ach so, ja. Also, als wir an der Glocke vorbeirannten, fing es an, stark zu regnen. Weiter war ich noch nicht, oder? Es war ein regelrechter Wolkenbruch. Wir rannten durch den Regen, in die Richtung, aus der wir die Hilferufe vermuteten. Als wir auf den Tempelpfad stießen, kamen Ryotaku und Takezo gerade die Treppe herunter. Auch sie hatten Koan rufen gehört. Mit den beiden waren wir nun zu siebt. Wir gingen weiter, bis wir Koan fanden, der unterhalb des Weges feststeckte und schrie. Takezo und ich kletterten hinunter, um ihn nach oben zu ziehen. Sein linker Arm hing lose herunter, und er heulte vor Schmerzen. Dazwischen brüllte er irgendwelches unverständliches Zeug. Jedenfalls hat er uns einen schönen Schrecken eingejagt.«

»Offenbar ist Koan diesem unheimlichen Mann begegnet. Aber bevor wir darüber sprechen, wüsste ich gern, warum Dr. Koan die Residenz überhaupt verlassen hat.«

»Wegen des Liebesbaums, dieses Aizen Katsura.«

»Wegen des Liebesbaums?«

Der Kommissar und Kosuke sahen gleichermaßen verblüfft aus.

»Hanako hatte sich ja am Abend zuvor aus dem Haus geschlichen, um Ukais Brief aus dem Astloch des Baumes zu stibitzen. Offenbar glaubte Koan, Yukie wäre auch zu diesem Baum gelaufen. Obwohl Ryonen und Sanae ihn anflehten, nicht zu gehen, machte er sich auf den Weg zu dem Baum.«

»Aha. Und dann?«

»Dieser Baum steht, wie du weißt, Kindaichi, auf halbem Weg ins Tal am Hang. Koan kletterte also zu ihm hinunter, um nachzusehen, fand aber nichts. Das Astloch war leer, keine Liebesbotschaft von Ukai. Plötzlich hörte er Schritte von der Residenz in seine Richtung kommen. Er geriet in Panik.«

»Ist er denn sicher, dass die Schritte von der Residenz kamen?«

»Ja, sagt er zumindest. Und das ist nicht alles. Er behauptet sogar, gehört zu haben, dass die Person das Haus durch den Hintereingang verlassen hat. Wir hatten gestern Abend Westwind, und die Residenz der Kitos liegt auf der Nordwestseite des Tals. Tatsächlich kann der Wind bei uns bisweilen auch leise Geräusche über weite Strecken tragen.«

»Die Person kam also aus der Hintertür?«

Kosukes Augen weiteten sich vor Schreck. Blitzartig kam ihm der im hinteren Teil der Residenz eingesperrte verrückte Hausherr in den Sinn.

»Koan fand das auch sehr seltsam. Zu der Zeit waren nur noch Hochwürden Ryonen, Sanae, Katsuno und Tsukiyo im Haus. Und natürlich der Wahnsinnige. Niemand von ihnen hätte sich allein hinausgewagt. Noch verdächtiger erschien ihm, dass es Stiefelschritte zu sein schienen. Also kletterte Koan wieder nach oben und lauerte versteckt am Wegrand auf die sich nähernden Schritte. Als sie auf seiner Höhe waren, rief er die Person an, worauf diese erschrak und die Flucht ergriff. Und Koan, der sture Kerl, nahm wie besessen die Verfolgung auf.«

»Verstehe. Und dann kam es zu einer Schlägerei?«

»Ganz recht, bis Koan um Hilfe rief. Anscheinend kämpften sie eine Weile, aber unser Doktor ist schließlich nicht mehr der Jüngste. Außerdem hatte er getrunken, also keine

Chance. Im Gegenteil, der Mann verdrehte ihm den Arm und stieß ihn den Abhang hinunter, wobei Koan sich den linken Arm brach.«

An dieser Stelle hielt Shimizu inne und sah seine beiden Zuhörer an. Kosuke und Kommissar Isokawa schwiegen. Eine Zeit lang herrschte nachdenkliche Stille. Endlich ergriff Kosuke das Wort.

»Hat Koan das Gesicht des Mannes gesehen?«, fragte er leise.

»Offenbar nicht. Letzte Nacht war es sehr dunkel. Er konnte lediglich erkennen, dass der Mann westliche Kleidung trug und eine ziemlich kräftige Statur hatte. Mehr wusste er nicht.«

»In welche Richtung ist der Mann geflüchtet?«

»Auch das wusste Koan nicht. Er hat bei seinem Sturz einen Schock erlitten, dazu kam der Schmerz von dem gebrochenen Arm. Er war anscheinend halb ohnmächtig und kann sich kaum erinnern, was genau passiert ist.«

»Dieser Schurke hatte wohl nicht zufällig eine Leiche auf dem Rücken?«, fragte Kommissar Isokawa.

»Daran hatte ich auch schon gedacht. Aber Dr. Koan ist sich sicher, dass das nicht der Fall war. Allerdings …«

»Allerdings was?«

»Während der Prügelei hat er gesehen, dass der Mann ein Bündel bei sich hatte. Ein Furoshiki.«

»Ein Bündel?« Kosuke runzelte die Stirn.

»Sagt Koan. Also machte ich mich mit ihm auf den Weg zur Residenz, wo Hochwürden Ryonen und Sanae uns besorgt entgegenkamen, da sie die ganze Aufregung mitbekommen hatten. Ich ließ Dr. Koan in ihrer Obhut zurück und rannte mit Takezo wieder los.«

»Und die anderen drei – Gihei, Oshiho und Ukai?«

»Ach ja, sie waren mit uns in die Residenz gekommen. Ich glaube, sie verbrachten sogar den Rest der Nacht dort. Sie waren völlig durchnässt vom Regen und außerdem sehr beunruhigt über Yukies Verschwinden. Vielleicht hatten sie auch ein anderes Motiv, jedenfalls blieben sie bis zum nächsten Morgen in der Residenz.«

»Oho!« Kosuke machte große Augen und fing an, sich wild den Kopf zu kratzen. »Das heißt, sämtliche Beteiligten waren die Nacht über zusammen. Neben der Stammfamilie waren zudem Meister Ryonen und sein Novize, Bürgermeister Araki, Dr. Koan und Takezo sowie die drei aus dem anderen Kito-Haushalt versammelt. Und alle sind bis zum Morgen in der Residenz geblieben?«

»Ja, alle. Sobald Takezo und ich Dr. Koan abgeliefert hatten, gingen wir erneut los, um den verdächtigen Mann zu suchen, aber wir mussten bald aufgeben. Es war viel zu dunkel, und der Regen wurde immer stärker. Aussichtslos.«

»Und du bist dann auch die Nacht über in der Residenz geblieben?«

»Ja, genau.«

»Dann kannst du mir bestimmt sagen, ob in dieser Zeit jemand gegangen ist? Also nicht nur aus dem Zimmer, sondern das Anwesen verlassen hat?«

»Nein, bestimmt nicht. Wir hielten uns alle in dem großen Tatamizimmer auf. Natürlich ist gelegentlich jemand aufgestanden, um auf die Toilette zu gehen, aber das Gebäude hat keiner verlassen. Die Frauen brachten uns etwas zu essen und schenkten Tee ein, deshalb kamen und gingen sie immer wieder, aber das Haus hat keine verlassen.«

»Allerdings bleibt noch die Zeit, als du mit Takezo nach dem mysteriösen Mann gesucht hast. Bist du wirklich sicher, dass zu der Zeit alle im Haus waren?«

»Ich glaube schon. Wir hätten bemerkt, wenn jemand nach draußen gegangen wäre. Außerdem haben Takezo und ich die Suche beinahe sofort aufgegeben. Wir waren nur ganz kurz weg.«

»Ich frage sicherheitshalber noch einmal nach. Als ihr euch das erste Mal aufgeteilt habt und losgezogen seid, um Yukie zu suchen, sind doch außer dem betrunkenen Dr. Koan, der euch dann gefolgt ist, nur Meister Ryonen, Sanae, Katsuno und Tsukiyo in der Residenz geblieben? Nur die vier, ja? Keiner von ihnen hat das Haus verlassen?«

»Keiner. Ich habe damals nachgefragt. Niemand hat sich nach draußen gewagt.«

»Gut, danke.«

Grinsend wandte Kosuke sich Kommissar Isokawa zu.

»Sie sehen, sämtliche Beteiligten haben ein Alibi.«

Der Kommissar zuckte mit den Schultern, als fände er das alles unerträglich, worauf Kosuke sofort einen Rückzieher machte.

»Aber das stimmt nicht, oder? Es gibt eine Person, die kein hieb- und stichfestes Alibi hat.«

»Wer denn?«

»Das verrückte Familienoberhaupt in seiner Zelle. Er gehörte nicht zu der Gruppe gestern Abend, Shimizu. Ich kann mir nicht vorstellen, dass du ihn von Anfang bis Ende im Auge behalten konntest.«

»Kindaichi!«, keuchte Shimizu. »Du glaubst, der Verrückte hat …«

»Nein, das glaube ich ganz und gar nicht. Ich spiele nur alle Möglichkeiten durch. Aber wir können ihn nicht völlig ausschließen, nur weil er verrückt ist.«

Kosuke verstummte, und eine kalte, von unsagbarem Grauen durchdrungene Stille senkte sich über die Männer.

Shimizu hatte plötzlich das Bild des entlaufenen Wahnsinnigen vor Augen, der mit seiner eben erdrosselten Tochter Yukie in den Armen über die stockdunkle Insel irrte. Der Kontrast zwischen Yukies farbenfrohem Kimonoärmel und der schwarzen Gestalt des Wahnsinnigen machte die Vorstellung noch entsetzlicher. In Shimizus Phantasie wurde der verrückte Yosamatsu, dessen Züge er sich als grässlich verzerrt vorstellte, zur Verkörperung des Bösen schlechthin. Yukies leblosen Körper umklammernd, rannte er im strömenden Regen über die in pechschwarze Dunkelheit gehüllte Insel. Der Wind heulte …

»Entschuldige, Shimizu, dass ich dich so oft unterbrochen habe. Bitte, erzähl weiter.«

Kosukes Stimme brachte Shimizu in die Wirklichkeit zurück. Er erschauerte und blinzelte ein paar Mal, um das Schreckensbild zu vertreiben.

»Äh ja, es geht gleich weiter. Ich habe mich wohl von meinen eigenen Gedanken ablenken lassen. Jedenfalls blieben wir, wie gesagt, bis zum Morgengrauen alle in dem großen Tatamizimmer der Residenz. Niemand schlief. Und als es im Osten endlich hell wurde, machten sich die drei aus dem anderen Kito-Haushalt auf den Heimweg. Es nieselte noch, und alles lag im Dunst. Jedenfalls kehrten die drei kurz darauf völlig verstört zurück und erzählten, unter der Glocke schaue ein Kimonoärmel hervor, worauf wir natürlich alle dorthin eilten. So, das war mein vollständiger Bericht von den Ereignissen zwischen gestern Abend und heute Morgen.«

Shimizu stieß einen langen, dem Blas eines Wals nicht unähnlichen Seufzer aus. Die Angst hatte ihm den Magen zugeschnürt wie ein fester dunkler Knoten, der sich nun endlich gelöst hatte.

»Hältst du es für möglich, dass die drei – Gihei, Oshiho und Ukai – die Leiche unter die Glocke geschoben haben und dann zur Residenz zurückgelaufen sind?«

»Nein, das ist so gut wie ausgeschlossen. Sie waren sofort wieder zurück. In der kurzen Zeit hätten sie unmöglich die Glocke anheben und die Leiche darunterlegen können. Außerdem war es schon einigermaßen hell, und die Felsnase ist von See und der Bucht aus gut sichtbar. Fischer sind Morgenmenschen, und sie wären wahrscheinlich gesehen worden. Ich glaube, diese Theorie können wir vernachlässigen.«

Kommissar Isokawa stieß einen leisen Grunzlaut aus. Die zweite Polizeibarkasse musste jeden Moment eintreffen und den zweiten Gerichtsmediziner Dr. Kinoshita, seinen Assistenten und einige Kriminaltechniker auf die Insel bringen. Die Leichen sollten einer vollständigen Obduktion unterzogen werden.

»Danke, dass Sie gekommen sind«, begrüßte Kommissar Isokawa das Team. »Ich hatte auch Dr. Maeda aus Kasaoka hergebeten, damit er bei der Untersuchung der Leichen assistiert.

»Da haben wir ja Glück«, sagte Dr. Kinoshita. »Er wird uns eine große Hilfe sein. Wie ich höre, gibt es zwei Opfer.«

»Ja, Schwestern. Es ist furchtbar.«

Kosuke hörte der Unterhaltung zwischen Kommissar Isokawa und Dr. Kinoshita abwesend zu. Anschließend brachen alle gemeinsam zur Residenz der Kitos auf. Kosuke hielt den Blick nachdenklich auf den Boden gerichtet. Plötzlich sah er auf und wandte sich dem neben ihm gehenden Shimizu zu.

»Du hast vorhin gesagt, du seist gestern Abend um 18:30 Uhr in der Residenz angekommen?«

»Ja, stimmt. Ich habe bei meiner Ankunft zufällig auf die Armbanduhr geschaut. Ich weiß es noch genau.«

»Geht deine Uhr richtig?«

»Normalerweise schon. Ich stelle sie jeden Tag nach dem Radio. Selbst wenn sie mal falsch geht, dann bestimmt nicht mehr als zwei Minuten. Warum?«

»Egal. Also warst du ziemlich genau um 18:30 Uhr bei den Kitos. Lief da das Radio?«

»Das Radio?« Shimizu sah Kosuke mit großen Augen an. »Ich weiß nicht mehr.«

»Wenn in der Residenz das Radio läuft, hört man es schon im Flur. Hast du es gestern Abend gehört?«

Shimizu überlegte.

»Nein, habe ich nicht. Das Radio war nicht an.«

»Gegen 20:30 Uhr seid ihr dann aufgebrochen, um Yukie zu suchen, nicht wahr? Wurde das Radio irgendwann zwischen 18:30 und 20:30 Uhr einmal eingeschaltet?«

Shimizu musterte seinen Freund verwundert.

»Nein. Wieso interessierst du dich so für das Radio, Kindaichi? Hat es etwas mit dem Fall zu tun?«

»Bist du ganz sicher?«

»Ja klar, andernfalls hätte ich es doch gehört. Ist es von Belang für den Fall, ob das Radio eingeschaltet war oder nicht, Kindaichi?«

Kommissar Isokawa unmittelbar vor ihnen drehte sich um und sah Kosuke fragend an. Dieser zuckte unsicher mit den Schultern.

»Es kommt mir komisch vor, dass niemand um 18:35 Uhr das Radio eingeschaltet hat, denn um diese Zeit werden die Namen der Heimkehrer verlesen. Sanae wartet täglich auf Nachricht von ihrem Bruder Hitoshi. Aber gestern Abend hat sie entweder vergessen, die Nachrichten zu hören, oder hat es bewusst nicht getan. Jedenfalls blieb das Radio aus. Ich kann mir nicht vorstellen, dass das bedeutungslos ist.«

Kosuke Kindaichi starrte durch den Kommissar hindurch ins Leere.

Nachts auf Verbrecherjagd

Als die Polizei ihre Ermittlungen vorläufig abgeschlossen hatte und aufbrach, färbte die untergehende Sonne die Insel rot, und die Nacht warf ihre Schatten voraus. Auch Dr. Kinoshita und Dr. Maeda verließen nach getaner Arbeit die Insel.

Die Obduktionen hatten keine neuen Erkenntnisse gebracht. Hanako war bewusstlos geschlagen und erdrosselt worden. Auch Yukie war mit einem ganz ähnlichen Baumwolltuch oder Tenugui stranguliert worden, bevor der Mörder sie unter die Tempelglocke geschoben hatte. Der jeweilige Todeszeitpunkt stimmte mit Dr. Koans Vermutungen überein. Yukie war am Vortag kurz nach Sonnenuntergang getötet worden.

Nach Abschluss der Obduktionen begannen in der Residenz der Familie Kito die Vorbereitungen für eine Doppelbestattung. Es herrschte große Betriebsamkeit. Eigentlich hätte Hanako bereits an diesem Tag beigesetzt werden müssen, aber an zwei Tagen hintereinander Bestattungen zu organisieren, ging über die Kräfte der Familie. Mithin hatte man beschlossen, bis zum nächsten Tag zu warten und die Schwestern gemeinsam zu beerdigen. Ein weiterer Sarg wurde geliefert, und einige junge Männer aus dem Dorf hoben in aller Eile neben dem von Hanako ein zweites Grab für Yukie aus. Auf Gokumon beerdigte man die

Menschen, anstatt sie zu verbrennen, und auf dem Friedhof hinter dem Tempel standen zahlreiche Grabsteine.

Mittlerweile hatte Kommissar Isokawa die Befragung fast aller Beteiligten abgeschlossen, aber die Ergebnisse befriedigten ihn nicht. Der Fall war so kompliziert, dass er das Gefühl hatte, durch dichten Nebel zu irren. Seine letzte Hoffnung war es, mehr über den mysteriösen Mann herauszufinden, dem Dr. Koan begegnet war, aber auch das schien selbst nach einer gründlichen Befragung aussichtslos, denn Koan hatte dem, was er bereits Wachtmeister Shimizu mitgeteilt hatte, nichts hinzuzufügen.

Das Einzige, was er mit Sicherheit sagen konnte, war, dass der Mann das Kito-Haus durch die Hintertür verlassen und ein Bündel bei sich getragen hatte. Sanae und Katsuno sagten übereinstimmend aus, dass, selbst wenn jemand unbemerkt ins Haus geschlichen sei, nichts fehle. Vor allem Sanae bestand darauf, dass nichts abhandengekommen sei. Katsuno wirkte während der gesamten Befragung so aufgeregt und völlig ahnungslos, dass Kosuke ihrer Aussage kaum Beachtung schenkte.

»Kindaichi, wir müssen eine Großfahndung einleiten. Der Mann, auf den Dr. Koan in der Nacht gestoßen ist, könnte der flüchtige Pirat sein. Womöglich hat er sogar die beiden Mädchen ermordet, weil sie beobachtet hatten, wie er auf die Insel kam oder wo er sich versteckt hielt.«

»Kommissar, ich pflichte ihnen bei. Er könnte der Mörder sein, aber ich kann nicht glauben, dass die Sache so simpel ist. Das Motiv für die Morde reicht sicher wesentlich tiefer.

Was haben Sie jetzt vor? Bleiben Sie noch oder fahren Sie aufs Festland zurück?«

»Natürlich bleibe ich. Nicht nur wegen der Morde, sondern auch wegen des flüchtigen Piraten. Ich will mir die Tatorte noch mal gründlich ansehen. Ständig zwischen Gokumon und dem Festland hin und her zu pendeln ist mir zu mühsam.«

»Stimmt. Außerdem können in der Kito-Residenz leicht fünf oder sechs Beamte übernachten. Am einfachsten wäre es, wenn ich von jetzt an auch dort wohne. Ich spreche gleich mal mit Sanae.«

»Danke, das ist nett.«

Sanae hatte keine Einwände. Und die nach dem gewaltsamen Tod ihrer jüngeren Schwestern völlig verängstigte Tsukiyo freute sich wie ein Kind, als sie hörte, die Polizei würde bei ihnen einziehen. Die furchtsame Katsuno schien ebenfalls sehr erleichtert.

»Wie wunderbar, dass Sie alle bei uns übernachten. Ich bin so froh, das Leben ins Haus kommt. Ich verabscheue diese düstere Stimmung.«

»Nicht übermütig werden, Tsukiyo! Pass nur auf, dass du dich nicht aus Versehen nach draußen verirrst!«, ermahnte Kosuke sie neckend.

»Ich gehe nirgendwo hin. Yukie und Hana waren dumm. Sich nach Sonnenuntergang draußen herumzutreiben! Was haben sie sich nur dabei gedacht?«

»Geh auf keinen Fall aus dem Haus! Und wenn der schöne Ukai dich noch so bittet.«

»Kosuke-san! Hören Sie auf damit!« Tsukiyo kicherte und schlug kokett mit ihrem Kimonoärmel nach ihm. »Ich gehe ganz bestimmt nicht raus. Da kann einer betteln, so viel er will. Dazu ist mein Leben mir viel zu kostbar.«

Tsukiyo war vielleicht nicht die Hellste, aber sie tat Kosuke leid, weil sie so offenkundig das nächste Opfer sein konnte.

»Freut mich zu hören. Vergiss nicht, auch kein noch so kleiner Spaziergang ist erlaubt. Ganz gleich, was passiert. Niemand verlässt das Haus.«

»Mache ich nicht. Stattdessen belege ich den Mörder mit einem tödlichen Fluch.«

»Du verfluchst ihn?«

Kosuke musterte Tsukiyo erstaunt, aber sie bedachte ihn nur mit einem gleichmütigen, ein wenig stumpfsinnigen Blick.

»Wenn ich vor etwas Angst habe oder mich etwas stört, sage ich eine Beschwörungsformel. Das klappt immer. Jeder, der mir Böses will, wird bestraft.«

Sanae lachte über Kosukes verdutzte Miene.

»Sie kennen doch das Holzhäuschen hinten im Garten? Das ist unser Andachtsraum«, erklärte sie ihm. »Wenn Tsukiyo etwas nicht passt, schließt sie sich dort ein und betet. Die Wirksamkeit ihrer Gebete ist auf der ganzen Insel bekannt.«

»So ist es. Du glaubst auch an meine Kräfte, nicht wahr, Sanae? Ich brauche heute Abend meine Beschwörungsformeln nur inbrünstig herzusagen, dann kriegt der Verbrecher seine Strafe«, ergänzte Tsukiyo triumphierend.

Kosuke erinnerte sich, wie er Meister Ryonen nach dem Andachtshaus hinten im Garten unmittelbar gegenüber von Yosamatsus Zelle gefragt hatte. Damals hätte er nicht im Traum daran gedacht, dass Tsukiyo bekannt für ihre Geisterbeschwörungen sein könnte. Er hätte gern mehr darüber erfahren, aber Kommissar Isokawa schaute auf die Uhr.

»Ich möchte mir die Tatorte noch einmal ansehen. Lassen Sie uns gehen, ehe es ganz dunkel wird.«

Damit wurde das Gespräch unterbrochen und das Thema nie wieder aufgegriffen. Kosuke konnte nicht ahnen, wie sehr er dies später bereuen würde.

Auch er warf einen Blick auf seine Uhr. Es war 18:40 Uhr. Er sah Sanae forschend an, aber sie schien in Gedanken versunken zu sein und bemerkte es nicht. Auch heute schien sie die Nachrichten über die Kriegsheimkehrer vergessen zu haben.

Als Kosuke und der Kommissar ins Freie traten, dämmerte es bereits. Sobald die Sonne unterging, kühlte es stets empfindlich ab. Kosuke zog fröstelnd die Schultern hoch.

»Wollen wir zum Tempel hinaufgehen?«

»Nein, ich will mir diese Felsnase noch einmal ansehen.«

Die Glocke war noch immer auf dem Aussichtspunkt, auf dem sie Yukies Leiche gefunden hatten, und die beiden suchten den Boden rundherum gründlich ab. Es war Herbst, und er war bis an die Ränder der Felsnase von rosaroten Steinkleeblüten übersät.

»Haben Sie was gefunden?«

»Nein, nichts.«

»Wo sind die anderen?«

»Sie suchen auf dem Berg nach dem Flüchtigen und sind noch nicht zurück.«

Mehrere Polizisten waren, angeführt von Wachtmeister Shimizu und einigen jungen Männern aus dem Dorf, zum Suribachi aufgebrochen, um den Piraten aufzuspüren.

Kommissar Isokawa bückte sich und schaute unter die Glocke.

»Sie war also vollständig von der Glocke bedeckt? Meinen Sie, der Mörder hielt sich bereits hinter der Glocke versteckt, als Wachtmeister Shimizu und Bürgermeister Araki gestern Abend hier vorbeikamen?«

»Ich halte es für möglich. Shimizu und der Bürgermeister haben mit ihren Taschenlampen nur die Glocke selbst angeleuchtet, nicht die Umgebung. Aber die Glocke stand unmittelbar am Rande der Felsnase. Hinter ihr waren kaum zehn Zentimeter Platz. Der Mörder muss Yukies Leiche bei sich gehabt haben. Aber wie hat er das gemacht?«

Die beiden Männer traten an den Rand der Klippe und sahen hinunter. Der Fels stand ein wenig über, und wenn man sich auf den Bauch legte und vorsichtig über den Rand blickte, konnte man den Weg darunter sehen. Der Abgrund rund um die Felsnase reichte etwa zwanzig Meter steil in die Tiefe. Es war also unmöglich, die Felsnase vom Weg aus zu erklimmen. An ihrem Fuß hatten Wind und Meer Seegras und Treibgut zusammengetragen, das nun in der Brandung wogte.

»Hier ist er auf keinen Fall hochgekommen. Selbst wenn er so etwas wie ein Gecko wäre, hätte er unmöglich die Felswand hinaufklettern können.«

Als die beiden Männer sich gerade erhoben und ihre Kleidung abbürsteten, hörten sie plötzlich von oben kommend laute Stimmen und Schritte. Gleich darauf stürmte eine Gruppe mit Hacken und Schaufeln bewehrter junger Männer den Hang hinunter. Sie kamen von der Grabstätte der Familie Kito am Suribachi, wo sie das Grab für Yukie ausgehoben hatten.

»Herr Kommissar, Herr Kommissar, wir haben ihn gesehen!«, schrien sie durcheinander, als sie Isokawa entdeckten.

»Wen habt ihr gesehen?«, fragte der Kommissar atemlos.

»Einen seltsamen Kerl mit Vollbart.«

»In Armeeuniform.«

»Mit brutalen, stechenden Augen.«

»Wo? Wo habt ihr ihn gesehen?«

»Hinter der Grabstätte von den Kitos.«

»Aber hinter der Grabstätte ist ein Steilhang.«

»Etwas raschelte, und wir drehten uns um.«

»Ein unheimlicher Kerl beobachtete uns aus dem Gebüsch. Mit diesen schauerlichen Augen.«

»Der war nicht von der Insel. Nie gesehen. Das war bestimmt der Pirat, der sich hier versteckt.«

Die jungen Männer waren so aufgeregt, dass ihre Stimmen sich überschlugen.

»Aber warum habt ihr ihn nicht festgehalten?«, fragte

einer der Polizisten, worauf die Stimmung umschlug und alle betreten verstummten.

»Aber er soll eine Waffe haben ...«

»Er wurde angriffslustig, als wir ihn ansprachen.«

»Und deshalb seid ihr wie kleine Spinnen davongekrabbelt? Ihr gebt immer so an mit eurer dünnen Planke zwischen euch und dem nassen Grab, aber wenn's ernst wird, sucht ihr sofort das Weite«, spottete einer der Beamten.

»Aber es kam alles so plötzlich. Wer ist überhaupt zuerst abgehauen?«

»Ich jedenfalls nicht! Bestimmt Gen, dieser Feigling. Er hat sich als erster verdrückt. Wir sind ihm bloß gefolgt.«

»Was redest du da, du Idiot? Wer hat denn vor Angst geschrien und gequiekt?«

Während die jungen Männer stritten, ertönten erneut rasche Schritte. Die anderen Polizisten kehrten, angeführt von Wachtmeister Shimizu, von ihrer Verbrecherjagd zurück.

»Ach, hier seid ihr. Was war das eben für ein Lärm?«

»Herr Wachtmeister, wir haben ihn gesehen, diesen Teufel! Wir wollten dem Kommissar Bericht erstatten.«

»Und wie ist es bei Ihnen gelaufen, Shimizu?«, erkundigte sich Kommissar Isokawa.

»Ihre Vermutung hat sich bestätigt. Ein Fremder hält sich auf der Insel versteckt. Oben bei der Piratenfestung haben wir die Reste eines Lagerfeuers entdeckt. Und dieses Furoshiki ...«

Shimizu zog ein schmutziges, regennasses Tuch hervor. Als er es ausbreitete, wurde eine weiße Dämonenmaske auf gelbem Grund sichtbar. Darüber stand ebenfalls in Weiß das Zeichen der Stammfamilie.

»Ist das das Familienwappen der Kitos?«

»Ja, das Wappen der Stammfamilie. Die Seitenlinie verwendet ebenfalls die Dämonenmaske, das Zeichen darüber steht allerdings für den Seitenzweig.«

Kommissar Isokawa wandte sich an Kosuke.

»Dr. Koan hat also recht gehabt. Der Kerl ist letzte Nacht ins Haus der Kitos eingedrungen und mit einem Bündel voll Sachen entkommen.«

»So könnte es gewesen sein.«

Kosuke klang nicht gerade begeistert.

Kommissar Isokawa warf ihm einen fragenden Blick zu.

»Wieso könnte? Es liegt doch auf der Hand, dass es so gewesen ist. Der Beweis ist das Furoshiki mit dem Wappen der Familie Kito.«

»Ja, schon. Aber wieso hat Sanae nicht bemerkt, dass etwas fehlte?«

»Nun, in einem so großen Haus ist es nicht ausgeschlossen, dass jemand unbemerkt ein oder zwei Bündel mit Lebensmitteln entwendet. Vor allem, wo die Familie gerade mit so vielen anderen Dingen beschäftigt ist. Kindaichi, woran denken Sie?«

Kosuke schüttelte nachdrücklich den Kopf.

»Spielt keine Rolle, Kommissar, zumindest wissen wir jetzt sicher, dass sich ein Fremder auf der Insel herumtreibt. Lassen Sie uns so viele wie möglich zu einer großen Suche zusammentrommeln.«

»Machen wir.«

Der Kommissar blickte um sich. Die Dämmerung war vollständiger Dunkelheit gewichen, so dass er nicht einmal erkannte, wer neben ihm stand. Die Inlandsee war gänzlich schwarz, und erste Sterne funkelten am Himmel.

»Morgen könnte es schon zu spät sein. Glücklicherweise scheint der Mond. Am besten wir legen sofort los.«

»Gut, auf geht's!«

Kommissar Isokawa hatte sich entschieden.

In dieser Nacht bot sich den Inselbewohnern ein seltenes Spektakel. Vom Abend bis lange nach Mitternacht herrschte eine angespannte Atmosphäre auf Gokumon.

Kommissar Isokawa und seine Leute begaben sich zunächst zur Residenz der Kitos, wo sie in aller Eile das Abendessen einnahmen, das Sanae und Katsuno für sie bereithielten. Die jungen Männer liefen in der Zwischenzeit zurück ins Dorf und trommelten so viele Inselbewohner wie möglich zusammen. Sobald die tapferen Fischer den Aufruf hörten, sich an der Suche zu beteiligen, strömten sie massenweise zur Residenz.

Gegen acht Uhr abends warteten dort bereits Dutzende von Fischern auf Kommissar Isokawas Anweisungen. Jeder trug eine Fackel oder eine Laterne und irgendeine provisorische Waffe bei sich. Sie sahen aus, als wollten sie einen Aufstand anzetteln.

Kommissar Isokawa teilte die Männer in Gruppen ein und gab ihnen Anweisungen, während Kosuke im großen Tatamizimmer noch kurz mit Sanae sprach.

»Sanae, hatten Sie den Diebstahl wirklich nicht bemerkt?«

»Ich, äh … Nein. Warum fragen Sie mich das?«

Sanae sah Kosuke geradewegs ins Gesicht, als versuche sie, ihn zu durchschauen. Sie bot all ihre Willenskraft auf, um ruhig und gelassen zu wirken, aber Kosuke spürte, dass unter der glatten Oberfläche eine Flut von Emotionen tobte. Eine Zeit lang bemühte sie sich verzweifelt, Kosukes Blick standzuhalten, bis ihre Lider schließlich flatterten und sie den Blick senkte.

»Sanae?« Kosuke hob die Stimme. »Das ganze Dorf geht heute Nacht auf Verbrecherjagd.«

Sanae antwortete nicht.

»So vielen Leuten kann niemand entkommen. Er wird auf jeden Fall geschnappt. Sanae, das kann Ihnen doch nicht gleichgültig sein?«

Sanae hob das Gesicht und funkelte Kosuke an. Ihr Blick war voller Wut, es verbarg sich sogar eine gewisse Mordlust dahinter.

»Kindaichi! Was wollen Sie mit diesem Gerede andeuten?«

»Wissen Sie das nicht?«

»Nein, ich weiß es nicht. Ich habe nicht die geringste Ahnung. Sie sprechen in Rätseln. Ich …«

Just in diesem Moment stürmte Gezeitenmeister Takezo herein und schnitt Sanae das Wort ab. Kommissar Isokawa hatte ihn geschickt, um Kosuke zu holen.

»Ja, gut, ich komme sofort. Takezo, einen Moment noch.«

»Um was geht's?«

»Wissen Sie, wo Tsukiyo ist? Ich habe sie heute Abend noch nicht gesehen.«

»Hier bin ich.«

Tsukiyo trippelte kichernd ins Zimmer, und Kosuke erstarrte vor Schreck.

Sie war gekleidet wie eine Shirabyoshi, eine Tänzerin aus der um 1000 Jahre zurückliegenden Heian-Zeit, das heißt, sie trug ein weißes Gewand aus schimmernder Seide und einen ausladenden leuchtend karminroten Hosenrock. Auf ihrem Kopf thronte ein goldfarbener spitzer Hut, ein Eboshi. In der Hand hielt sie einen Stab mit goldenen Glöckchen.

»Tsukiyo! Was soll diese Aufmachung?«

»Oh, haben Sie das etwa vergessen, lieber Kosuke? Ich werde jetzt im Andachtshaus für Sie beten. Sie gehen doch auf Verbrecherjagd, nicht wahr? Also werde ich darum beten, dass Sie diesen bösen Mann zu fassen bekommen. Ich bin überzeugt, Sie finden ihn. Meine Gebete nützen immer.«

Tsukiyo lachte gackernd, bevor sie aus dem Zimmer huschte. Fassungslos starrte Kosuke ihr nach. Später wurde ihm klar, dass er sie in diesem Moment das letzte Mal lebend gesehen hatte.

Takezo drängte Kosuke erneut. Der Kommissar warte.

»Äh ja, tut mir leid, bin schon unterwegs. Sanae?«

»Ja?«

»Bitte, passen Sie besonders gut auf Tsukiyo auf.«

Sanae zog die Augenbrauen hoch, was heißen sollte, das verstünde sich ja wohl von selbst. Sie war sehr blass.

»Takezo, du wolltest dich der Suche anschließen, nicht wahr?«

»Ja, genau.«

»Ich möchte, dass du hierbleibst.«

»Aber der Kommissar hat mich dazu eingeteilt, eine Gruppe zu führen. Das kann ich jetzt nicht mehr absagen.«

In diesem Augenblick ertönte aus dem hinteren Teil des Anwesens das Gebrüll des Verrückten. Sanae fuhr zusammen.

»Entschuldigen Sie mich, aber mein Onkel ist heute Abend sehr unruhig wegen des ganzen Aufruhrs.«

Sie eilte aus dem Zimmer.

Kosuke fühlte sich ziemlich unwohl, als er Takezo nachgab, und machte sich auf den Weg nach draußen. Unterwegs sah er, wie der Priester und sein Novize vor dem Familienaltar ein Sutra rezitierten. Bürgermeister Araki und Dr. Koan waren auch anwesend, ebenso Gihei, Oshiho und der schöne Ukai. Die letzteren drei gaben sich lammfromm und hielten sich sehr zurück. Die Aufregung hatte solche Ausmaße angenommen, dass selbst sie sie nicht mehr zu ignorieren vermochten.

»Ah, Herr Kindaichi, Sie schließen sich der Suche ebenfalls an?«, fragte der Bürgermeister in gefasstem Ton.

»Ja, ich bin gerade auf dem Weg.«

»Wir sind Ihnen sehr dankbar. Ich sollte auch teilnehmen, aber heute Nacht findet die Totenwache statt. Wenn sie zu Ende ist, komme ich nach.«

»Ganz wie Sie es für richtig halten, Herr Bürgermeister.«

Der Ton der Klangschale vibrierte sacht durch den Raum. Der Priester drehte sich nicht um.

Als Kosuke ins Freie trat, waren die meisten Suchtrupps bereits aufgebrochen. Nur die von Takezo und dem Kommissar angeführten Gruppen – jeweils sechs bis sieben Männer – standen noch auf dem Anwesen der Kitos.

»Auf geht's, Kindaichi!«

»Einen Augenblick noch. Ich würde gerne drei oder vier Männer hier postieren.«

»Warum denn?«

»Nur für den Fall, dass der Gesuchte sich in die Residenz flüchten will. Darauf sollten wir vorbereitet sein und deshalb ein paar Leute zurücklassen, die das Haus bewachen.«

Rasch wählte der Kommissar zwei Männer aus jeder Gruppe aus und betraute sie mit der Bewachung des Anwesens.

»Zeit zum Aufbruch.«

Kosuke sah auf die Uhr. Genau 20:30 Uhr. Der Himmel war von unzähligen Sternen übersät. Der seit zehn Tagen zunehmende Mond beleuchtete den Berg hinter dem Senkoji. Sie stiegen von der Residenz aus bergauf und sahen, wie sich der Fackelzug der vorausgegangenen Gruppen den Pfad zum Tempel hinaufzog.

»Kommissar, meinen Sie nicht, dass so viel Licht den Flüchtigen auf uns aufmerksam machen wird?«

»Nein, hinter den Fackel- und Laternenträgern nähert sich eine weitere Gruppe ohne Beleuchtung. Unser Plan ist es den Gejagten durch das Licht in die Netze der im Dunkeln lauernden Männer zu treiben.«

Die von Kommissar Isokawa und Kosuke sowie die von Takezo geführten Gruppen marschierten geradeaus auf dem Weg jenseits des Tals, bis sie an die Tengu-Felsnase gelangten. Dort bogen sie nach links ab, um den Hang hinaufzusteigen, von dem zuvor die Totengräber und der Polizeitrupp gekommen waren. Es war auf dieser Seite der Insel der einzige Weg, der zum Suribachi hinaufführte.

Alle Angehörigen von Takezos Suchtrupp trugen brennende Fackeln und veranstalteten bei ihrem Aufstieg absichtlich jede Menge Lärm. Etwa hundert Meter hinter ihnen folgten im Dunkeln nahezu unhörbar Kosuke und die Tarneinheit des Kommissars. Der Weg zur Felsnase war schmal und steil, weshalb er wenig begangen war. Obwohl der Mond schien und der Himmel von Sternen übersät war, konnte man leicht über eine der vielen aus dem Boden ragenden Wurzeln stolpern.

Nachdem sie einen Felsvorsprung umrundet hatten, eröffnete sich ihnen die Aussicht auf den Suribachi bis hinauf zur dunklen Silhouette der alten Seeräuberfestung auf seinem Gipfel. Hier und da irrlichterten die Fackeln der Männer, die winzig wie ein Ameisenzug vor ihnen den Berg erklommen. Von überallher ertönten laute Rufe. Kosuke musste an die Klangschale denken, die er im Haus der Kitos gehört hatte. Auf einmal ergriff ihn eine sonderbare und unerklärliche Gemütsregung.

Vor ihm fand die Jagd auf einen Menschen statt, hinter

ihm die Totenwache. Er dachte an Sanaes bleiches Gesicht, Tsukiyos grelle Aufmachung als Shirabyoshi, das Gebrüll des Verrückten in seiner Zelle, und Chimata Kitos letzte Worte. Plötzlich begannen die Lichter der Fackeln vor seinen Augen zu schwanken, und ihm war, als würde die ganze Insel jeden Moment in Flammen aufgehen.

5 Osayo, die Schamanin

Alle Häuser auf Gokumon lagen, wie gesagt, auf der Westseite der Insel. Nur ein Gebiet zu besiedeln war eine auf allen Inseln von jeher übliche Strategie, um sich besser gegen
Piratenüberfälle verteidigen zu können. Auf Gokumon er-
forderte außerdem die Topografie diese Siedlungsweise, da
seine bebaubaren Flächen ohnehin auf den Westen be-
schränkt waren.

Der Suribachi war kein besonders hoher Berg, ragte jedoch außer im Westen unmittelbar aus dem Meer auf. An
seinen Steilküsten konnten weder Schiffe ankern, noch
gab es einen ebenen begehbaren Zugang vom Land zum
Meer.

Nachdem die Suchtrupps die Westseite der Insel durch-
kämmt hatten, saß der auf den Berg geflüchtete Mörder in
der Falle. Der Halbmond beschien die Schulter des Suribachi. Immer mehr Sterne funkelten, und die Milchstraße zog
sich als dunstig heller Schweif über das Firmament, so dass
die ganze Insel in ein diffuses silbriges Licht getaucht schien,
während die Fackeln sich flackernd den Hang hinaufbeweg-
ten. Oben auf dem Gipfel des Suribachi lag weithin sichtbar
die Ruine der Seeräuberfestung. Das Kampfgeschrei der jun-

gen Insulaner hallte dann und wann vom Gipfel wider wie fernes Donnergrollen.

Schweigend folgte Kosuke dem Kommissar den Bergpfad hinauf, als er in den Reihen der Männer Seiko, den Barbier entdeckte.

»Oh, Sie sind auch mit von der Partie!«

Kosuke grinste breit. Und Seiko grinste nickend zurück.

»Diese Treibjagd ist das Aufregendste, was hier seit Langem passiert ist! Ich hasse Langeweile. Allerdings ist das, was jetzt bei uns vorgeht, ziemlich schrecklich!«

»Sie sagen es. Was spricht man denn so auf der Insel?«

»Je nun, es wird eine Menge geklatscht, das können die sich nicht verkneifen, alles ohne Hand und Fuß. Aber eins hat mich ebenso überrascht wie alle anderen auch.«

»Was denn?«

»Ihre wahre Identität, mein Herr. Zuerst hieß es, Sie seien verdächtig. Niemand wusste, woher Sie kamen, immerhin haben sie sich selbst als Vagabunden bezeichnet. Damit haben Sie natürlich Misstrauen erregt. In der Gerüchteküche brodelte es nur so.«

»Was du nicht sagst! Aber warum sollte ausgerechnet ich Hanako und Yukie töten?«

»Man vermutete, Sie wollten sich das Vermögen der Familie Kito unter den Nagel reißen. Seien Sie mir nicht böse, es waren ja nur Gerüchte. Aber keine Sorge, diesen Unsinn glaubt inzwischen niemand mehr. Jedenfalls war es eine große Überraschung, dass Sie in Wahrheit Japans berühmtester Privatdetektiv sind. Ich habe den Jungs immer gesagt, sie sollten Sie nicht unterschätzen. Er mag sonderbar aussehen, aber er ist ein echter Tokioter, habe ich gesagt.«

»Besten Dank für das Kompliment. Aber wie kamen die Leute auf die Idee, ich könnte das Vermögen der Kitos veruntreuen? Selbst nach dem Tod von Hanako und Yukie wäre es doch nicht an mich gefallen.«

»Oh, natürlich dachte man, all das wäre Teil eines perfiden Plans. Ich fasse kurz zusammen. Nachdem Sie Tsukiyo, Yukie und Hanako getötet hätten, würden Sie Sanae verführen, sie heiraten und sich so in die Familie Kito einschleichen. Ich habe den Leuten damals schon gesagt, sie sollen keinen solchen Blödsinn reden. Immerhin sind Sie in Tokio geboren und aufgewachsen. Einer aus der Hauptstadt würde sich doch nicht solche Umstände machen, sondern sich einfach eine Pistole besorgen und die Leute ausrauben. Das beste Gegenargument aber ist, dass kein Tokioter sich jemals dazu herablassen würde, auf dieser Insel zu leben und dieses Futter hier zu ertragen. Ich war von Anfang an auf Ihrer Seite, Herr Kindaichi.«

Kosuke wurde es ganz mulmig bei dem Gedanken, dass man ihn für dermaßen gerissen und gefährlich gehalten hatte.

»Also hör mal, mein Bester. Das klingt ja wie ein Historiendrama über eine Familienfehde mit mir in der Rolle des bösen Haushofmeisters.«

»Falsch, in der des Verführers. Du weißt schon, wie Jyudayu Kurahashi in der Geschichte über die Kuroda-Fehde oder eine dieser anderen Rollen für atemberaubend gut aussehende Schauspieler.«

»Seiko?«

Kosukes Tonfall änderte sich. Er klang jetzt atemlos.

»Die Leute hier auf der Insel scheinen das ganze Leben für eine Art Theaterstück zu halten, oder?«

Sogar Wachtmeister Shimizu hatte ihn mit seiner ausufernden Einbildungskraft überrascht. Kosuke war fasziniert, wie realitätsfern und dramatisch diese Inselbewohner dachten.

»Nein, sie sind nicht immer so. Aber sie sehen sich, das ist nicht zu leugnen, gern Theaterstücke an. Der alte Kaemon war ein großer Liebhaber des Theaters. Vielleicht haben Sie schon einmal von dem Konpira-Schrein in Sanuki auf Shikoku gehört. Auf dem Schreingelände steht noch ein altes Theater, das aus der Mitte des 19. Jahrhunderts stammt. Es ist die Nachbildung eines Theaters in Onishi in Osaka. Es ist wohl das kleinste Theater in Japan und sehr altehrwürdig, viel davon ist noch erhalten. Berühmte Schauspieler aus Kyoto traten dort auf. Der alte Kaemon war ein großzügiger Mäzen und unterstützte dieses Theater freigebig. Hörte er von einer guten Aufführung, brachte er die Inselbewohner auf seinem großen Kutter nach Shikoku, damit sie sich ansehen konnten. Es war immer ein großes Ereignis. Er kaufte sämtliche Eintrittskarten und spendierte sie den Fischern. Auch ich durfte jedes Mal mit. Es war wie ein Traum. So viel Großzügigkeit.«

»Aha, Sie waren also ein Liebling des alten Kaemon Kito.

Was haben Sie getan, um derart in seiner Gunst zu stehen?«

»Eigentlich gar nichts. Es hatte wohl damit zu tun, dass ich Zappai dichte. Wissen Sie, was Zappai sind? Eine Art Haiku, nur ohne festes Versmaß. Ich interessiere mich besonders für Kamurizuke, da wird die erste Zeile vorgegeben. In meiner Jugend habe ich sogar einen Dichterkreis gegründet, in dem wir unsere Arbeiten einem bekannten Dichter vorlegten. In der Region Chugoku sind Zappai sehr beliebt. Früher gab es eine Menge Zeitschriften, die sie abdruckten. Ich habe gern humorvolle Gedichte geschrieben, aber auch ernsthafte. Einige davon waren kaum anders als Haiku. Irgendwann trage ich Ihnen ein paar vor. Egal, spielt keine Rolle. Jedenfalls trug Kaemon nicht umsonst den Spitznamen Taiko, denn er hatte wie der große Feldherr Toyotomi Hideyoshi alle möglichen Vorlieben. Er dichtete zwar auch Haiku, verfasste aber meistens Zappai und zwar unter dem Pseudonym Gokumon.«

Das war es also! Kosuke hatte ein Aha-Erlebnis. Die krakeligen Gedichte auf dem Wandschirm im Tempel, für deren Entzifferung er so ewig gebraucht hatte, hatte der verstorbene Kaemon abgepinselt.

»Gokumon, weil er so etwas wie der Herrscher der Insel war. Jedenfalls gründete er einen eigenen Dichterzirkel, dem ich natürlich auch angehörte, weil er sonst unvollständig gewesen wäre, wie alle sagten. Da ich aus der Hauptstadt komme, einem Mittelpunkt der Dichtkunst, betrachtete man mich als eine Art Lehrmeister. Und so beehrte Kaemon mich mit seiner besonderen Aufmerksamkeit.«

»Aha, Kaemon war also ein Kunstliebhaber? Sein Sohn Yosamatsu nahm sich ja sogar eine Schauspielerin zur zweiten Frau, wie ich hörte?«

Diese Frage brannte Kosuke schon länger unter den Nägeln. Er war sehr erpicht darauf, mehr über die Mutter von Tsukiyo, Yukie und Hanako zu erfahren. Er hatte nur nicht gewusst, an wen er sich wenden sollte. Offiziell im Rahmen einer Befragung nachzuforschen wäre vermutlich wenig hilfreich gewesen. Vor allem, da nun jedermann seine wahre Identität kannte. Was auch immer er wissen wollte, die Befragten würden sich ihre Antworten so genau überlegen, dass er sich nicht mehr auf ihren Wahrheitsgehalt verlassen konnte. So ließ er die Frage ganz beiläufig ins Gespräch einfließen, und der Barbier sprang sofort darauf an.

»Nein, ganz so war es nicht. Es stimmt, dass Kaemon eine sehr große Vorliebe fürs Theater hatte, aber als sein Sohn diese Osayo – so hieß sie, wie ihr Künstlername lautete, weiß ich nicht – heiratete, geriet er völlig außer sich und versuchte, die Ehe mit aller Gewalt zu verhindern.«

»Kannten Sie Osayo persönlich?«

»Ja, als ich auf die Insel kam, lebte sie noch. Allerdings starb sie kaum ein halbes Jahr später, so dass ich sie höchstens ein paar Mal gesehen habe. Aber es sind noch immer eine Menge Gerüchte über sie im Umlauf.«

»Ihr Tanz in dem Stück über den Dojo-Tempel soll atemberaubend gewesen sein? Es heißt, Yosamatsu habe ihren Auftritt gesehen und sich wie wahnsinnig in sie verliebt.«

»Ja, mit *Die Glocke vom Dojo-Tempel, Tadanobu, der Fuchs*

und *Die Kuzu-Blätter,* also in Stücken, in denen die Hauptdarstellerin sich in ein Tier verwandelt, feierte sie überragende Erfolge. Sie hatte eine Wanderbühne gegründet, mit der sie in Chugoku auftrat. Kaemon hörte davon und engagierte die Truppe für eine Aufführung auf der Insel. Er ließ sogar auf seinem Anwesen eine Bühne errichten und *Die Glocke vom Dojo-Tempel* dort aufführen. Yosamatsu verliebte sich in die Hauptdarstellerin, und sie wurde seine Geliebte. Der alte Kaemon tobte. Yosamatsus erste Frau, also Chimatas Mutter, war noch nicht lange tot, und sein Ehebett war leer. Und nun umgarnte ihn eine wunderschöne Schauspielerin. Wie hätte er da widerstehen können? Es war, wie wenn man einer Katze Räucherfisch vor die Nase hält. Kaemon betrachtete es als den größten Fehler seines Lebens, die Wanderbühne nach Gokumon geholt zu haben.«

»Aber was hatte Kaemon denn gegen diese Frau?«

»Mein lieber Herr Kindaichi, das versteht sich doch wohl von selbst. Sie war eine gewöhnliche Schauspielerin von unbestimmter Herkunft. Die Kitos dagegen sind die einflussreichste Familie auf Gokumon. Selbst die einfachen Inselbewohner beargwöhnen jeden, der nicht von hier ist, als Außenseiter, auch wenn sie wissen, woher er stammt.«

»Es muss doch schrecklich für Osayo gewesen sein, so missachtet zu werden.«

»Das war es wirklich. Es wäre ja noch gegangen, wenn sie Kaemon wenigstens aus dem Weg gegangen wäre, aber sie war eine schlaue Hexe, die ihren Ehemann Yosamatsu völlig beherrschte. Er ließ sich derart von ihr an der Nase herumführen, dass es viel böses Blut zwischen Vater und Sohn gab. Einmal entstand sogar das Gerücht, Yosamatsu wolle seinen Vater verdrängen, um selbst Familienoberhaupt zu werden. Am Ende verlor der hartgesottene Kaemon einen großen Teil seiner Macht an diese Füchsin und schien in kurzer Zeit um Jahre gealtert.«

»Sie muss eine beeindruckende Frau gewesen sein.«

»Ja, das war sie weiß Gott. Und wenn sie sich nicht auf diesen Quatsch eingelassen hätte, wäre Yosamatsu jetzt Familienoberhaupt und Osayo die Frau eines reichen Fischereiunternehmers.«

»Was für einen Quatsch?«

»Wahrsagerei und Beschwörungen.«

»Ach was?«

Kosuke machte große Augen. Sein Herz klopfte, als er an Tsukiyos Kostümierung von vorhin dachte.

»Ja, genau, Sie haben diese Hütte sicher schon gesehen. Auf dem Anwesen steht doch so ein kleines Holzhaus, nicht wahr? Yosamatsu hat es für seine Frau errichten lassen. Osayo hat darin irgendwelche Beschwörungen veranstaltet. Wenn Sie mich fragen, war das mehr Hexerei als sonst was. Als ich damals auf die Insel kam, war sie bereits krank und hatte damit aufgehört, aber davor hatte sie wohl eine sehr starke Ausstrahlung und hielt als die berühmte Heldin Shizuka Gozen verkleidet Andachten ab. Dabei läutete sie mit einer Glocke, verbrannte Weihrauch, und beschwor Gottheiten, indem sie Sätze wie ›Shoten von Ikoma,

Shoten von Kawachi, erscheint, erscheint mir, der im Jahr des Tigers Geborenen!‹ intonierte.«

Kosuke schürzte unwillkürlich die Lippen.

»Und was sollte das?«

»Was meinen Sie?«

»Na ja, das ergibt doch gar keinen Sinn. Shoten ist, soweit ich weiß, eine buddhistische Form des hinduistischen Elefantengottes Ganesh, aber sie scheint sich doch eher als Schamanin verkleidet zu haben.«

Auch Tsukiyo hatte eher ausgesehen wie eine Miko, eine Schreinjungfrau, als wie eine buddhistische Nonne.

»Spielt das eine Rolle? Solange jemand möglichst viel betet und segnet, fassen die Menschen Vertrauen. Osayo muss sich das irgendwie angeeignet haben, als sie mit ihrer Theatertruppe durchs Land zog. Bei ihr war alles Shoten gewidmet. Angeblich zeitigten ihre Beschwörungen sogar heilende Wirkung. Die Leute hier haben ständig alle möglichen Beschwerden. Manche hatten Magenschmerzen oder seltsame Beulen oder ein Kind war krank. Dann beschwor Osayo ihre Gottheit mit ihrer üblichen Litanei und verabreichte ihnen ein sogenanntes Wundermittel in Form einer merkwürdigen Flüssigkeit, und die Leute wurden auf wundersame Weise wieder gesund, so hieß es zumindest. Bald war es nicht mehr nur Yosamatsu, der Osayo anhimmelte. Sie gewann immer mehr Anhänger auf Gokumon. Schließlich kamen sogar Leute von anderen Inseln, um sich von ihr behandeln zu lassen. Das Geschäft blühte. Doch am Ende war genau das ihr Untergang.«

»Immerhin hatte sie sich einen lukrativen Nebenerwerb aufgebaut.«

»Aber sie hat wohl ihr Glück überstrapaziert. Und vor allem versäumt, den Priester des Senkoji in ihr Geschäft mit einzubeziehen.«

»Ja, so was kann zum Problem werden.«

»Hochwürden Ryonen war natürlich nicht gerade begeistert. Auf einmal waren die Gläubigen, die früher in seinem Tempel gebetet hatten, Anhänger von Osayo, der Schamanin. Aber Sie wissen ja, Hochwürden hat ein großes Herz. Also machte er zu Anfang gute Miene zum bösen Spiel und sah darüber hinweg. Allerdings wurde Osayo immer dreister, bis sie schließlich sogar eine Lehre erfand, in der sie alles zusammenrührte und zu deren Gründerin sie sich aufwarf. Der Tempel spielte für sie keine Rolle mehr. Irgendwann verlor sogar Hochwürden die Geduld. Er ist ein großherziger Mensch, aber zu sehr reizen darf man ihn auch nicht. In seinem Zorn beschloss er, Osayo ein für alle Mal das Handwerk zu legen.«

»Richtig spannend, mein lieber Seiko, Sie sind ein guter Erzähler.«

»Sie schmeicheln mir. Sich Hochwürden Ryonen zum Feind zu machen, war jedenfalls Osayos Untergang. Sie hatte nämlich eins übersehen und damit einen großen Fehler gemacht. Bislang war Ryonen in der Familienfehde zwischen Kaemon und Yosamatsu neutral geblieben, doch nun wechselte er auf Kaemons Seite. Die beiden Männer verbündeten sich gegen Osayo, und damit war sie bei all ihrer Schlauheit erledigt. Auf die Insel Gokumon zu kommen, sich mit dem Tempel und dem mächtigsten Fischereiunternehmer anzulegen war ihr Ende. Osayos Untergang war besiegelt. Und je schwächer ihre Position wurde, desto verzweifelter gebärdete sie sich. Sie erging sich in den absurdesten Prophezeiungen. Ein gewaltiger Tsunami würde kommen und die ganze Insel verschlingen. Oder der Suribachi würde auseinanderbrechen, und ein Feuerregen würde herniedergehen. Die Inselbewohner mögen töricht sein oder leicht beeinflussbar, aber nun wurde ihre Schamanin ihnen doch unheimlich, und sie begannen, sie zu meiden. Schließlich befahl sie den Leuten, Buße zu tun, weil sonst ihre Gebete nicht erhört würden. Am Ende verursachte sie einen gewaltigen Skandal, weil sie einen ihrer Anhänger mit einer glühenden Zange traktiert hatte. Kurz und gut, Osayo verlor den Verstand. Prompt ließ Kaemon einen Käfig bauen und sperrte sie ein. Die Schamanin war endgültig besiegt.«

»Und was war mit Yosamatsu?«

»Yosamatsu war machtlos. Er hätte es niemals mit seinem Vater Kaemon aufnehmen können. Die große Strategin war Osayo gewesen, und die saß nun im Käfig, ein Vogel ohne Flügel, eine Wölfin ohne Zähne. Yosamatsu war ganz und gar unfähig, sich seinem Vater entgegenzustellen. Ein Versuch, Osayo aus ihrer Zelle zu befreien, scheiterte. Danach ging es ihr immer schlechter, bis sie schließlich ihrem Wahnsinn erlag. Nun verlor auch Yosamatsu den Verstand und landete im Käfig.«

»Und diese Osayo war die Mutter der drei Mädchen?«

»Ja, genau. Viele wunderten sich, dass sie überhaupt Kinder bekommen konnte. Anscheinend verkaufen viele von diesen Wanderschauspielerinnen aus Not am Ende auch ihren Körper und holen sich Krankheiten. Aber Osayo wurde immer wieder schwanger. Ich weiß nicht, ob sie sich über ihre Kinder freute, jedenfalls waren alle drei Mädchen. Osayo soll eine Schönheit gewesen sein, eine etwas derbe zwar, aber sie hatte eine markante, sehr gerade Nase und große Augen. In ihren besten Zeiten sei sie atemberaubend gewesen, sagen die, die sie erlebt haben. Leider war ich damals noch nicht hier. Als ich nach Gokumon kam, war sie bereits eingesperrt. Einmal ist sie ausgebrochen und hat auf der Insel randaliert, da habe ich sie gesehen. Aber da hatte sie sich schon sehr verändert und mehr Ähnlichkeit mit einer alten Hexe als mit einer hinreißenden Schönheit.«

»Ich bedanke mich. Das war weiß Gott eine spannende Geschichte.«

Kaum hatte Kosuke sich bei dem Barbier bedankt, zerriss irgendwo am Hang ein Schuss die Luft, ein zweiter und ein dritter folgten. Kampfgeschrei hallte durch die Täler.

DIE SEERÄUBERFESTUNG

»He, Kindaichi! Anscheinend haben sie ihn im Visier!«

»Das sehen wir uns an! Hoffentlich schnappen sie ihn möglichst unverletzt!«

Kommissar Isokawa und seine Leute waren schon fast auf dem Gipfel des Suribachi angelangt, und die Seeräuberfestung thronte unmittelbar über ihnen. Außer Atem stolperten sie über Felsen und Wurzeln den mondbeschienenen Bergpfad entlang.

»Geben Sie acht, Herr Kommissar. Hier war die Luftabwehrbasis. Das ganze Gebiet ist unterhöhlt, weil man hier Luftschutzbunker ausheben wollte«, warnte jemand keuchend von hinten.

Der Hang ging hier tatsächlich in ein ebenes Plateau über, aus dem hier und da Felsen und dürre Kiefern aufragten. Es war überzogen von einem Netz von offenen Gräben und Eingängen zu unterirdischen Tunneln.

»Schwierig, hier jemanden aufzuspüren.«

»Die Schüsse kamen von weiter oben«, sagte Kosuke.

»Was da wohl los ist? Es ist auf einmal so still.«

»Lasst uns nachsehen. Aber Vorsicht, er ist bewaffnet.«

Sie hatten sich gerade behutsam ein Stück den Berg hinaufgearbeitet, als mehrere Männer hinter einem Felsen hervorsprangen.

»Wer da?«

»Ah, Sie sind's Wachtmeister Shimizu! Haben Sie eben geschossen?«

»Ja, Herr Kommissar, der Mann hat von dort drüben auf uns gefeuert, also habe ich zurückgeschossen.«

»Und dann?«

»Dann war er plötzlich verschwunden. Hat sich wahrscheinlich in einem dieser Tunnel verkrochen. Außerdem haben wir etwas Sonderbares entdeckt. Los, zeigt dem Kommissar das Zeug!«

Shimizus Männer zeigten ihm einen Kochtopf, einen Sack Reis, ein Glas Miso-Paste, mehrere Rettiche, etwas getrockneten Fisch, ein Küchenmesser, eine Essschale und ein Paar Essstäbchen. Verwundert musterte Kommissar Isokawa die Sachen.

»Verdammt, woher kommt das?«

»Aus einem der Stollen.«

»Nein, das meine ich nicht. Woher hat er das alles?«

»Können Sie sich das nicht denken, Kommissar? Aus der Residenz der Kitos.«

»Aber das hätten die doch bemerkt?«

»Natürlich haben sie es gemerkt. Die Frage ist, warum sie es uns verschwiegen haben. … Oh, da kommt jemand.«

Ein einzelner Mann kam aus der Richtung, aus der sie gerade aufgestiegen waren, auf sie zu. Im Dunkeln war nicht zu erkennen, wer es war.

»Wer da?«, rief Shimizu wieder.

»Ich bin's, Wachtmeister.« Bürgermeister Araki kam ihnen wie üblich mit hängenden Mundwinkeln und völlig ungerührt entgegen. »Ich habe die Schüsse gehört und wollte nachsehen, was los ist. Haben Sie den Schurken?«

»Ah, Herr Bürgermeister. Ist die Totenwache beendet?«

»Ist sie.«

»Und mit Tsukiyo ist alles in Ordnung?«

»Ja, alles in Ordnung. Als ich ging, hörte ich sie im Andachtshaus beten. Dr. Koan und Ryotaku wollten in der Residenz auf eure Rückkehr warten.«

»Was ist mit Hochwürden?«

»Sein Rheuma hat ihn wieder geplagt, und er ist in den Tempel zurückgegangen. Die anderen Kitos sind auch weg. Aber keine Sorge – ein paar Burschen aus dem Dorf bewachen den Eingang.«

Kosuke fühlte Unruhe in sich aufsteigen. Sein Herz klopfte heftig. Erneut peitschten Schüsse, gefolgt von Geschrei.

»Er haut ab!«

»Da drüben ist er!«

Eine Menge Leute rannte mit Gebrüll auf die Seeräuberfestung zu, und die Fackeln flackerten bald hierhin bald dorthin.

»Wo ist der Schuft? In welche Richtung ist er gelaufen?«

»Nach dort drüben, Herr Kommissar. Sehen Sie, er rennt den Kamm entlang. Achtung! Dieser Trottel von Gen ist verletzt«, ertönte eine Stimme von Ferne.

»Wurde er angeschossen?«

»Ja, aber es ist nur ein Streifschuss, nichts Ernstes.«

»Seid bloß vorsichtig!«

Die Piratenfestung hatte ein Obergeschoss. Wenn man genau hinschaute, war darüber eine Gestalt zu erkennen, die sich gebückt auf dem Kamm vorwärtsbewegte. Wegen der zahlreichen Felsen und Kiefern dort oben verschwand sie ab und zu, um jedoch gleich wieder aufzutauchen.

»Wenn er weiter in die Richtung läuft, sitzt er bald in der Falle wie eine Ratte. Der Kamm endet nämlich an einem Abgrund.«

Angeführt von Wachtmeister Shimizu erklommen die Männer die Festung. Ihr Standort war geradezu ideal. Von der oberen Mauer hatte man einen ungehinderten Blick nach Osten auf die hier und da verstreut im mondbeschienenen Meer liegenden Silhouetten der Inseln. Kleine Feuer, mit denen man Fische anzulocken hoffte, flackerten verträumt im nächtlichen Dunst.

»Ha, Schurke, jetzt haben wir dich!«

»Sei vorsichtig, Shimizu! Komm ihm nicht zu nah. In die Enge getriebene Ratten beißen. Und der ist wie ein Eber!«

Kommissar Isokawa hatte kaum zu Ende gesprochen, als ein weiterer Schuss peitschte und irgendwo in der Nähe eine Kugel einschlug.

Seiko, der Barbier, schrie auf. Während sie alle im Gebüsch hinter einem kleinen Felsen Deckung suchten, sahen sie in etwa fünfundzwanzig Metern Entfernung einen Mann, der hinter einem großen Felsblock kauerte, mit einem Gewehr in ihre Richtung zielen. Die Felsen und Sträucher machten es unmöglich, sein Gesicht oder auch nur seinen Umriss deutlich zu erkennen. Links von ihm lag die Schlucht und versperrte ihm jeden Fluchtweg. Er saß in der Falle.

»He! Wirf die Waffe weg, und komm langsam näher!«, rief der Kommissar.

Als Antwort feuerte der Mann erneut. Die Kugel zischte über die Köpfe der liegenden Männer.

»Verdammt, was soll man da machen? Shimizu, schießen Sie. Aber töten Sie ihn nach Möglichkeit nicht.«

Shimizu feuerte, worauf der Flüchtige das Feuer sofort erwiderte. Mehrere Polizisten eilten Shimizu zu Hilfe und schossen ihrerseits auf den Mann. Ein Schrei gellte, der Mann überschlug sich und verschwand im Tal zu seiner Linken.

»Verflucht!«

Alle rannten an den Abgrund, um seinen Sturz zu verfolgen. Der Körper des Mannes fiel sich immer wieder überschlagend und Geröll mit sich reißend durchs Gestrüpp. Von der anderen Talseite ertönte Jubel.

»Wir steigen runter«, sagte Kommissar Isokawa.

Sich an Felsen und Baumwurzeln klammernd, kletterten die Männer mühsam den steilen Hang hinunter. Das Mondlicht, das ihn beleuchtete, minderte die Gefahr ein wenig. In dem von dichtem Gestrüpp überwucherten Talgrund floss kein Bach.

»Wo ist der Kerl?«

»Er muss hier irgendwo sein.«

»Da drüben!«, schrie Seiko, der Barbier.

Etwa zwanzig Meter entfernt war ein Umriss in der Dunkelheit zu erkennen. Der Schatten schien reglos zu Boden zu starren.

»Wer sind Sie?«, rief Kommissar Isokawa ihn an, aber die Gestalt antwortete nicht, sondern stand weiter wie angewurzelt da und blickte zu Boden.

»Wer sind Sie?«, rief der Kommissar abermals. »Antworten Sie oder wir schießen.«

Doch die Gestalt schüttelte nur leicht den Kopf, worauf Kosuke sofort aus dem Gebüsch sprang.

»Halt, Kommissar! Nicht schießen!«

Kosuke rannte mit geraffter Hakama auf den Schatten zu. »Sanae!«

Tatsächlich taumelte Sanae, vom Licht geblendet, einige Schritte auf ihn zu. Geistesgegenwärtig fing Kosuke sie auf.

»Was tun Sie hier? Was haben Sie an einem Ort wie diesem zu suchen?«

Alles Blut schien aus Sanaes Gesicht gewichen. Sie starrte Kosuke mit großen Augen an, schien ihn jedoch nicht wahrzunehmen.

»Sanae?« Kosuke beugte sich vor und flüsterte. »Sanae, kennen Sie diesen Mann? Ist das Ihr Bruder?«

Kosuke blickte auf die Leiche zu Sanaes Füßen. Jäh verzog sie das Gesicht wie ein Kind, das gleich anfängt zu weinen.

»Nein, das ist nicht mein Bruder!«, stieß sie hervor und vergrub das Gesicht in den Händen.

Kommissar Isokawa, der Kosuke gefolgt war, kniete nieder, um den Toten zu untersuchen, erhob sich aber bald wieder.

»Seltsam«, sagte er verwundert. »Keinerlei Anzeichen für eine Schusswunde. Dieser Mann wurde nicht erschossen.«

Unwillkürlich blickte Kosuke zur Festung hinauf, aber der Kamm war vom Hang aus nicht zu sehen.

Der Mond stand jetzt direkt über ihnen. Just in diesem Moment wurde in der Residenz der Kitos ein schreckliches Verbrechen verübt.

Scheut das an den Baum gebundene Pferd, fallen die Blüten

Je weiter die Nacht fortschritt, desto kälter wurde es im großen Tatamizimmer.

Während der Totenwache war es noch erträglich gewesen, doch sobald sie beendet war, machten sich Gihei, Oshiho und Ukai auf den Heimweg. Bürgermeister Araki, unruhig wegen der Jagd auf den Mörder, hielt es ebenfalls nicht länger im Haus. Hochwürden Ryonen war wegen seiner rheumatischen Beschwerden in den Tempel zurückgekehrt. Allein der ziegenbärtige Dr. Koan und der Novize Ryotaku waren geblieben. Ryotaku fühlte sich nackt und schutzlos wie ein gerupftes Huhn.

»Doktor, Sie sollten nicht so viel trinken, das tut Ihnen nicht gut«, jammerte er, zitternd vor Furcht.

»Das macht mir nichts aus. Mir geht es bestens. Wenn ich betrunken bin, vergesse ich allen Schmerz und Kummer. Sei nicht so knickrig mit dem Sake. Ist doch nicht dein Geld!«

»Ich bin nicht knickrig. Ich mache mir nur Sorgen um Sie. Außerdem ist das keine gewöhnliche Nacht.«

»Haha. Das brauchst du mir nun weiß Gott nicht zu sagen. Heute Nacht halten wir Totenwache für Yukie und Hanako. Denkst du, das weiß ich nicht? Ich trinke auf das Wohl der beiden und wünsche Ihnen eine gute Reise ins Jenseits.«

»Davon rede ich ja gar nicht!«

»Wovon dann?«

»Dr. Koan, haben Sie das etwa vergessen? Der Kommissar und Herr Kindaichi haben uns eingeschärft, besonders auf Tsukiyo aufzupassen.«

»Aha, darauf willst du also hinaus, Ryotaku! Da mach dir mal keine Sorgen. Ich habe mir jedes Wort eingeprägt.«

»Aber wenn Sie so viel trinken …«

»Das macht mir nichts. Keine Angst, du kannst dich auf mich verlassen. Ob ich nun trinke oder nicht, ich bin jeder Aufgabe gewachsen. Ryotaku, mein Freund, ich bitte dich, hol mir noch ein Fläschchen von Katsuno. Guck mal, das ist schon leer. Noch genauso eins. Das ist dann das letzte, das verspreche ich dir. Komm schon, nur noch ein einziges. … Dann wenigstens ein halbes. Bitte, Ryotaku, sei doch so gut.«

Sein Gebettel war typisch für einen Säufer. Eigentlich hatte er keinen Grund, weiter zu trinken, aber er konnte eben nicht aufhören. Noch eine Flasche, noch eine halbe Flasche, dann wenigstens noch ein Schlückchen, ein winziges Schlückchen. Koan musste einen gewissen Pegel erreichen, bevor sich bei ihm das Gefühl einstellte, überhaupt getrunken zu haben.

»Dr. Koan, ist das Ihr Ernst? Sie wollen wirklich noch mehr trinken?«

»Selbstverständlich! Ich habe die feste Absicht. Los, Ryotaku, sei nicht so kaltherzig. Ab in die Küche. Du bist mein Abgesandter. Ein bisschen plötzlich gefälligst. Seine Majestät Dr. Ziegenbart Koan Murase wünscht prompte Bedienung. Was ist los mit dir, Ryotaku? Was ziehst du für ein Gesicht? Das ist ja zum Fürchten. Aha, jetzt verstehe ich, du steckst mit Katsuno unter einer Decke. Ihr wollt mich verdursten lassen. Egal, ich werde dich nicht mehr bitten. Wenn du so kleinlich bist, gehe ich eben selbst und trinke aus dem Fass.«

Koan stützte sich mit der freien Hand auf die Tatami und versuchte sich hochzuhieven, aber er war zu betrunken. Er konnte das Gleichgewicht nicht halten und plumpste, als er aufstehen wollte, wieder auf sein Hinterteil.

»Auaaa!«, jammerte Koan.

Ryotaku seufzte.

»Dr. Koan, das ist doch erbärmlich. Dabei sind Sie nüchtern so ein braver Mensch. Also gut, Sie haben gewonnen. Ich hole Ihnen noch eine Flasche, aber nur eine. Das war's. Nur eine, verstanden? Noch einmal gebe ich nicht nach, und wenn Sie sich auf den Kopf stellen.«

Gegen weinende Kinder und Trunkenbolde ist man machtlos, heißt es nicht ohne Grund. Widerwillig griff Ryotaku nach dem leeren Sakefläschchen. Als er in die Küche kam, in der sich noch Berge von schmutzigen Schalen und Geschirr von der Totenwache stapelten, irrte Katsuno allein darin herum.

»Frau Katsuno, suchen Sie etwas?«

»Ryotaku, hast du Mii gesehen?«

Mii war Katsunos Katze. Da sie keine Kinder hatte, hätschelte Katsuno das Tier wie ein Baby.

»Nein, sie spielt bestimmt irgendwo draußen. Entschuldigen Sie, Frau Katsuno, aber könnte ich noch etwas Sake haben? Dr. Koan verlangt ständig nach mehr.«

»Was? Ob es gut ist, wenn er so viel trinkt? Am Ende ist er völlig betrunken und taugt nicht mehr zum Bewacher.«

»Stimmt, habe ich ihm auch gesagt, aber in seinem Zustand hört er auf niemanden. Er ist wie ein störrisches Kind. Ich sorge dafür, dass er danach nichts mehr trinkt.«

»Diese Sauferei ist so lästig«, murmelte Katsuno ärgerlich, während sie einen kleinen Krug mit Sake füllte. Ryotaku sah sich in der dämmerigen Küche um.

»Wo ist Sanae?«

»Sanae? Ich dachte, sie wäre im großen Tatamizimmer.«

»Nein, da ist sie nicht.«

»Ach, dann ist sie schon zu Bett gegangen, obwohl sie wusste, wie viel ich hier zu tun habe. Sie hätte mir wenigstens ein bisschen zur Hand gehen können.«

Katsuno machte Ihrer Verärgerung Luft, indem sie sich mit unnötig lautem Geklapper daran machte, das Geschirr abzuwaschen.

Ryotaku verspürte plötzlich einen Anflug von Besorgnis. Es passte nicht zu Sanae, einfach ins Bett zu gehen, ohne sich abzumelden.

»Wann haben Sie Sanae das letzte Mal gesehen, Frau Katsuno?«

»Lass mich überlegen … Ach ja, als Hochwürden Ryonen sich verabschiedete, hat sie ihn zur Tür gebracht und nach draußen begleitet. Danach habe ich sie nicht mehr gesehen. Ich hätte schwören können, dass sie die ganze

Zeit im Tatamizimmer war. Was wolltest du denn von ihr, Ryotaku?«

Sanaes Verschwinden schien Katsuno gar nicht zu berühren. Offenkundig sorgte sie sich mehr um ihre Katze Mii.

»Wo ist sie nur? Eigentlich treibt sie sich nachts nicht draußen herum. Bestimmt hat sie einen Kater gerochen. Ob Mensch, ob Katze, sie sind doch alle gleich. Hier, Ryotaku, der Sake.«

Ryotaku trug das Fläschchen unbeholfen ins Tatamizimmer, wo er Koan laut schnarchend und alle Viere von sich gestreckt auf dem Boden liegend vorfand.

»He, Dr. Koan, Ihr Sake. Koan! Jetzt schläft er! Warum quält er mich dann erst so?«

Ryotaku stellte die Sakeflasche ab und setzte sich auf ein Kissen, aber bald spürte er die Kälte in dem großen, leeren Raum bis in die Knochen. Er zog seinen Kimono enger um sich und rückte näher an das Kohlebecken heran, aber es war nur noch wenig Holzkohle darin. Als er mit der Zange in der Glut stocherte, erlosch das Feuer vollständig.

Erschrocken blickte Ryotaku um sich, in der Hoffnung, dass niemand sein Missgeschick beobachtet hatte.

Dr. Koan schlief weiter tief und fest. Er schnarchte abwechselnd lauter und leiser, begleitet vom fernen Klang der Glöckchen im Andachtshaus im Garten, wo Tsukiyo unablässig ihre Gebete herunterleierte.

Der trostlose Klang der Glöckchen ließ Ryotaku frösteln, als wäre ihm ein Eisklumpen in den Nacken gerutscht, und er zog seinen Kragen unwillkürlich noch enger.

»Dr. Koan! He, Koan! Wachen Sie auf! Sie können doch nicht die ganze Zeit schlafen!«

Ryotaku wurde es immer mulmiger. Er konnte einfach nicht mehr stillsitzen. Klingelingeling! Unentwegt hallte das nervtötende unheilvolle Gebimmel aus dem Garten herüber. Ryotaku hielt es nicht länger aus. Er stand auf und folgte dem Klang der Glöckchen nach draußen. An der Vordertür traf er auf die jungen Männer, die Kosuke Kindaichi zur Bewachung des Hauses abgestellt hatte.

»Ryotaku, was machst du für ein Gesicht? Ist was passiert?«

Die jungen Burschen wärmten sich an einer Feuerstelle zwischen Tor und Gebäude, tranken Sake und knabberten eingelegte Rettichscheiben. Ryotaku fühlte sich wie einer, der bei einem Gang durch die Hölle zufällig einem Buddha begegnet, und gesellte sich eilig zu ihnen.

»Nein, nichts Besonderes. Oder doch, hat jemand von euch Sanae gesehen?«

»Nein. Warum? Ist ihr etwas zugestoßen?«

»Nein, aber sie ist schon eine Weile verschwunden.«

»Was ist mit Dr. Koan?«

»Er ist betrunken und schläft.«

»Hahaha. Das haben wir uns schon gedacht. Sanae sollte dir wohl die Zeit vertreiben, Ryotaku?«

»Haha, Kumpel, da hast du den Nagel auf den Kopf getroffen! Ryotaku ist abgeblitzt. Deshalb sieht er so kleinlaut aus!«

»Das ist nicht lustig!«

»Du wirst ja ganz rot, Ryotaku. Versuch's doch einfach mal

bei ihr, zupf sie am Ärmel und flüstere ihr was zu. Ihr würdet gut zusammenpassen. Ihr wart doch schon in der Schule unzertrennlich. Ich weiß noch, was für eine Heulsuse du warst. Ein echter Feigling. Ständig hast du geflennt.«

»Ja, stimmt, das war so lustig, deshalb haben wir dich immerzu gehänselt. Aber mit Sanae war nicht zu spaßen. Ich hatte richtig Angst vor ihr. Wenn wir dich geärgert haben, hat sie uns fertig gemacht. Sie mochte dich ziemlich gern, deshalb war ich ein bisschen eifersüchtig. Einmal haben wir gestritten, und sie hat mir eine Ohrfeige verpasst. Sie kannte keine Gnade.«

»Sie hatte ja auch den Spitznamen Wildkatze. Alles ändert sich, aber eigentlich hatte sie damals schon etwas für dich übrig.«

»Red keinen Unsinn.«

»Das ist kein Unsinn. Ihr habt eure Namen auf einen Schirm geschrieben. Ryotaku, du bist eine Memme! Früher durften buddhistische Priester nichts mit Frauen haben, aber die Dinge haben sich geändert. Jetzt dürft sogar ihr Kahlköpfe Sake trinken und mit Frauen schlafen. Was macht's, wenn eine sich ziert. Das ist ihre Masche. Da darfst du nicht einfach den Schwanz einziehen und aufgeben. Das musst du noch lernen.«

»Stimmt genau. Am besten ist eine, die sich sträubt. Ich habe da eine in der Nähe vom Konpira-Schrein in Sanuki ...«

»Fang bloß nicht wieder von der an!«

»Genau, du willst immer nur von dieser Frau reden. Dein einziges Sinnen und Trachten!«

Die jungen Männer von Gokumon kannten keine anderen Themen als Sake und Frauen. Aber durch ihre Offenheit und die unverblümte Derbheit, mit der sie die Dinge beim Namen nannten, wirkten ihre Reden weniger anzüglich als die verbrämten Andeutungen in manchem Roman. Seltsamerweise beruhigte sich Ryotaku, während er zuhörte. Nicht dass er sich zu diesen Lüsten hingezogen fühlte, doch er genoss den schon fast vergessenen menschlichen Umgang, und es wurde ihm warm ums Herz.

»Wie sieht's aus, Ryotaku? Trinkst du einen Schluck mit uns?«

»Nein, das geht nicht.«

»Was hindert dich? Weil Alkohol und würzige Speisen auf dem Tempelgelände verboten sind? Es ist doch altbekannt, dass die Priester immer einen Geheimvorrat haben. Unser Hochwürden Ryonen ist allerdings eine Ausnahme.«

»Ja, der ist streng. Aber er ist auch ein alter Mann, da kann man nichts machen. Armer Ryotaku. Mach schon, trink einen mit uns. Und dann kommst du mal wieder mit runter ins Dorf. Statt Tag und Nacht im Tempel Sutren zu beten. Und wir erzählen dir von den Huren, bei denen wir waren. Da kannst du was lernen, hahaha.«

Aber alles Drängen half nicht, Ryotaku weigerte sich standhaft, Sake zu trinken. Dennoch war er wie berauscht von den Geschichten der jungen Männer. Er fühlte sich jetzt ausgesprochen wohl, wenn auch ein bisschen schuldig wegen seiner Pflichtvergessenheit. Aber er konnte sich einfach nicht losreißen. Und ganz gleich, wie viele Jahre der gute und ehrliche Ryotaku noch leben würde, er sollte nie aufhören, sich die Schuld an der Tragödie zu geben, die sich in dieser Nacht ereignete. Dass seine kleine Pflichtverletzung dazu geführt hatte, verfolgte ihn für den Rest seines Lebens.

Und das kam so.

Während Ryotaku hingerissen den zunehmend abenteuerlichen Zoten der jungen Männer lauschte, hörte er plötzlich im Haus eine Frau schreien. Er sprang auf.

»Was zum Teufel war das?«

Ryotaku war nicht der Einzige, der die Schreie hörte. Die jungen Männer verstummten mitten in ihrer Unterhaltung und stellten ihre Sakeschalen ab.

Die Schreie wurden von Schluchzen und einem undeutlich hervorgestoßenen Satz unterbrochen, der zwar unentwegt wiederholt wurde, aber nicht zu verstehen war.

»Das ist doch Katsuno, oder?«

»Ja, da muss was passiert sein.«

Katsuno war eine sehr ängstliche Frau, die sich ständig setzen musste. Aber es waren nicht nur ihre Beine, die sie nicht unter Kontrolle hatte. Mitunter weinte sie lautlos und redete völlig zusammenhangloses Zeug, das niemand verstand. Vermutlich wusste nur sie allein, wovon sie sprach.

Ryotaku erbleichte.

»Lasst uns nachsehen. Am besten alle zusammen«, sagte er schlotternd.

Ryotaku ging voran und die jungen Männer folgten ihm

ins Haus. Katsunos Stimme kam aus dem großen Tatamizimmer, wo Dr. Koan sich aufgesetzt hatte und verstört blinzelte. Neben ihm kauerte wild schluchzend Katsuno.

»Frau Katsuno, was ist denn los? Dr. Koan, was ist passiert?«

»Keine Ahnung. Katsuno hat mich geweckt, aber ich verstehe nicht, was sie sagt.«

Koan starrte Katsuno entgeistert an, während er in seinen
Ziegenbart sabberte.

»Frau Katsuno, bitte beruhigen Sie sich. Was ist denn passiert? Ist etwas mit Ihrer Katze? Bitte, reißen Sie sich doch
zusammen. Sie machen uns ja Angst. Nicht die Katze? Was?
In der Zelle? Ist etwas mit dem Kranken?«

Die Männer tauschten unruhige Blicke.

Ryotaku wurde noch blasser.

»Ma und Gin, ihr geht und überprüft die Zelle. Die kennt
ihr doch, oder? Die Zelle mit dem Verrückten?«

Die beiden Männer verließen den Raum.

»Wegen so was brauchen Sie doch nicht zu weinen, Frau
Katsuno. Der kommt schon wieder. Mitunter bekommt auch
ein Verrückter Lust, sich die Beine zu vertreten. Das ist nicht
alles? Ist noch was passiert? Ihre Katze? Was ist mit der
Katze? Ist Tsukiyo im Andachtshaus?«

Ryotaku und die jungen Männer verstummten und
lauschten. Sie hörten die Glöckchen.

»Frau Katsuno, was ist das? Tsukiyo, die im Andachtshaus
ihre Glöckchen läutet?«

Statt einer Antwort schüttelte Katsuno energisch den

Kopf. Sie versuchte verzweifelt, etwas zu sagen, aber je aufgeregter sie wurde, desto weniger konnte man sie verstehen.

Die beiden Männer, die in der Zelle nachgesehen hatten, kehrten zurück. Sie sahen sehr blass aus.

»Die Zelle ist leer, von dem Verrückten keine Spur!«

»Lasst uns im Andachtshaus nachsehen. Irgendetwas geht da vor.«

Ryotaku verließ das Tatamizimmer als erster. Drei junge Männer folgten ihm. Dr. Koan blieb ratlos sitzen, während die auf dem Boden zusammengesunkene Katsuno unaufhörlich weiter schluchzte.

Das kleine Andachtshaus lag, wie bereits erwähnt, auf einer Anhöhe am Ende des Gartens. Sein Stil war weder rein schintoistisch noch rein buddhistisch. Es hatte drei Wände und eine Tür aus Zedernholz, zu der einige Stufen von dem bewussten Korridor hinaufführten. Sie war leicht angelehnt.

Ryotaku rannte bis an die Stufen.

»Tsukiyo! Tsukiyo!«

Keine Antwort, aber das Läuten wurde stärker.

»Tsukiyo, wir machen uns Sorgen. Hör auf damit und komm raus.«

Wieder wartete er auf eine Antwort, aber es kam keine. Nur das Gebimmel dauerte an. Der Schatten der Angst senkte sich über die Männer.

»Also gut, dann kommen wir jetzt rein. Und lassen uns von dir beschimpfen.«

Einer der Männer stürmte die Stufen hinauf und riss die Zedernholztür auf. Im Inneren war das Andachtshaus nur etwa zehn Tatami – etwas über fünfzehn Quadratmeter – groß. An der Seite gegenüber dem Eingang befand sich ein Gestell von etwas weniger als einem Meter Höhe, das offenbar als Altar diente. Darauf standen grotesk anmutende Buddhastatuen in verschiedenen Größen zwischen Räuchergefäßen, Vasen, Kerzenständern, verschiedenen Klangschalen und Glocken. Diese alten und abgegriffenen Gegenstände verstärkten die düstere Atmosphäre. Zwei Opferkerzen verbreiteten ein trübes Licht und flackerten wild, sobald ein Windstoß durch die offene Tür wehte. Die Kammer war derart von Weihrauch geschwängert, dass allen die Augen tränten.

»Tsukiyo, Tsukiyo! Wo bist du?«

In der Dunkelheit und all dem Rauch war kaum etwas zu erkennen.

»Hat jemand Streichhölzer?«

»Ja, ich.«

»Sehr gut, gib mal. Da drüben auf dem Altar sind Kerzen. Holt welche.«

Einer der Männer schlurfte durch den verräucherten Raum. Dann aber schrie er plötzlich auf.

»Was ist?«

»Tsu-Tsukiyo.«

»Was ist los? Mach schon, steck eine Kerze an!«

Mit zitternden Händen riss der Junge ein Streichholz nach dem anderen an, ohne dass es ihm gelang, die Kerze anzuzünden.

»Was bist du nur für ein Versager! Los, dann zünde sie an den Votivlampen da drüben an.«

Als die Kerze endlich brannte, erkannten sie im flackernden Licht, was geschehen war.

»Oh mein Gott!«, stieß Ryotaku mit klappernden Zähnen hervor und legte die Hände zum Gebet zusammen.

Niemand rührte sich. Der mit der Kerze zitterte dermaßen, dass sie beständig flackerte.

Etwas so Groteskes hatte noch keiner von ihnen gesehen. Vor ihnen lag Tsukiyo rücklings auf dem Boden. Sie trug noch immer das weiße Gewand und die rote Hakama. Auch der kleine goldene Spitzhut saß noch auf ihrem Kopf. Sie war stark geschminkt, und ihr Haar umrahmte in langen offenen Strähnen ihr Gesicht. Sie wirkte fast überirdisch schön.

Doch das um ihren Hals geschlungene Tenugui trübte diesen Eindruck und verlieh der Szene etwas Alptraumhaftes.

»Das Podest ...«, hob einer der jungen Männer an, dann schnürte ihm das Entsetzen die Kehle zu.

Doch ein Blick in die Richtung, in die er schaute, verriet allen, was er sagen wollte. Unmittelbar vor dem Altar stand ein etwa dreißig Zentimeter hohes Podest von etwa zwei Quadratmetern Größe. Es war klar, dass Tsukiyo auf diesem Podest gesessen und ihre Gebete rezitiert hatte, als jemand sie von hinten erwürgte, woraufhin sie zu Boden fiel. Sie musste sich gewehrt haben, denn sie hatte die Nägel ihrer rechten Hand in das Tenugui um ihren Hals verkrallt. Es sah beinahe aus, als hätte sie sich selbst stranguliert.

»Ryotaku!«

Einer der vom Blick auf Tsukiyos furchterregende Leiche wachsbleichen Jungen packte den Novizen am Arm und schüttelte ihn.

»Ist doch gut so. Wir haben doch damit gerechnet, dass Tsukiyo früher oder später getötet wird. Alle auf der Insel haben gesagt, dass Tsukiyo die nächste ist. Deshalb ist es keine große Überraschung, dass sie jetzt ermordet wurde. Aber was soll das? Das Zeug, das über ihren ganzen Körper verstreut ist?«

Ein anderer bückte sich und hob mit Daumen und Zeigefinger etwas davon auf.

»Buschkleeblüten.«

»Das weiß ich! Ich bin ja nicht blind. Ich will wissen, wieso jemand Buschkleeblüten auf Tsukiyos Leiche gestreut hat. Hier wächst doch nirgendwo Buschklee. Oder Ryotaku? Der Mörder muss ihn mitgebracht haben. Aber warum?«

Plötzlich fuhren sie alle zusammen wie vom Blitz getroffen.

Das Bimmeln, das sie inzwischen völlig vergessen hatten, fing wieder an.

Alle starrten mit großen Augen in die Richtung, als rechneten sie mit einem bösen Geist.

Rechts hinter dem Altar hingen ein halbes Dutzend bis auf den Boden reichende bunte Tücher. An eines dieser Tücher waren Tsukiyos Glockenstab und Katsunos verzweifelt strampelnde Katze Mii gebunden.

Unwillkürlich musste Ryotaku an ein altes Volkslied denken: *Scheut das an den Baum gebundene Pferd, fallen die Blüten.*

Nur hier musste es heißen: *Zappelt die an ein Tuch gebundene Katze, läuten die Glöckchen.*

Das Gebimmel, das sie gehört hatten, hatte die Katze verursacht.

Es dauerte nicht lange, bis die Suchtrupps zurückkehrten.

6 Nachts sind alle Katzen grau

Kosuke Kindaichi befand sich in einem derart grauenhaften Gemütszustand, dass er fürchtete, verrückt zu werden.

Der Gedanke an das, was er damals auf dem stickigen heißen Truppentransporter erlebt hatte, ließ ihn nicht los. Ständig tönte ihm die flehende Stimme seines sterbenden Kameraden Chimata im Ohr: »Du musst statt meiner nach Gokumon reisen. Sonst werden meine drei Schwestern ermordet. Fahr nach Gokumon! Bitte! Rette meine Schwestern …«

Doch er, Kosuke Kindaichi, hatte diese inbrünstig noch mit dem letzten Atemzug hervorgestoßene Bitte, den letzten verzweifelten Wunsch seines Freundes, nicht zu erfüllen vermocht. Er hatte versagt. Nicht eins der drei Mädchen hatte er retten können.

Kosukes Gesicht war eingefallen und zerfurcht. Er schien über Nacht um zehn oder gar zwanzig Jahre gealtert zu sein.

»Sanae?«, sprach er sie kraftlos an.

Auch aus Sanaes Zügen war jede Lebendigkeit gewichen. Sie war tief in Gedanken versunken und antwortete nicht.

Die drei entsetzlichen Nächte hatten einen hohen Tribut gefordert. Kommissar Isokawa und die anderen Beamten gingen noch immer im Andachtshaus ein und aus. Das ganze imposante Anwesen schien den Atem anzuhalten, so stark war die Spannung, die in der Luft lag.

Glücklicherweise gelang es den Suchtrupps, den entflohenen Yosamatsu aufzuspüren und wohlbehalten in seine Zelle zurückzubringen. Er war nur selten im Freien, so dass ihm auf den Weg zum Tempel schon auf der Höhe des kleinen Schreins für die Erdgottheit die Puste ausgegangen war und er dort am Boden liegend gefunden wurde. Ob Yosamatsu in der schrecklichen Nacht etwas mitbekommen hatte? Und wenn ja, was? Sein Abenteuer hatte ihn so aufgewühlt, dass er einfach schreien musste. Sein Gebrüll war bis zum Andachtshaus zu hören und erinnerte an die verhängnisvolle Schicksalsverwandtschaft zwischen Vater und Töchtern. Auch Kosuke hatte sich im Andachtshaus umgesehen, doch dann überkam ihn eine so starke Übelkeit, dass er auf unsicheren Beinen ins große Tatamizimmer zurückeilte.

Sanae saß allein und völlig niedergeschlagen auf den Tatami. Ihr Entsetzen über den grausamen Tod des Fremden stand ihr noch deutlich ins Gesicht geschrieben. Er musste um die dreißig gewesen sein, hatte einen dichten Bart und brutale Züge. Seine Uniform war schmutzig und schweißdurchtränkt, und auf der Sohle seines abgetretenen rechten Stiefels fand sich der verräterische Fledermaus-Abdruck.

»Sanae?«, sprach Kosuke sie noch einmal an. »Sie hielten den Toten zunächst für Ihren Bruder Hitoshi, nicht wahr? Sie glaubten, er wäre heimlich nach Gokumon zurückgekehrt und hätte sich auf dem Berg versteckt.«

Sanae fuhr herum, als wollte sie aufspringen. Wieder sah sie aus wie ein Kind, das kurz davor ist, in Tränen auszubrechen.

Kosuke fuhr fort. »Als Hanako während Chimatas Totenwache verschwand, haben Sie und Frau Katsuno das ganze Haus nach ihr durchsucht. Als Sie in die Nähe der Zelle ihres Onkels kamen, schrien Sie plötzlich auf. Kurz darauf hörten wir, wie der Patient tobte, und nahmen naturgemäß an, er hätte Sie erschreckt. Als Sie später ins Tatamizimmer zurückkamen, bestätigten Sie unseren Eindruck, der jedoch nicht der Wahrheit entsprach. Ihr Schrei hatte überhaupt nichts mit dem Kranken zu tun. Stattdessen haben Sie geschrien, weil Sie in der Nähe der Zelle einen verdächtigen Mann gesehen hatten. Habe ich recht? Es war derselbe Mann wie vorhin auf dem Berg.«

Kosuke sah mit finsterer Miene in den Garten, ohne diesen überhaupt wahrzunehmen.

»Warum haben Sie das nicht gleich ganz klar gesagt? Ich sage Ihnen, warum Sie uns in dem Glauben ließen, der Kranke hätte Ihnen diesen Schrei entlockt. Weil Sie den Mann für Ihren Bruder Hitoshi hielten, nicht wahr? Nachts sind alle Katzen grau, so sagt man doch. Seit dieser Kriegskamerad Ihres Bruders hier war, um Ihnen mitzuteilen, Hitoshi würde in Kürze repatriiert, sah für Sie jeder Kriegsheimkehrer aus wie er. Als Sie also sahen, dass ein Mann sich im Dunkeln an der Zelle ihres Onkels zu schaffen machte, waren Sie überzeugt, es müsse Hitoshi sein. Allerdings ergriff der Mann die Flucht, sobald er Sie bemerkte.

Warum tat er das? Und warum sollte Hitoshi überhaupt heimlich zurückkehren? Das verwirrte Sie. Dennoch beschlossen Sie, vorläufig so zu tun, als hätte der Kranke Sie erschreckt.«

Kosuke hielt kurz inne, um Luft zu holen, bevor er fortfuhr.

»Doch in dieser Nacht geschah der Mord im Tempel. Das Opfer war Ihre Cousine Hanako, und in der Nähe ihrer Leiche fand man die gleichen Stiefelabdrücke, die Sie bereits unweit der Zelle ihres Onkels entdeckt hatten. Das muss ein Schock für Sie gewesen sein. Allerdings wuchs damit auch Ihre Überzeugung, dass es sich bei dem Mann um Ihren Bruder handeln musste. Sie vermuteten, er sei heimlich zurückgekehrt, um Hanako und ihre Schwestern zu töten.«

Sanae brach in Tränen aus. Es waren die herzzerreißenden Tränen einer gebrochenen Seele.

»Nein, so war es nicht. Zuerst war ich mir ganz und gar nicht sicher, ob der Mann, den ich ja nur ganz kurz gesehen hatte, wirklich mein Bruder Hitoshi war. Sie haben recht, nachts sind alle Katzen grau. Ich hatte furchtbare Angst, er könnte es sein. Ich rief ihn sogar leise mit seinem Namen an. Aber er lief sofort davon. Ich grübelte ständig darüber nach, ob der Mann tatsächlich Hitoshi gewesen sein könnte. Oder nur jemand, der ihm zufällig ähnlich sah? Ich kann Ihnen nicht sagen, wie mich das gequält hat.«

»Warum haben Sie sich mir nicht schon viel früher anvertraut? Hätte ich von Ihrem Verdacht gewusst, hätte ich mir etwas überlegen können. Aus Ihrem Verhalten folgerte ich jedoch, der Mann müsse Hitoshi sein. Sie hörten sich nicht mehr die Nachrichten über die Kriegsheimkehrer an und brachten ihm heimlich Essen.«

»Gebracht habe ich ihm das Essen nicht. Ich hatte viel zu viel Angst, mich zu vergewissern, ob der Mann mein Bruder ist. Aber ich dachte, wenn er es wäre, würde er sicher zurückkommen. Also packte ich Lebensmittel und Geschirr in ein Furoshiki und legte es gut sichtbar in der Küche bereit.«

»Dann hat er sich also wirklich noch einmal ins Haus geschlichen. Aber Sie haben sein Gesicht nicht gesehen?«

»Nein, ich sah nur seinen Hinterkopf.«

»Aber die Sache beschäftigte Sie, also haben Sie sich heute Nacht auf die Suche begeben. Und nicht nur das. Sie haben die Zelle geöffnet und Ihren Onkel rausgelassen, stimmt's?«

Sanae sah Kosuke erstaunt an und senkte sogleich schuldbewusst den Kopf.

»Das war sehr raffiniert von Ihnen. Falls der Mann Ihr Bruder wäre, wollten Sie auf diese Weise von ihm ablenken. Allerdings hätten sie sich lieber vergewissern sollen, bevor Sie versuchten, uns an der Nase herumzuführen.«

Kosuke blickte grimmig.

»Hätten Sie das nämlich getan, hätten wir den Mord gestern Nacht vielleicht verhindern und Tsukiyo retten können. Aber mit Ihrem Täuschungsmanöver hatten Sie mich überzeugt, dass der Mann tatsächlich Hitoshi war. Vermutlich nahmen Hochwürden Ryonen, Bürgermeister Araki und Dr. Koan ebenfalls an, Sie wollten Ihren Bruder schützen. Sie haben uns auf eine völlig falsche Fährte gelockt.«

Sanae sah mit verweinten Augen zu ihm auf.

»Aber wer war dann dieser Mann?«, fragte sie.

»Er gehörte zu einer Bande von Piraten, die in Mizushima ein Lagerhaus ausgeraubt hat. Als die Polizei sie auf ihrem Schiff verfolgte, gelang es ihm, über Bord zu springen und nach Gokumon zu schwimmen. Auf der Suche nach etwas zu essen schlich er sich in die Residenz, Sie sahen ihn und hielten ihn fälschlich für Hitoshi. Sie haben also einen Mann geschützt – und ich gejagt –, mit dem wir nicht das Geringste zu tun hatten.«

Kosuke lachte selbstironisch.

»Aber wer ist dann der Mörder von Hanako, Yukie und Tsukiyo?«, fragte Sanae.

»Der Pirat jedenfalls nicht. Ein brutaler Kerl ist, wenn seine Lage verzweifelt genug ist, durchaus imstande, einen Mord zu begehen, aber warum sollte er Hanako am Pflaumenbaum aufhängen oder Yukie unter der Tempelglocke verstecken? Außerdem hatte er sich, als Tsukiyo getötet wurde, längst in die Seeräuberfestung geflüchtet.«

»Aber wer hat sie dann ermordet?«

»Tja, darüber muss ich wohl noch weiter nachdenken. Da wir jetzt wissen, dass der Mann nicht Hitoshi ist und auch die drei Mädchen nicht getötet haben kann, muss der Mörder naturgemäß jemand anderes sein. Aber vielleicht wurde der Mann zufällig in den Fall verwickelt. Womöglich wusste er, wer der Mörder war. Hatte ihn gesehen, weshalb dieser ihn umgebracht hat.«

Sanae sah nun wirklich erschrocken aus. Kosuke fuhr fort.

»Bei der Untersuchung der Leiche in der Schlucht konnte der Kommissar keine Schusswunde feststellen. Er ist nicht gestürzt, weil er angeschossen wurde, stattdessen hat er eine große Wunde am Hinterkopf. Dabei gab es dort unten in der Schlucht keinen einzigen Stein, der eine solche Verletzung hätte verursachen können. Jemand hat ihm also den Schädel zerschmettert. Und das ist noch nicht alles …« Kosuke holte tief Luft. »Seine Wunde hatte eine erstaunliche Ähnlichkeit mit der Wunde an Hanakos Hinterkopf. Also wurde der Mann vermutlich mit derselben Waffe getötet, mit der man Hanako niedergeschlagen hatte.«

»Das ist ja furchtbar!«

Sanaes Gesicht war grau, und ihre Haut hatte jeden Glanz verloren. Sämtliche Haare schienen sich ihr zu sträuben.

»Der Kerl macht mir Angst. Drei Nächte, drei Opfer. Er hat die Morde gewissenhaft, präzise und kaltblütig ausgeführt. Das ist kein Wahnsinniger. Und noch etwas, Sanae. Die Bewohner von Gokumon haben ihre ganz eigenen Vorstellungen, nicht wahr? Offenbar rechneten alle fest damit, dass im Falle von Chimatas Tod seine Schwestern ermordet würden und Hitoshi als Alleinerbe übrigbliebe. Bis zu einem gewissen Grad haben Sie das doch auch geglaubt, Sanae, nicht wahr? Immerhin waren Sie so überzeugt, dass Sie einen völlig Fremden für Ihren Bruder hielten und ihm sogar den Mord an den drei Mädchen zutrauten. Und genau das ist meine Frage. Wie kamen die Leute eigentlich auf die Idee, dass im Falle von Chimatas Tod unweigerlich seine drei Schwestern ermordet würden? War das schon länger im Gespräch?«

Sanae starrte Kosuke mit weit aufgerissenen Augen an. Entsetzen und Erschütterung lagen darin.

»Ehrlich gesagt, bin ich deshalb hier«, fuhr Kosuke fort. »Chimata war nämlich ebenfalls davon überzeugt.«

»Was?«, entrang es sich Sanae. Es klang wie ein spitzer Schreckensschrei. »Chimata glaubte, seine Schwestern würden getötet? Er, der Erbe des Hauses Kito …? Ist das wahr?«

»Allerdings. Wie Sie wissen, bin ich auf seinen Wunsch auf die Insel gekommen. In der Hoffnung, diese Tragödie verhindern zu können. ›Du musst an meiner Stelle nach Gokumon reisen. Sonst werden meine drei Schwestern ermordet. Fahr nach Gokumon! Bitte! Rette meine Schwestern!‹ So oder so ähnlich lauteten Chimatas letzte Worte. Ich fragte mich, wer die drei Mädchen ermorden sollte. Aber noch brennender interessierte mich, warum er so sicher war, dass sie ermordet werden würden.«

Sanae wurde noch bleicher, ihre Lippen bläulich, trocken und rissig.

»Fällt Ihnen dazu etwas ein?«, fragte Kosuke.

»Nein, nichts«, presste Sanae mit Anstrengung hervor. »Ich weiß überhaupt nichts über diese ganze grauenhafte Angelegenheit.«

Damit verstummte sie, als versage ihr die Stimme.

Kommissar Isokawa betrat den Raum.

»Sanae, kennen Sie dieses Tuch?«

Er zeigte ihr ein Tenugui mit Dämonenmaske und dem Zeichen der Stammfamilie. Sanae sah mit großen Augen zwischen dem Kommissar und dem Tuch hin und her.

»Ist das das Tenugui, das Sie bei Tsukiyo gefunden haben?«

»Genau. Ihre rechte Hand war in das Tuch verkrallt. Jemand hat sie von hinten erdrosselt, während sie in ihre Gebete vertieft war. Erstaunlich, wie schmutzig es ist, obwohl es nicht besonders alt zu sein scheint. Im Gegenteil, das eine Ende sieht völlig neu aus. Hat jemand in letzter Zeit ein solches Tenugui benutzt?«

»Davon weiß ich nichts«, antwortete Sanae prompt, fügte jedoch hinzu, sie könne sich nicht erinnern, in letzter Zeit ein neues Tenugui benutzt oder herausgegeben zu haben.

»Allerdings hat fast jeder auf der Insel so ein Ding. Vor dem Krieg, als Baumwolle noch frei verfügbar war, haben wir sie zu Obon zu Neujahr, bei Bestattungen und allen möglichen festlichen Anlässen verteilt.«

»Haben Sie noch welche im Haus?«

»Ja, noch zwei oder drei Rollen. Als Großvater hörte, dass Baumwolle rationiert werden sollte, hat er eine ganze Menge anfertigen lassen. Später, als Knappheit herrschte, haben wir sie nicht mehr so freigebig verschenkt und auch im Haus keine neuen verwendet.«

»Dieses Tuch stammt also von einer speziell eingefärbten Stoffrolle?«, fragte Kosuke.

»Ja, die Tenugui, die wir verschenken, sind alle so. Man schneidet sie sich nach Bedarf ab.«

Kosuke nahm Kommissar Isokawa das Tuch aus der Hand. Nachdem er es von allen Seiten untersucht hatte, verfiel er in nachdenkliches Schweigen.

Die wandelnde Tempelglocke

Die Zeit der tragischen Ereignisse war zu Ende. Die Inselbewohner wussten, es würde keine grausamen Morde mehr geben. Sie beklagten die Toten, aber erleichtert waren sie doch.

Dennoch war der Fall längst nicht abgeschlossen, oder besser gesagt, waren sein Ursprung und seine Hintergründe noch zu ermitteln. Denn was einen Anfang hat, muss auch ein Ende haben.

Die Inselbewohner ahnten, dass dieses Ende bald erreicht sein würde, da der Verkehr zwischen Gokumon und dem Festland deutlich zunahm. Ein Polizeiboot nach dem anderen traf im Hafen ein, jedes mit einer Schar dienstlich wirkender Beamter an Bord.

Im Gegensatz zu den geschäftig ausschwärmenden Polizisten wirkte Kosuke Kindaichi still und bedrückt. Nach einer schlaflosen Nacht beobachtete er den ganzen folgenden Tag lang unverwandt die polizeilichen Ermittlungen. Sein Verstand war jedoch keineswegs untätig. Er suchte verzweifelt nach einer Lösung. Sie schien unmittelbar vor seiner Nase zu baumeln, doch sooft er sie zu greifen versuchte, verlor sie sich im Gewirr seiner Gedanken. Er musste etwas tun, einen Weg finden. Kosuke saß wie auf glühenden Kohlen.

Im großen Tatamizimmer der Residenz rezitierte Meister

Ryonen aus den buddhistischen Sutren. Begleitet wurde seine kräftige, tragende Stimme von der hohen, leicht zittrigen seines Novizen. Bürgermeister Araki, Dr. Koan und die drei Bewohner des anderen Kito-Wohnsitzes waren gewiss auch zugegen.

Kosuke schlüpfte in ein Paar Geta und trat in den Garten hinaus. Mit einem Gefühl von Verlorenheit schlenderte er zum hinteren Tor und verließ das Gelände. Sein Kopf war heiß und hämmerte. Die frische Seeluft würde ihm sicherlich guttun.

Er ging hinunter in die Einkaufsstraße, die aus einer Reihe von etwa fünf oder sechs kleinen Läden bestand. Als er am Salon des Barbiers vorbeikam, rief Seiko ihn an.

»Wohin des Wegs, mein Herr?«

Kosuke sah, dass mehrere Inselbewohner sich im Salon versammelt hatten.

»Treten Sie näher. Es gibt wieder mal eine erstaunliche Neuigkeit.«

Kosuke zögerte.

»Kommen Sie! Sen hat uns gerade etwas sehr Merkwürdiges berichtet.«

»Etwas Merkwürdiges?«

Kosuke hielt inne.

»Seiko, lass doch …«, wehrte ein Mann – vermutlich Sen – hastig ab.

»Genau, das hat er sich doch sowieso nur eingebildet«, mischte ein anderer sich ein. »Wer hat schon jemals von einer Glocke gehört, die auf Wanderschaft geht? So ein

Quatsch. Durch diese Morde schießt bei manchen die Phantasie ins Kraut. Habe ich recht, mein Herr?«

»Eine wandelnde Glocke?«

Kosuke bekam Herzklopfen.

»Ja, Sen hat mit seiner Geschichte diesen Auflauf verursacht. Ach, kommen Sie doch rein, Herr Kindaichi.«

Der Barbier platzte fast vor Stolz auf seine Bekanntschaft mit dem berühmten Detektiv und wollte ihn unbedingt in seinen Laden locken, was ihm auch gelang, denn Kosukes Neugier war geweckt.

»Na gut, ich schau mal kurz rein.«

»Bitte, bitte!«

Keiner der sich im Salon drängenden Männer war zum Haareschneiden gekommen. Sie hatten am Abend von dem letzten Todesfall erfahren und wollten nun zum Zeitvertreib alles noch einmal genüsslich durchkauen. Sie saßen oder lagen gemütlich auf den Tatami herum, doch als Kosuke hereinkam, richteten sie sich sogleich auf, um ihm Platz zu machen.

»Vielen Dank für euren Einsatz gestern Abend«, begrüßte Kosuke sie.

»Keine Ursache. Das ganze Durcheinander war bestimmt auch anstrengend für Sie, Herr Kindaichi. Und es geht ja immer noch weiter, nicht wahr?«

»Ja, nun … Ihr habt doch gerade von einer wandelnden Tempelglocke geredet? Was hat es damit auf sich?«

»Ja, komm schon, Sen, erzähl ihm davon.«

Sen kratzte sich am Kopf.

»Es war wirklich seltsam. Die lachen mich alle aus, aber was ich gesehen habe, habe ich gesehen. In der Nacht, in der Fräulein Yukie getötet wurde, war ich auf See. Bei meiner Rückkehr zum Hafen – ich weiß nicht genau, wie spät es war, aber natürlich war es ziemlich dunkel – fiel mir am Hang ein Stück unterhalb der Tengu-Nase etwas auf, das sonst nicht da war. Bei genauerem Hinsehen erkannte ich die Tempelglocke. Es war zu dunkel, um sie deutlich zu sehen, aber die Form ließ keinen Zweifel. Natürlich dachte ich mir nicht viel dabei. Ich wusste ja, dass ein paar junge Männer sie erst neulich hochgetragen hatten. Allerdings konnte ich von dort, wo ich war, die Felsnase nicht sehen.«

Kosuke setzte sich auf.

»Aha. Das heißt, die Glocke stand nicht auf der Felsnase, als du sie gesehen hast?«

»Das war ja das Seltsame. Kurz darauf warf ich noch einen Blick nach oben, diesmal von einer Stelle, von der die Tengu-Nase sichtbar war, und auf einmal stand die Glocke genau dort, wo sie sein sollte.«

Kosuke ließ Sen nicht aus den Augen. Man sah ihm an, wie aufmerksam er zuhörte.

Ermutigt von dieser Reaktion fuhr Sen fort.

»Ich war wie vom Donner gerührt. Die Tempelglocke ist doch unheimlich schwer. Man kann sie nicht einfach so herumtragen. Um sie von der Stelle am Hang, an der ich sie zuerst gesehen habe, auf die Felsnase zu bugsieren, müsste man einiges unternehmen. Gar nicht zu reden von dem Lärm. Aber es war ganz still. Der Abendwind hätte jedes

Geräusch zu meinem Boot heruntergetragen, aber ich habe nicht das Geringste gehört. Deshalb glaube ich, dass die Glocke sich von allein bewegt hat.«

»Und die Glocke befand sich nicht mehr an der Stelle am Hang, wo du sie zuerst gesehen hast, oder?«

»Inzwischen konnte ich die ursprüngliche Stelle vom Boot aus nicht mehr sehen. Im Nachhinein dachte ich, ich hätte umdrehen und zurückrudern sollen, um nachzusehen, aber die Sache kam mir sowieso unheimlich vor, also bin ich einfach nach Hause gefahren.«

»Aber du bist ganz sicher, dass du die Glocke am Hang unterhalb der Tengu-Nase gesehen hast?«

»Ja, kein Zweifel. Sie ist doch auch bei Dunkelheit eindeutig an ihrer Form zu erkennen. Es war die Glocke.«

»Gibt es auf Gokumon vielleicht zwei Tempelglocken?«

»Wo denken Sie hin! Im Krieg hatten wir ja nicht mal eine.«

»Die Glocke ist schon ziemlich alt, oder?«

»Ja, sehr alt. Einmal bekam sie einen Sprung, und der alte Kaemon Kito hat sie irgendwo reparieren lassen.«

»Stimmt. Daran kann ich mich auch noch erinnern. Das muss ungefähr fünfzehn Jahre her sein. Sie haben sie den ganzen Weg nach Hiroshima oder Kure oder sonst wohin geschafft, und sie kam heil wieder zurück. Es gibt keine zwei Glocken auf unserer Insel, Herr Kindaichi. Sen hat geträumt. Kein Wunder bei der ganzen Aufregung.«

»Red keinen Unsinn! Das war vor der Aufregung wegen Fräulein Yukie!«

Kosuke war nun ebenfalls sehr aufgeregt. Hier lag irgendwo der Schlüssel zur Lösung des Rätsels.

»Ihr habt gerade den alten Herrn Kaemon erwähnt. War er eigentlich sehr reich?«

»Oh ja. Er war damals so was wie der Herr der Insel, auf der Höhe seiner Macht und seines Reichtums, und alle nannten ihn Taiko. So jemanden findet man heutzutage nicht mehr.«

»Und doch ist er so traurig gestorben, wie ich gehört habe. Die Sorge, seine Verwandten könnten alles an sich reißen, soll ihn so belastet haben, dass er nicht in Frieden sterben konnte.«

»Er starb an einem Schlaganfall.«

»Ja, als der Krieg vorbei war, bekam er eine Hirnblutung. Danach war er halbseitig gelähmt. Die linke Hand konnte er überhaupt nicht mehr gebrauchen. Sie hing nur noch schlaff herunter. Nach dem zweiten Schlaganfall lag er eine Woche im Bett, bevor er starb. Dabei fällt mir ein, er hat bald einjährigen Todestag.«

Er konnte also seine linke Hand nicht mehr benutzen … Wieder bekam Kosuke Herzklopfen.

»Die halbseitige Lähmung machte ihn noch reizbarer als sonst. Und als ihn zum zweiten Mal der Schlag traf, war er nur noch ein seniler Schatten seiner selbst. Es schmerzte, ihn so zu sehen. Von dem großen Taiko war nicht mehr viel übrig, obwohl sein Tod dem von Hideyoshi nicht ganz unähnlich war.«

Während Kosuke wieder nachdenklich schwieg, schaltete Seiko sich ein.

»Was genau ist denn letzte Nacht mit Fräulein Tsukiyo geschehen, Herr Kindaichi? Man munkelt, sie ist in dieser Hütte auf dem Anwesen erdrosselt worden. Stimmt das?«

»Was für eine ›Hütte‹?«

»Nun, das Andachtshaus. Wir nennen es die Hütte.«

Hütte! Wieder hatte Kosuke das Gefühl, auf etwas Entscheidendes gestoßen zu sein. Sein Puls raste.

»So hat der alte Kaemon es genannt. Damals stritt er fortwährend mit Fräulein Tsukiyos Mutter und sprach von ihr nur noch als ›dieser Hexe in ihrer Hütte‹. Mit der Zeit nannten es alle nur noch die Hütte.«

Hütte … Hütte … Genau, das Haiku!

In einer Hütte

schlafen mit Kurtisanen

Buschklee im Mondlicht

Kosuke sprang energisch auf. So energisch, dass alle im Raum zusammenzuckten und ihn verblüfft ansahen.

»Herr Kindaichi, was haben Sie denn?«

»Äh, nichts. Vielen Dank für das aufschlussreiche Gespräch. Seiko, ich komme wieder.«

Und Kosuke stolperte unter den erstaunten Blicken aller aus dem Barbiersalon wie ein Betrunkener.

»Oho, was ist denn in unseren Meisterdetektiv gefahren? Was hat ihn denn so überrascht?«

»Wir haben ihm bestimmt zu einem Geistesblitz verholfen«, erklärte Seiko stolz.

»Ein bisschen unheimlich ist er schon, findet ihr nicht?«

Aber Seiko hatte Recht. Kosuke hatte etwas begriffen. Der Nebel um ihn schien sich zu lichten, und ein Sonnenstrahl drang hindurch.

In einer Hütte
schlafen mit Kurtisanen
Buschklee im Mondlicht

In einer Hütte hieß »in derselben Hütte«, und Tsukiyos Name bedeutete »Mondkind«! Außerdem war ihre Leiche mit Buschkleeblüten bestreut gewesen. Waren sie ein Hinweis? Außerdem waren die weißgewandeten Shirabyoshi in den alten Zeiten häufig auch Kurtisanen gewesen. Wie unheimlich! Was war das für ein Wahnsinn? Die Erde bebte, das Meer tobte und der Himmel gleißte … Kosuke torkelte, wie von billigem Sake berauscht, zur Residenz der Kitos, wo Kommissar Isokawa ihm entgegenkam.

»Kindaichi? Was ist los mit Ihnen? Sie sind ja weiß wie die Wand.«

Aus dem Haus ertönten noch immer die Gesänge des Priesters und seines Novizen.

»Kommissar«, flüsterte Kosuke aufgeregt und mit klappernden Zähnen, »kommen Sie gleich mit. Ich muss Ihnen etwas zeigen.«

Kommissar Isokawa schaute ihn überrascht an, stellte aber keine Fragen. Wortlos zog er seine Schuhe an, um Kosuke zu folgen, der sogleich den Pfad zum Senkoji hinaufrannte.

Der Tempel war natürlich verlassen. Kosuke führte den Kommissar in das Studierzimmer, in dem man ihn untergebracht hatte.

»Jetzt lesen Sie mal, was hier links auf diesem Wandschirm steht, mein guter Kommissar.«

Isokawa war einen Moment lang sprachlos. Fast fürchtete er, Kosuke Kindaichi habe nun endgültig den Verstand verloren, als dieser auf den faltbaren Wandschirm deutete, der ihn wohl vor der kalten Nachtluft auf der Insel schützen sollte.

»Die eine der drei Gedichtkarten auf dem Schirm konnte ich nicht lesen. Wäre ich dazu imstande gewesen, hätte ich die Hintergründe unseres Falls wesentlich schneller erkannt. Bitte lesen Sie. Los, lesen Sie schon!«

Kosuke schien kurz davor, ungeduldig aufzustampfen. Einigermaßen verdutzt richtete der Kommissar seine Aufmerksamkeit auf das Gedicht, auf das Kosuke zeigte.

»Oh! Das ist von Kikaku.«

»Stimmt, aber um welches Haiku handelt es sich?«

Kommissar Isokawa starrte das Gedicht an.

»Was für ein Gekrakel. Hm, ich verstehe. Wer dieses Haiku nicht kennt, kann es unmöglich lesen. Allerdings ist es ziemlich bekannt. Hoitsu Sakai hat sogar mal eine Travestie davon verfasst. Jedenfalls lautet es:

Eine Nachtigall
kopfüber im Baum hängend
singt ihr Neujahrslied

In der Travestie ist es eine Prostituierte, die im alten Vergnügungsviertel Yoshiwara oben auf einer Treppe steht und ein junges Freudenmädchen anspricht.«

Kosuke geriet nun völlig außer sich. Kalte Schauer liefen ihm über den Rücken.

»K-K-Kommissar, das ist es! Jemand hat Hanako kopfüber an den Ast des Pflaumenbaums gehängt, um auf dieses Haiku anzuspielen. Und Yukie unter der Tempelglocke war eine Anspielung auf das Haiku:

Tragisches Schicksal
unter dem Helm verborgen
eine Grille

Und der Mord von gestern Nacht bezog sich auf das letzte Gedicht:

In einer Hütte
schlafen mit Kurtisanen
Buschklee im Mondlicht«

Kommissar Isokawa fielen beinahe die Augen aus dem Kopf.

»Ja, ja, ich weiß, was Sie sagen wollen, Kommissar. Sie halten mich für verrückt. Aber hier auf dieser Insel sind alle verrückt. Sie haben den Verstand verloren – völlig verrückt! Verrückt ...«

Kosuke brach ab und starrte mit aufgerissenen Augen auf den Wandschirm. Dann brach er in schallendes Gelächter aus.

»Verrückt!«

Kosuke schüttelte sich vor Lachen. Er hielt sich den Bauch, und Tränen liefen ihm übers Gesicht. Anscheinend konnte er gar nicht mehr aufhören.

»Verrückt. Ja, natürlich! Was bin ich nur für ein Schwachkopf!«

Er dachte an den Moment, als er und Meister Ryonen nach Hanakos Tod neben dem alten Pflaumenbaum gestanden hatten. »Verrückt, aber da kann man nichts machen.«

Endlich hatte Kosuke begriffen, was der Priester mit diesem Satz eigentlich hatte sagen wollen.

»Sie möchten also, dass ich Ihnen von Kaemon erzähle.«
Gihei nahm einen Schluck von seinem erlesenen grünen
Tee, stellte die kostbare Inbeyaki-Teeschale ab und musterte
Kosuke gelassen. Er wirkte vollkommen ruhig.

Die tiefen Kerben, die von seiner Nase bis in seine äuße-
ren Mundwinkel verliefen, ließen ihn hartherzig und ver-
bittert erscheinen. Die Gefolgsleute der Stammfamilie Kito
konnten ihn nicht ausstehen. Für sie war er ein abscheulicher
Schurke. Doch als Kosuke ihm nun gegenübersaß, erkannte
er, dass er einen Mann von starkem Charakter vor sich hatte.
Sie saßen in Giheis Empfangsraum. Durch die geöffneten
Shoji konnten sie die Ziegeldächer der Residenz auf der anderen Seite des Tals sehen. Eine frische Morgenbrise um-
spielte die beiden Männer. Kosuke hatte in der vergangenen
Nacht kein Auge zugetan, die Gedichte auf dem Wandschirm
in seinem Kopf gewälzt und den ganzen Fall noch einmal
von Anfang an durchdacht. Zu seinem Schrecken war ihm
bewusst geworden, dass ihm die Bedeutung einiger Worte
zwischen den Zeilen entgangen war.

Als der Morgen graute, sah er ausgezehrt und bleich aus,
und seine Augen glühten fiebrig.

Als er in das Tatamizimmer kam, saß Kommissar Isokawa
bereits beim Essen. Seit dem Eintreffen der Beamten über-
nachtete auch er in der Residenz der Kitos.

»Kindaichi, geht es Ihnen nicht gut? Sie sehen aus, als hätten Sie Fieber.«

Doch Kosuke antwortete nicht. Dem Blick seines Freundes ausweichend schlang er das fade Frühstück hinunter. Dann verließ er die Residenz, um den anderen Teil der Familie aufzusuchen.

»Ich muss Herrn Gihei unbedingt etwas fragen«, sagte er zu Oshiho, die ihm öffnete.

Sie bemerkte sofort, wie blass Kosuke aussah, und verzichtete angesichts seiner ernsten Miene auf ihr übliches falsches Lächeln. Nun saß er Gihei gegenüber.

»Der alte Kaemon war ein bemerkenswerter Mann. Die Inselbewohner verglichen ihn stets mit dem Taiko Hideyoshi Toyotomi, und er hatte tatsächlich eine gewisse Ähnlichkeit mit dem großen Feldherrn.«

Gihei besaß eine tiefe, klangvolle Stimme. Er sprach bedächtig, wählte seine Worte sorgfältig und achtete auf die richtige Intonation und Grammatik. Seine Art zu reden hatte nichts Großspuriges, sondern rief Wertschätzung bei Kosuke hervor.

»Gewiss hatten Sie schon vor Ihrer Ankunft alle möglichen schauerlichen Gerüchte über Gokumon gehört. Doch als Sie dann hier waren, stellten Sie fest, dass unsere Insel sich weniger von anderen Orten unterscheidet, als Sie erwartet hatten. In meiner Jugend allerdings, vor zwanzig oder dreißig Jahren, machte sie ihrem Namen als Tor zur Hölle noch alle Ehre. Angeblich stammten sämtliche Bewohner von Piraten und Sträflingen ab. Wir waren in der

Tat ein wilder Haufen mit widerlichen Manieren und Sitten. Dass wir es heute so weit gebracht haben, ist Kaemon zu verdanken. Er war kein Gelehrter. Er war weder Sozialpädagoge noch hat er sich sonderlich für die Hebung der Sitten auf der Insel eingesetzt. Aber er hat Gokumon zu Wohlstand verholfen und damit die Lebensbedingungen der Inselbewohner verbessert. Armut ist die Wurzel allen Übels. Wer arm ist, verliert jeglichen Anstand und pfeift auf die Schicklichkeit. Doch dank Kaemon entwickelten die Bewohner auf einmal eine gewisse Selbstachtung. Eigentlich hatten sie längst die Hoffnung aufgegeben, jemals so wohlhabend zu werden wie die Bewohner anderer Inseln, aber am Ende wurden sie sogar noch wohlhabender. Nun wollten sie ihren Nachbarn auch in ihren Umgangsformen nicht nachstehen. So ist es Kaemon gelungen, den gesamten Charakter der Insel zu verändern, obwohl er nie sonderlich auf das Wohl anderer Menschen bedacht war. Es hatte nie in seiner Absicht gelegen, die Inselbewohner wohlhabend zu machen. Es war vor allem seine eigene Gier nach Reichtum, die ihn antrieb. Aber wenn ein Fischereiunternehmer auf einer kleinen Insel wie unserer reich wird, fällt auch etwas für die Fischer ab, die für ihn arbeiten. Außerdem fördert sein Erfolg den Wettbewerb, und andere wollen es ihm gleichtun, was ebenfalls zu einer Verbesserung der Situation beiträgt. Kaemon hatte Weitblick, und wenn er sich einmal zu etwas entschlossen hatte, setzte er es um. Im Zuge des wirtschaftlichen Aufschwungs nach dem Ersten Weltkrieg wurde er zum größten Fischereiunternehmer in der Region. Ich profitierte von dem, was abfiel. Das gibt Ihnen sicherlich eine Vorstellung von Kaemons Persönlichkeit.«

Gihei sah Kosuke mit seinen hellen Augen an. Sein Blick war weder stolz noch arrogant, sondern freimütig und offen.

»Ja, danke, jetzt kann ich mir ein besseres Bild machen. Ich habe gehört, dass er, wiewohl ein Mann von Format, in seinen späten Jahren vom Unglück verfolgt war. Sein Tod soll qualvoll gewesen sein.«

Gihei musterte Kosuke mit unerschütterlicher Ruhe, ehe er mit tiefer, ernster Stimme fortfuhr.

»Auf der Insel geben viele mir die Schuld daran. Gewiss hat man Ihnen auch davon erzählt. Tatsächlich ist diese Anschuldigung nicht völlig unbegründet. Zwischen Kaemon und mir hatte sich eine Kluft aufgetan, die mit der Zeit immer größer wurde. Ich hatte Hochachtung vor seiner Arbeit und tat mein Bestes, um ebenso erfolgreich zu sein, aber mit seinem verschwenderischen Lebensstil und seinen aufwändigen Vergnügungen konnte ich nichts anfangen, was ihm sehr missfiel.«

»Er hatte offenbar einen extravaganten Geschmack.«

»Ja, und er war ein großzügiger Mensch. Er verdiente gern viel, gab das Geld aber auch mit vollen Händen aus, sobald seine Geschäfte gut liefen. Und er nahm es übel, wenn jemand nicht mitmachte. Aber ich habe einfach kein Vergnügen an solchen Ausschweifungen. Ich finde keinen Gefallen daran, mich auf diese Weise zu amüsieren. Immerhin leite ich einen Fischereibetrieb und bin Familienoberhaupt. Also blieb ich Kaemons Schwelgereien zunehmend fern, was ihn sehr erboste. Am Ende warf er mir vor, gegen ihn zu intrigieren. Doch ganz gleich, was die Leute reden, im Grunde waren wir einfach nur sehr verschieden.«

»Herr Kaemon soll sich im Alter sehr für Dichtung interessiert haben?«

»Ja, das ist wahr. Und der Umstand, dass er sich mit Katsuno, also nur einer Frau, begnügte, zeigt ja eigentlich, dass er kein Interesse an Liebschaften oder Ähnlichem hatte. Dafür bildete er sich stets ein, einen besonders erlesenen Geschmack zu haben. Eine Zeit lang traf er sich mit dem Priester vom Senkoji zu Gedichtabenden. Und als Seiko, der Barbier, auf die Insel zog, entwickelte er eine regelrechte Leidenschaft für alle möglichen Arten von Dichtung. Ich habe einmal an einem Treffen ihres Dichterkreises teilgenommen, fand das Ganze aber nur peinlich und keineswegs amüsant. Darin zeigte sich wohl einmal mehr die Verschiedenheit unserer Charaktere. Aber schließlich mahnt doch selbst der große Basho, nicht zu vergessen, welch Zauber auch dem bescheidenen Tautropfen innewohnt. Bei Kaemon und Seiko ging es indessen so lärmend und übertrieben zu, dass ich mich nach dem einen Mal empfahl. Besonders geschmacklos fand ich ihre Zerrgedichte, so nennt man das wohl.«

»Was für Zerrgedichte?«

Kosuke fuhr zusammen, als wäre er im Dunkeln über etwas gestolpert, das er schon lange gesucht hatte.

»Die Aufgabe war, sich irgendwelche derbkomischen Parodien zu bekannten Gedichten oder Stücken auszudenken.

An dem Abend sollte es zum Beispiel um Speisen gehen. Thema war das Theaterstück *Chushingura*, die Geschichte von den 47 Ronin. Jeder bekam zu Beginn eine Episode zugeteilt, in der er einen Begriff durch ein Lebensmittel ersetzen sollte, um eine parodistische Wirkung zu erzielen. Ich hatte die 12. Episode, in der die Ronin nach Jahren der geheimen Vorbereitung das Anwesen des Fürsten überfallen, der ihren Herrn zum Selbstmord verurteilt hatte, um endgültig Rache zu nehmen. Bekanntermaßen spielt diese Szene in einer Nacht im Januar bei starkem Schneefall. Der Barbier schlug mir vor, Schnee durch Tofu zu ersetzen. Immerhin sei der auch weiß und weich. Kaemon und Seiko alberten dermaßen peinlich und lächerlich herum, dass ich es nicht mehr aushielt und ging.«

Parodien ... Demnach hatte Kaemon tatsächlich eine Vorliebe für die Veralberung von Dichtung. Mit anderen Worten, es ging weniger um Poesie als um Possenreißerei.

»Außer Hochwürden Ryonen waren also auch der Bürgermeister und Dr. Koan mit von der Partie?«

»Ja, natürlich. Die drei nahmen regelmäßig teil. Obwohl Hochwürden Ryonen jünger war als Kaemon, behandelte er den Priester stets mit der Ehrerbietung, die einem Älteren zusteht. Im Gegenzug lobte der Priester den alten Kaemon, sooft dieser einen seiner abseitigen Einfälle hatte, als wäre er ein verhätscheltes Kind. Der Bürgermeister und Dr. Koan machten da nicht unbedingt mit. Ich vermute, sie hatten vor allem eigene Interessen im Sinn. Mir war das alles gründlich zuwider.«

Zum ersten Mal nahm Kosuke eine Regung in Giheis Stimme wahr. Sie war nicht stark, aber in seinem Tonfall lag ein Anflug von Verachtung.

»Der alte Herr Kaemon hatte offenbar großes Vertrauen zu den dreien. Meinen Sie, er übertrug ihnen auch die Verantwortung für andere Belange? Zum Beispiel, wenn er abwesend war?«

»Oh ja, ganz sicher. Nachdem er sich mit mir nicht mehr verstand, waren die drei seine einzigen Vertrauenspersonen auf der Insel. Aber glauben Sie mir, Herr Kindaichi, Kaemons Schlaganfälle und sein Leiden auf dem Sterbebett hatten nur sehr wenig mit mir zu tun. Es war sein Familienleben, das ihm den Garaus machte. In Wahrheit war es sein Sohn Yosamatsu, der den Niedergang der Stammfamilie Kito verursachte, der meiner Ansicht nach in dem Moment einsetzte, als Yosamatsu sich mit Osayo einließ.«

»Ach ja, nach dieser Osayo wollte ich Sie auch noch fragen.«

»Osayo hatte ein unbändiges Temperament. Vielleicht haben Sie schon mal von diesen sogenannten Wilden Trommlern gehört, von denen hier im Westen viele als Zauberer und Wahrsager durchs Land ziehen. Sie sind nicht wie die Inugami, die Hundegeister auf Shikoku, oder die Schlangengottheiten auf Kyushu, zum Beispiel, denn diese Wesen haben Schwierigkeiten im Umgang mit gewöhnlichen Menschen, heißt es. Nach einer uralten Geschichte kam einst der berühmte Zauberer Abe no Seimei hier in die Region Chugoku, und alle seine Gefährten starben. Also verwandelte

Seimei die Gräser am Straßenrand in sein Gefolge. Doch als er sie bei seiner Rückkehr in die Hauptstadt zurückverwandeln wollte, flehten die Gräser ihn an, es nicht zu tun. Der Zauberer hatte Mitleid und ließ ihnen ihre menschliche Gestalt. Im Grunde waren sie jedoch Gräser und wussten nicht, wie man als Mensch zu leben hat. Also lehrte Seimei sie die Kunst der Zauberei und Beschwörung, damit sie ihren Lebensunterhalt verdienen konnten. Und das tun sie seit Generationen. Viele glauben, dass die Wilden Trommler, die es bei uns in Chugoku gibt, diese Grasmenschen sind und zaubern können. Da sie ihre Wurzeln in der Erde haben, leben sie für gewöhnlich nicht mit Menschen zusammen. Osayo soll eine von ihnen gewesen sein. Ob das wahr ist, kann ich nicht sagen. Bürgermeister Araki hatte das angeblich irgendwie ermittelt und Kaemon weitererzählt, worauf der Osayo noch mehr verabscheute.«

»Der Bürgermeister? Warum hat er sich da eingemischt?«

Gihei lachte bitter.

»Der Grat zwischen Liebe und Hass ist schmal. Heutzutage gibt sich unser Bürgermeister Makihei Araki sehr respektabel, aber so war das nicht immer. Seinerzeit wetteiferte er sogar mit Yosamatsu um Osayos Gunst.«

Wieder einmal hatte Kosuke das Gefühl, im Dunkeln auf etwas Wichtiges gestoßen zu sein. Seine Augen blitzten.

»Der Herr Bürgermeister?«

»Ja, so ist es. Menschen sind oftmals nicht das, was sie zu sein vorgeben. Allerdings war Araki nicht der Einzige, der Osayo hasste. Dr. Koan hat sie jede Menge Patienten abspenstig gemacht, indem sie das Gerücht streute, er sei ein Quacksalber. Es war vor allem ihre Schuld, dass kaum noch jemand ihn aufsuchte. Ich hatte so gut wie keinen Umgang mit ihr, aber leiden konnte ich sie trotzdem nicht. Warum nur musste der arme Yosamatsu ausgerechnet an so eine geraten?«

Kosuke schwieg und dachte über das nach, was Gihei ihm erzählt hatte. Plötzlich fiel ihm etwas ein.

»Übrigens habe ich gehört, dass Osayo hier auf der Insel in dem Stück *Die Glocke vom Dojo-Tempel* aufgetreten ist. Wissen Sie, was aus der Tempelglocke geworden ist, die man für die Aufführung benutzt hat?«

Gihei runzelte nachdenklich die Brauen.

»Das war nur eine Theaterrequisite aus mit Pappmaché überzogenem Bambus.«

»Ja, genau, die meine ich. Was ist daraus geworden?«

»Sie müsste bei den Kitos im Speicher stehen. Oder ich weiß nicht. Der Clou war, dass sie aus zwei Hälften bestand.«

Eine Glocke, die sich in der Mitte aufklappen ließ! Das musste es sein. Kosuke schnappte nach Luft.

»Vielen Dank«, presste er hervor. »Sie haben mir sehr geholfen.«

»Keine Ursache. Sie haben wahrlich einen anstrengenden Beruf. Ständig müssen Sie sich das Hirn über solche Dinge zermartern.«

»Ach was.« Kosuke lachte leise. »Die Polizei ist ja jetzt vor Ort und wird alles aufklären.«

»Die Polizei? Meinen Sie wirklich?« Gihei runzelte die Stirn. »Ich wusste übrigens die ganze Zeit, wer Sie sind.«

»W-w-was?« Kosuke war wie vom Blitz getroffen. »Sie wussten, wer ich bin? Von wem haben Sie es erfahren?«

»Vom Bürgermeister. Nun, eigentlich nicht direkt von ihm, sondern von seinem Stellvertreter. Kindaichi ist ein ungewöhnlicher Name. Der Bürgermeister hat sich anscheinend sofort an den Fall mit den – wie hießen sie noch? – Honjin-Morden erinnert. Also hat er einen Packen alte Zeitungen aus dem Rathauskeller hervorgekramt und nachgesehen. Sein Stellvertreter hat ihn dabei beobachtet und es mir heimlich erzählt, obwohl der Bürgermeister ihm verboten hatte, zu jemandem ein Wort zu sagen. Seltsam, dass Sie gar nichts davon bemerkt haben.«

Der Bürgermeister hatte also gewusst, wer Kosuke war. Demnach hatten es der Priester und Dr. Koan – oder zumindest der Priester – ebenfalls gewusst.

Das kam weiß Gott aus heiterem Himmel! Aber hatte es etwas zu bedeuten?

7 Was leicht zu übersehen ist

»Ryotaku! Ich muss dich etwas fragen.«

»Ja, Herr Kindaichi?«

»In der Nacht, als Hanako getötet wurde, war doch auch die Totenwache für Chimata?«

»Ja, stimmt.«

»An dem Abend bat Hochwürden Ryonen mich, vor ihm aus dem Tempel aufzubrechen und bei der Zweigfamilie Kito vorbeizugehen. Und später auf dem Weg zur Residenz bin ich euch – also Hochwürden Ryonen, dir und Takezo – begegnet, als ihr gerade den Pfad vom Tempel herunterkamt. Erinnerst du dich?«

»Ja, natürlich. Weshalb fragen Sie mich das?«

»Kannst du mir sagen, ob ihr drei, bevor ihr mir begegnet seid, auf dem ganzen Weg zusammen wart?«

Ryotaku sah Kosuke verwundert an.

»Ich weiß nicht, warum Sie das wissen wollen, aber nein, das waren wir nicht.«

»Nicht? Hochwürden, Takezo und du seid also nicht die ganze Zeit zusammen gewesen?«

Kosuke klang jetzt ungeduldig, was Ryotaku weiter verunsicherte.

»Hochwürden und ich haben den Tempel zusammen verlassen, aber kurz hinter dem Haupttor fiel ihm ein, dass er die Sutren für die Totenwache vergessen hatte, und er bat mich, sie zu holen. Er habe sie in ein Seidentuch gewickelt in seinem Vorderzimmer liegen lassen. Also machte ich kehrt, um sie zu holen. Aber sie waren nicht da, also dachte ich, er hätte vergessen, wo er sie hingelegt hatte, und suchte überall danach. Doch sie waren nicht zu finden, also gab ich auf und machte mich wieder auf den Weg. Als ich unten ankam, warteten Hochwürden und Takezo schon auf mich. Hochwürden entschuldigte sich sogleich. Er lachte und sagte, er habe das Bündel mit den Sutren die ganze Zeit bei sich getragen. Kurz darauf haben wir dann Sie getroffen, Herr Kindaichi.«

Kosuke sah beunruhigt aus.

»Aber Takezo war die ganze Zeit mit Hochwürden zusammen? Er ist auch nicht mit dir zum Tempel zurückgegangen?«

»Nein, nein. Als Hochwürden und ich uns vom Tempel auf den Weg machten, war er bei uns. Dann bin ich allein zurückgegangen, um nach den Sutren zu suchen, und Takezo blieb bei Hochwürden.«

»Ich danke dir. Wo ist Meister Ryonen überhaupt?«

»Er wollte zu Herrn Gihei.«

»Zu den anderen Kitos? Was will er denn dort?«

»Unser Haupttempel in Tsurumi hat ihm die offizielle Genehmigung erteilt, mir die Leitung des Senkoji zu übertragen. Morgen soll die Übergabezeremonie stattfinden. Und weil die Seitenlinie der Kitos jetzt die führende Fischerfamilie auf Gokumon ist, will er ihre Zustimmung einholen.«

Ryotaku sah aus, als würde er gleich in Tränen ausbrechen.

»Er will dir den Tempel abtreten? Und was will er danach machen?«

»Er möchte in einen Tempel für Priester im Ruhestand oben in Sakushu ziehen. Er redet schon länger davon, aber ich weiß nicht, warum er es plötzlich so eilig hat. Was soll ich nur tun?«

Ryotaku wirkte beinahe verzweifelt.

Kosuke versuchte, ihn ein wenig zu trösten, und verließ den Tempel mit wackligen Knien.

An dem kleinen Schrein der Erdgottheit auf der Hälfte des Tempelpfades blieb er stehen, um durch das hölzerne Gitter zu spähen. Seine Augen weiteten sich. Er sah sich hastig um und drückte dagegen. Es war offenbar nicht verschlossen, denn es schwang widerstandslos auf. Kosuke betrat das dämmrige Innere des Schreins.

Dort war eindeutig bis vor Kurzem etwas gelagert worden. Jemand hatte gefegt und ein leuchtend buntes Blütenblatt lag auf dem Boden. Es stammte von einer künstlichen Blume, wie man sie mitunter an Haarpfeilen findet. Kosuke hob es auf und legte es in sein Notizbuch. Erschauernd wandte er sich um und verließ leise das kleine Heiligtum.

Er stieg den Rest des Pfades hinunter und begab sich zur Residenz der Kitos, wo noch immer dienstlich dreinblickende Beamte ein und aus gingen. Am Abend zuvor hatte eine vorläufige Trauerfeier für die drei Schwestern stattgefunden, aber der endgültige Termin für die Bestattung stand noch nicht fest.

Kosuke erinnerte sich bedrückt, wie verzweifelt Katsuno ihm am Abend zuvor ihr Leid geklagt hatte.

»Chimata ist noch nicht unter der Erde, und dann noch der einjährige Todestag des alten Herrn Kaemon. Alles kommt zusammen.«

Er ging in die Küche und war froh, Takezo dort anzutreffen.

»Takezo, mein Guter, ich muss Sie etwas fragen.«

»Wie kann ich Ihnen zu Diensten sein, Herr Kindaichi?«

»Es geht um den Abend, an dem Hanako getötet wurde. An jenem Abend sind wir uns begegnet, als ich vom Senkoji herunterkam. Erinnern Sie sich?«

»Ja, natürlich.«

»Danach sind Sie zum Tempel hinaufgegangen und haben Hochwürden und Ryotaku kurz unterhalb des Tempeltors angetroffen. Darauf hat Hochwürden den Novizen gebeten, noch einmal zurück in den Tempel zu gehen, um etwas zu holen, das er vergessen hatte. Was ist dann passiert? Sind Sie die ganze Zeit mit Hochwürden zusammen gewesen, bis Sie mir auf meinem Rückweg von Herrn Giheis Haus begegnet sind?«

»Ja, die ganze Zeit.«

Takezo sah Kosuke verwundert an.

»Wirklich? Sind Sie ganz sicher, dass Sie nicht von seiner Seite gewichen sind? Es ist sehr wichtig. Takezo, bitte denken Sie noch einmal gründlich nach und antworten Sie wahrheitsgemäß.«

Ein wenig verunsichert überlegte Takezo noch einmal.

»Ah, genau! Jetzt, wo Sie es sagen. Unterwegs ist ein Riemen von Hochwürdens Geta abgerissen. Ich bot ihm an, sie zu reparieren. Nicht nötig, sagte er, ich solle schon mal vorgehen. Also ging ich allein weiter. Kurz darauf holte er mich wieder ein, und während wir plauderten, tauchte Ryotaku auf. Wenig später begegneten wir Ihnen auf Ihrem Rückweg von Herrn Giheis Haus.«

Kosuke wurde es schwer ums Herz. Hoffnungslosigkeit ergriff ihn.

»An welcher Stelle des Pfades ist der Riemen von Hochwürdens Geta gerissen? Ober- oder unterhalb vom Schrein der Erdgottheit?«

»Unmittelbar davor. Er setzte sich sogar auf die Stufen, um sie zu reparieren.«

Kosukes Herz wurde noch schwerer. Der Glanz in seinen Augen war erloschen. Offenbar fiel ihm jetzt noch etwas ein.

»Ach ja, eins wollte ich Sie noch fragen. Als wir uns an jenem Abend das erste Mal auf dem Tempelpfad begegnet sind, fragten Sie mich nach meinem Ziel. Ich antwortete, Hochwürden habe mich gebeten, Gihei und seine Frau von der Totenwache für Chimata in Kenntnis zu setzen. Sie schienen verwundert. Warum eigentlich?«

»Das kam, weil ich wusste, dass Gihei bereits über die Totenwache unterrichtet war. Hochwürden hatte mich am Tag zuvor deshalb zu ihm geschickt. Ich wunderte mich, dass er Sie noch einmal mit der gleichen Botschaft beauftragt hatte. Also nahm ich an, dass es in Wahrheit einen anderen vertraulichen Grund für Ihren Besuch gab, und drang nicht weiter in Sie.«

»Danke, Takezo. Würden Sie den Kommissar bitten, zu mir herauszukommen?«

Takezo eilte sogleich ins Haus und kam mit Kommissar Isokawa zurück.

»Kindaichi! Was ist los?«

»Bitte kommen Sie mit mir, Herr Kommissar. Takezo, haben Sie vielleicht so etwas wie eine Stange, die ich mir ausleihen könnte? Mit einem Haken am Ende?«

Takezo wollte nachsehen und kam auch gleich mit einer Stange zurück.

»Geht die?«

»Ja, die ist ideal. Takezo, würden Sie bitte auch mitkommen?«

Die drei Männer machten sich auf den Weg hinunter zur Bucht. Die Inselbewohner, denen sie unterwegs begegneten, musterten sie neugierig, aber Kosuke schenkte ihnen keine Beachtung.

»Takezo, können Sie mir ein Boot besorgen?«, fragte Kosuke, als sie an der Anlegestelle waren.

»Natürlich, ich hole Ihnen eins.«

Er kehrte mit einem Ruderboot zurück, und Kosuke und Kommissar Isokawa kletterten hinein.

»Kindaichi, was in aller Welt haben Sie vor?«

»Das werden Sie gleich sehen. Ich werde vor Ihren Augen das Geheimnis eines Zaubertricks enthüllen. Takezo, rudern Sie bitte bis unter die Felsnase, auf der die Tempelglocke steht.«

Der Herbst war bereits fortgeschritten, und die Inlandsee lag glatt und glänzend wie polierter Lapis im Sonnenschein. Kommissar Isokawa und Kosuke Kindaichi saßen in angespanntem Schweigen im Boot. Der Kommissar konnte förmlich spüren, wie die Lösung des Falls in Kosukes Kopf immer festere Gestalt annahm.

Das Boot glitt am Fuß des Aussichtspunkts vorbei. In den Wellen des Gezeitentümpels darunter wiegte sich Seegras. Kosuke blickte zur Glocke auf der Felsnase hinauf.

»Takezo, bitte halten Sie hier an und stochern Sie ein bisschen mit der Stange im Wasser herum.«

»Nach was suchen wir denn?«

»Hier sollten beschwerte Fischernetze liegen. Wir suchen nach einem leichten Gegenstand, der sich in einem der Netze verfangen hat und verhindert, dass es auf den Grund sinkt. Rühren Sie das Wasser doch mal auf.«

Takezo rührte, und Kosuke und Kommissar Isokawa beobachteten über dem Bootsrand gebeugt die Bewegungen der Stange unter Wasser. Kosuke merkte, wie der Atem des Kommissars schneller ging.

Plötzlich ein Ausruf von Takezo.

»Haben Sie was?«

Kosuke wandte sich dem Gezeitenmeister zu.

»Geben Sie mir die Stange. Tut mir leid, Takezo, aber Sie

müssen ins Wasser und das Netz zerschneiden. Machen Sie das?«

Kosuke zog ein großes Marinemesser aus dem Kimono. »Natürlich. Kein Problem.«

Takezo streifte seinen Kimono ab und enthüllte einen robusten, muskulösen Körper. Er nahm das Messer zwischen die Zähne, und glitt, nur mit seinem Lendentuch bekleidet, ins Meer, wo er sogleich zwischen dem Seetang verschwand. Kurz darauf tauchte er wieder auf.

»Hier, Herr Kindaichi …«

Takezo reichte Kosuke den Saum eines Netzes und stemmte sich mit einem Schwung zurück ins Boot. Aufgeregt griff Kosuke nach dem Netz.

»So Kommissar, jetzt enthüllen wir den Zaubertrick. Was kommt raus, Teufel oder Schlange?«

Als Kosuke das Netz einholte, tauchte wabernd und sich blähend ein seltsamer Gegenstand aus dem Wasser auf. Anfangs hatten weder der Kommissar noch Takezo eine Ahnung, was sie da heraufzogen, doch es dauerte nicht lange, bis sie verblüfft erkannten, was es war.

»Eine Glocke!«, stieß der Kommissar hervor.

»Ja, genau, eine Tempelglocke. Nur, dass die hier aus Pappmaché ist und aus zwei Hälften besteht. Die Mutter der drei Mädchen hatte sie für ihre Aufführung des Theaterstücks über den Dojo-Tempel verwendet. Und eben diese Glocke kam abermals als Requisite beim Mord an ihrer Tochter Yukie zum Einsatz.«

Kosukes Stimme klang tieftraurig. Nichts von dem Triumph

schwang darin mit, den er für gewöhnlich empfand, wenn er einen besonders kniffligen Fall gelöst hatte.

Just in diesem Moment erreichte der Priester, nachdem er Giheis Haus verlassen hatte, den Aussichtspunkt. Ruhig trat er bis an den Rand, um aufs Meer zu schauen. Vielleicht entstand eine Art telepathische Verbindung zwischen ihnen, denn Kosuke sah im gleichen Moment zu ihm auf, und ihre Blicke begegneten sich.

Ryonen legte die Hände aneinander. Vielleicht rezitierte er ein Sutra.

Nach der Übergabezeremonie

Am nächsten Tag.

Auf der Insel nieselte es seit dem Morgen. In der Haupthalle des nebelverhangenen Tempels war die feierliche Zeremonie im Gange, mit der Meister Ryonen die Leitung des Tempels an seinen Nachfolger Ryotaku übergab.

In der zenbuddhistischen Soto-Schule nimmt dieses Ritual für gewöhnlich eine Woche in Anspruch.

In der mit einem roten Vorhang verkleideten Haupthalle sitzen sich nur Meister und Schüler gegenüber. Keine anderen Personen sind anwesend. Der Meister gibt nun sein geheimes Wissen an den Schüler weiter, der alles über die Traditionslinie und die Lehre genau niederschreiben muss. Nach jedem Zeichen muss er aufstehen und sich dreimal verneigen, was naturgemäß viel Zeit in Anspruch nimmt. Außerdem darf der Schüler, der so den Dharma empfängt, bis zum Abschluss des Rituals seinen Platz nicht verlassen, außer, um auf die Toilette zu gehen. Nötigenfalls muss der Meister sich um Feuer, Essen und Trinken kümmern und seinem Schüler zu Diensten sein.

Dies dient dazu, alle weltlichen Ablenkungen von dem Nachfolger fernzuhalten, der die Traditionslinie des Buddha Shakyamuni unmittelbar fortsetzen wird. Sobald der Dharma weitergegeben ist, haben Meister und Schüler den gleichen Rang.

Allerdings umging Meister Ryonen dieses langwierige Procedere und führte die Übertragungszeremonie an einem einzigen Tag durch. Damit war Ryotaku der 82. Dharma-Nachfolger des Senkoji.

Obwohl Ryotakus Einsetzung zu seinem Nachfolger nur einen Tag gedauert hatte, wirkte Meister Ryonen sehr erschöpft, als er die Haupthalle verließ.

Während er sich am Waschbecken die Hände wusch und um sich blickte, sah er mehrere bewaffnete Polizisten aus dem Dunst auftauchen. Er stieß einen tiefen Seufzer aus. Aber Ryonen war kein Mann, der so leicht die Fassung verlor. Mit energischen Schritten betrat er das Studierzimmer.

»Entschuldigen Sie die Wartezeit«, begrüßte er seine Besucher knapp und ließ sich schwer auf ein Sitzkissen fallen.

Im Studierzimmer saßen Kosuke Kindaichi und Kommissar Isokawa, die anscheinend schon länger warteten, denn der Aschenbecher zwischen ihnen drohte überzuquellen.

»Sie müssen sich nicht entschuldigen.«

Kommissar Isokawa setzte sich zurecht. Seine Stimme klang angespannt.

»Ist Ryotakus Zeremonie gut verlaufen? Wo ist er denn?«

»Er ist zu Herrn Gihei gegangen, um seine Aufwartung zu machen. Schließlich wird er von nun an Unterstützung und Schutz brauchen. Normalerweise hätte ich Herrn Gihei hergebeten, aber Sie sagten, Sie hätten etwas mit mir zu besprechen. Worum handelt es sich, Herr Kindaichi?«

»Meister Ryonen …«, sagte Kosuke mit zitternder Stimme.

Mehr brachte er nicht hervor. Seine Lippen zuckten. Er sah den Priester wortlos und mit angehaltenem Atem an. Dann senkte er den Blick.

»Hochwürden Ryonen, wir sind hier, um Sie zu verhaften. Nachdem Sie so gastfreundlich waren, mich aufzunehmen, bedaure ich sehr, dass es so weit kommen musste.«

Kosuke schien mit den Tränen zu kämpfen. Ryonen antwortete nicht sofort. Kommissar Isokawa blickte schweigend von einem zum anderen. Im Raum herrschte tiefe Stille.

»Sie wollen mich verhaften? Weshalb denn?«

Der Priester wirkte völlig gelassen. Seine Frage war eigentlich keine Frage, sondern eher eine an Kosuke gerichtete Herausforderung.

»Wegen des Mordes an Hanako. Hochwürden, Sie waren es, der Hanako getötet hat.«

»Ich soll Hanako getötet haben? Ist das alles, Herr Kindaichi?«

»Nein, Sie waren es auch, der den Piraten in der Festung erschlagen hat.«

»Aha, den Seeräuber auf der Festung also. Und wen noch?«

»Sonst niemanden. Sie haben Hanako und den unbekannten Seeräuber ermordet. Diese beiden.«

Kommissar Isokawa sah Kosuke entsetzt an. Anscheinend kannte er noch nicht die ganze Geschichte.

»Mehr nicht?«, fragte Meister Ryonen unbeeindruckt. »Und was ist mit Yukie und Tsukiyo? Bin ich nicht auch des Mordes an ihnen schuldig, Herr Kindaichi?«

»Nein, damit haben Sie nichts zu tun, Hochwürden. Yukie wurde von Bürgermeister Makihei Araki umgebracht, und Tsukiyo fiel Dr. Koan Murase zum Opfer.«

»Kindaichi!«

Kommissar Isokawa wollte ihn unterbrechen, aber dann versagte ihm die Stimme. Der Schock war einfach zu groß.

»Ist das ... Ist das wahr?«, brachte er schließlich mit kaum hörbarer Stimme hervor.

»Ja, Kommissar, Hochwürden Ryonen hat Hanako getötet, der Bürgermeister Yukie und Dr. Koan schließlich Tsukiyo. Es gibt keine andere Erklärung. Dieser Fall ist wahrhaftig einzigartig in seiner Grausamkeit. Der Priester, der Bürgermeister und der Arzt haben nacheinander Hanako, Yukie und Tsukiyo ermordet. Aber es wäre ein Irrtum, diese drei Männer als Komplizen zu betrachten. Jeder der drei Morde wurde für sich begangen. Unter Umständen könnte man sogar sagen, es sind drei unabhängige Fälle, die sich nacheinander ereignet haben.«

»Aber das ist doch absurd! Die drei Schwestern wurden nacheinander ermordet. Diese Fälle kann man doch nicht unabhängig voneinander betrachten.«

»Sie haben recht. Natürlich steckt hinter der ganzen Sache ein Drahtzieher, in dessen Auftrag Priester, Bürgermeister und Arzt gehandelt haben. Er ist der wahre Schuldige. Hochwürden Ryonen, Bürgermeister Araki und Dr. Koan waren bloß seine willfährigen Helfer.«

»Aber wer ist dieser schreckliche Mensch?«

»Der vor einem Jahr verstorbene Kaemon Kito!«

Kommissar Isokawa war wie vom Blitz getroffen. Seine Gesichtsmuskeln zuckten. Der Priester hingegen blieb völlig gefasst. Die Augen halb geschlossen, verzog er keine Miene.

»So ist es. Das Ganze war eine Ausgeburt von Kaemons Schicksalsbesessenheit. Und ich war zu dumm, um es zu erkennen. Ich hätte es wissen müssen, sobald ich auf der Insel Gokumon eintraf. Nein, eigentlich hätte ich es schon vorher wissen müssen.«

Kosuke sah Kommissar Isokawa und den Priester verzagt an. Seine gewohnte Energie schien dahin.

»Hochwürden, Herr Kommissar, Ihnen ist ja bekannt, warum ich nach Gokumon gekommen bin. Chimata, der älteste Sohn der Familie Kito, hatte mich gebeten, die Morde an seinen Schwestern zu verhindern. Was natürlich bedeutet, Chimata wusste im Vorhinein, dass seine drei Schwestern im Falle seines Todes ermordet würden. Nur deshalb hat er mich hierher geschickt. Mit seinem letzten Atemzug erwähnte er noch seine Cousine. Doch schon bevor er erkrankte, hatte er mich gebeten, Gokumon zu besuchen. Er hatte mir sogar ein Einführungsschreiben gegeben. Es war an drei Personen adressiert: den Priester, den Bürgermeister und den Arzt. Warum ausgerechnet an diese drei? Warum nicht an jemanden, der ihm näherstand, zum Beispiel ein Familienmitglied? Natürlich hätte sein Vater Yosamatsu mit einem solchen Brief nichts anfangen können, aber warum hat er ihn nicht an seinen Großvater, den alten Herrn Kaemon, gerichtet? Hätte ich richtig darüber nachgedacht, hätte ich den Fall vielleicht noch rechtzeitig lösen können.«

Der Schatten des Selbstvorwurfs verdüsterte Kosukes Gesicht. Er fühlte sich mehr als schuldig.

»Vielleicht dachte Chimata an Kaemons Alter. Es hätte durchaus sein können, dass er gar nicht mehr am Leben war. Doch das traf ebenso auf die drei Männer zu, deren Namen er auf den Umschlag setzte. Auch der Priester, der Bürgermeister und der Arzt waren nicht mehr jung. Vielleicht richtete er seinen Brief deshalb auch an alle drei, statt nur an einen. Wäre einer von ihnen gestorben, hätten noch immer die anderen den Brief entgegennehmen können. Allerdings beantwortet das nicht die ursprüngliche Frage: Warum schrieb Chimata nicht an Kaemon, der immerhin sein Großvater war? Und obendrein so etwas wie der Herrscher von Gokumon. Jeder andere hätte ein Einführungsschreiben zuerst an Kaemon adressiert, und eventuell vorsichtshalber noch eins an die drei übrigen Honoratioren. Warum handelte Chimata nicht dieser Logik entsprechend, sondern schloss Kaemon aus? Hatte er womöglich Angst vor seinem Großvater? Weil er wusste, dass dieser vorhatte, seine drei Schwestern ermorden zu lassen?«

Kosuke hielt inne, um sich eine Zigarette anzuzünden. Das Streichholz zitterte in seiner Hand, die er dann auf seinem Knie ablegte. Zu rauchen vergaß er.

»Chimata wurde gleich zu Kriegsbeginn eingezogen und nach China geschickt. Später verschlug es ihn in die Südsee und anschließend nach Neuguinea. Über lange Zeit hatte er keinen Briefverkehr mit seinen Verwandten. Und selbst wenn ihm jemand geschrieben hätte, dann bestimmt nicht, um ihn vor der Ermordung seiner drei Schwestern zu warnen. Und dennoch wusste Chimata aus irgendeinem Grund, dass sie sterben würden, sollte er ums Leben kommen. Woher wusste er das? Es sei denn, es stand bei seiner Abreise aus Japan bereits fest.«

Von Kosukes Zigarette löste sich ein Aschestäbchen und fiel ihm in den Schoß, ohne dass er Notiz davon nahm. Sein düsterer Blick war auf die Tatami gerichtet.

»Ich stelle mir folgende Szene vor. Im großen Tatamizimmer der Kito-Residenz sitzen drei Männer. Einer von ihnen ist der alte Kaemon. Die anderen beiden sind seine Enkel Chimata und Hitoshi. Chimata hat seinen Einberufungsbefehl erhalten, und es steht so gut wie fest, dass auch Hitoshi in Kürze eingezogen wird. Kaemons Sohn Yosamatsu, der nach dem Tod des alten Mannes Familienoberhaupt hätte werden sollen, hat den Verstand verloren. Überdies gewinnt die mit der Stammfamilie verfeindete Seitenlinie der Kitos immer mehr an Boden, und es kommt zunehmend zu Rivalitäten. Ein Enkel steht kurz davor in den Krieg zu ziehen, der andere wird ihm folgen. Der alte Herr ist zutiefst verzweifelt. Was hat Kaemon zu seinen Enkeln gesagt? Vermutlich, dass alles in Ordnung sei, solange sein Erbe Chimata den Krieg überleben und gesund nach Hause zurückkehren würde. Sollte Chimata ums Leben kommen und nur Hitoshi überleben, würde die Erbfolge auf letzteren übergehen. Dem standen jedoch Chimatas drei Schwestern, Kaemons Enkelinnen in direkter Abstammung, entgegen. Ihre Existenz würde verhindern, dass das Erbe unmittelbar auf Hitoshi überging. Also musste man sie aus dem Weg schaffen …«

Kosukes ohnehin leicht zittrige Stimme versagte ihm nun gänzlich den Dienst, und er konnte nicht fortfahren. Kommissar Isokawa beobachtete ihn stumm und wie gebannt von der Seite. Ryonen saß noch immer reglos mit halbgeschlossenen Augen da.

Kosuke räusperte sich.

»Es ist einfach grausam, vollkommen unmenschlich. Inselbewohner empfinden häufig anders als gewöhnliche Menschen, und Kaemons Sorge um den künftigen Erhalt der Stammfamilie Kito trug gewiss ihren Teil dazu bei. Würde eines der drei Mädchen, Tsukiyo, Yukie oder Hanako, seine Nachfolge antreten, wäre das das Ende der Familie. Das war Kaemons größte Angst, verstärkt durch den Hass, den er für die Mutter der Mädchen empfand. Falls Chimata starb, musste unbedingt Hitoshi das Erbe antreten. Und falls beide umkämen, sollte Sanae seine Erbin sein. Die drei Mädchen mussten unter allen Umständen sterben.«

»Nein, das ist nicht ganz richtig«, unterbrach ihn Ryonen mit fester Stimme, die Augen noch immer halb geschlossen. »Tut mir leid, aber Sie haben da etwas falsch verstanden. Kaemon waren die Mädchen völlig gleichgültig. Ob Tsukiyo, Yukie, Hanako oder Sanae, er gab keinen Pfifferling auf sie. Sie waren ihm einerlei. Wären Chimata und Hitoshi gefallen, hätte er keine andere Wahl gehabt, als Tsukiyo, die älteste, zu seiner Erbin zu machen. Niemals hätte er Sanae zuliebe seine Enkelinnen getötet. Das wäre ihm nie in den Sinn gekommen.«

Verblüffung malte sich auf Kosukes Gesicht. Dazu kam eine gewisse Traurigkeit.

»Meister Ryonen!«, stieß er atemlos hervor. »Heißt das, die Morde wären auch begangen worden, wenn Chimata gefallen und Hitoshi überlebt hätte? Wären jedoch beide Enkel gestorben, wären die drei Mädchen verschont geblieben?«

Ryonen nickte stumm. Kosuke und Kommissar Isokawa wechselten einen Blick. Den Grund für den besonderen Schmerz, der darin lag, konnte der Priester jedoch nicht kennen.

»Schicksal. Alles ist vom Schicksal bestimmt«, murmelte er mit noch immer halb geschlossenen Augen. »Als ich mir auf dem Festland unsere Glocke ansah, stellte ich fest, dass sie unversehrt war. Auf der Fähre zurück nach Gokumon erfuhr ich dann von Takezo, dass Hitoshi am Leben war. Kurz darauf berichteten Sie, Herr Kindaichi, mir von Chimatas Tod. Alles ist vom Schicksal bestimmt. Chimatas Tod, Hitoshis Überleben und die Tempelglocke. Ich spürte, wie Kaemon noch nach seinem Tod unerbittlich über die Erfüllung seines Willens wachte. Hätte nur eine dieser drei Voraussetzungen gefehlt, wären die Mädchen am Leben geblieben. So aber fügte sich eins zum anderen. Sämtliche Bedingungen waren erfüllt.«

Wieder wechselten Kosuke und der Kommissar einen Blick. Beide stießen einen tiefen Seufzer aus.

Ryonen zeigte noch immer keine Regung.

»Herr Kindaichi, ich bin buddhistischer Priester, aber wie Sie sich denken können, bin ich nicht abergläubisch. Doch als diese drei Bedingungen genau gleichzeitig eintraten, erschauerte ich. Mir war, als würde eine unsichtbare Macht uns lenken. Außerdem fühlte ich mich Kaemon gegenüber verpflichtet.«

Ein grausames Lächeln trat auf sein Gesicht.

»Die drei Mädchen hatten ohnehin den Tod verdient, so wie sie sich aufführten. Es geschah ihnen recht. Aber ich habe Sie unterbrochen, Herr Kindaichi. Sprechen Sie doch weiter.«

Dieser Mann hatte keine menschlichen Regungen mehr. Es war ihm gelungen, sich vollständig von allen weltlichen Anhaftungen zu befreien. Er empfand keinerlei Reue, nur Befriedigung angesichts der Erfüllung einer großen Aufgabe. Er hatte kein Schuldgefühl und leugnete nichts.

»Herr Kommissar, Meister Ryonen, bitte hören Sie mir zu«, fuhr Kosuke in tieftraurigem Ton fort. »Es war vielleicht anmaßend, den Eindruck zu erwecken, mir sei gleich klar gewesen, dass Kaemons Schatten über diesem Fall schwebte. Denn das stimmt nicht. Ich habe es erst gemerkt, als alles schon passiert war. Außerdem haben Sie, Hochwürden Ryonen, mich erst auf diese Fährte geführt. Sie wussten, wer ich bin und woher ich komme. Und im Geiste des Fairplay haben Sie mir den Schlüssel zur Lösung des Rätsels buchstäblich unter die Nase gehalten, indem Sie eigens für mich den Wandschirm mit den Haiku aufstellten. Allerdings habe ich Ihren Hinweis erst lange, nachdem schon alles geschehen war, erkannt. Was zum einen an meiner eigenen Dummheit lag, aber zum anderen auch daran, dass ich auf Ihren Schwindel hereingefallen bin.«

Der Priester hob erstaunt die Augenbrauen. Zum ersten Mal sah er Kosuke fragend ins Gesicht.

»Damit will ich nicht sagen, Sie hätten mir absichtlich eine Falle gestellt, vielmehr war ich selbst einem Missverständnis erlegen. Bis ganz zuletzt steckte ich in einer Sackgasse fest und fand einfach nicht heraus. Doch bevor ich Ihnen erkläre, was ich meine, möchte ich auf den ersten Mord zurückkommen, den an Hanako. Ich glaube, der Herr Kommissar kennt nicht alle Einzelheiten aus dieser Nacht.«

Kosuke trank den restlichen Tee aus seiner Schale. Er schmeckte bitter, und die Blätter auf dem Grund waren braun. Ryonen erhob sich, um Kessel und Teekanne aus seinen Gemächern zu holen.

Verrückt ist nicht gleich verrückt

»Hanako wurde also in der Nacht von Chimatas Totenwache ermordet. An diesem Abend verließ sie gegen 18:15 Uhr die Residenz, und von da an bis zu dem Zeitpunkt, an dem Hochwürden Ryonen sie kopfüber an einem Ast des alten Pflaumenbaums hängend fand, hatte niemand mehr sie zu Gesicht bekommen, was ich von Anfang an merkwürdig fand. Denn wäre Hanako schnurstracks zum Tempel hinauf gegangen, hätte sie unterwegs eigentlich jemandem begegnen müssen. Und doch hat niemand sie gesehen. Wo war sie also wirklich? Und um welche Uhrzeit kam sie im Tempel an? Ich muss gestehen, dass ich einige voreilige Schlüsse zog, die mich blind für andere Möglichkeiten machten. Zum einen bildete ich mir ein, dass Hanako, da sie in dem Pflaumenbaum hing, auch auf dem Tempelgelände getötet worden sein müsse. Mein zweiter Fehlschluss war, dass der Täter sie getötet und aufgehängt hatte. Diese beiden Irrtümer verleiteten mich zu der Annahme, Hanako sei nach ihrer Ermordung sofort in den Baum gehängt worden. Sie machten mich, wie gesagt, blind für die Wahrheit. Denn keine meiner Annahmen war richtig. In Wirklichkeit war Hanako ganz woanders getötet und erst später zum Tempel hinaufgetragen worden. Folglich lag zwischen dem Zeitpunkt ihres Todes und dem Aufhängen ihrer Leiche eine beträchtliche Zeitspanne. Leider wurde mir das erst viel später bewusst.

Doch sobald ich es begriffen hatte, fiel es mir wie Schuppen von den Augen, und das Motiv für den Mord und der Tathergang waren mir sonnenklar.«

Kosuke hielt inne, um sich mit dem Tee, den Ryonen frisch aufgebrüht hatte, die Kehle zu befeuchten.

»Nachdem Hanako an jenem Abend gegen 18:15 Uhr das Haus verlassen hatte, stieg sie sofort den Pfad zum Tempel hinauf, hielt aber auf halbem Weg an dem kleinen Schrein der Erdgottheit an und versteckte sich, vermutlich auf Anweisung ihres Mörders – nämlich Meister Ryonen –, darin. Natürlich waren Sie es, der Hanako den von Ukai verfassten Brief in die Hände gespielt hat. Wahrscheinlich behaupteten Sie, Ukai habe Sie damit beauftragt, und die arme Hanako war zu arglos, um einem Priester zu misstrauen. Sie hatte ja auch gar keinen Grund dazu. Also schlich sie sich aus dem Haus und versteckte sich, wie Sie es ihr eingeredet hatten, in dem kleinen Schrein. Ungeduldig und mit vor Aufregung pochendem Herzen wartete sie dort. Als ich um 18:25 Uhr den Tempel verließ, um den Botengang für Sie zu erledigen, und am Schrein vorbeikam, befand sich Hanako bereits darin. Kaum war ich den Pfad hinuntergegangen, stieg Takezo ihn hinauf und stieß am Tempeltor auf Sie, als Sie Ryotaku gerade unter dem Vorwand der vergessenen Sutren in den Tempel zurückschickten. Darauf wanderten Sie und Takezo gemeinsam bergab. Sie, Hochwürden, hatten eigentlich nicht mit Takezos Erscheinen gerechnet, durch das Ihr schöner Plan nun in Gefahr geriet. Mich hatten Sie, um den Pfad allein hinuntergehen zu können, eigens auf diesen überflüssigen Botengang zu Gihei geschickt, während Ihr Novize im Tempel nach dem nicht existenten Sutrenbündel suchte. Als unvermutet Takezo auftauchte, blieb Ihnen nichts anderes übrig, als vorzugeben, an einer Ihrer Geta wäre ein Riemen abgerissen, damit der Gezeitenmeister ohne Sie weiterging. Endlich allein, klopften Sie an das Gitter des Schreins und riefen die nichts Böses ahnende Hanako, die womöglich noch den Kopf heraussteckte. Dann versetzten Sie, Hochwürden, dem armen Mädchen mit Ihrem Priesterstab – er ist eine ideale Waffe – einen Schlag auf den Kopf, der sie zumindest bewusstlos machte. Für den Fall, dass sie noch lebte, strangulierten Sie sie vorsorglich noch mit einem Tenugui. Dann brauchten Sie nur das Gitter wieder zu schließen. Das Ganze kann nicht länger als zwei Minuten gedauert haben. Anschließend schlenderten Sie in aller Ruhe den Pfad hinunter, bis Sie Takezo einholten. Kurz darauf kam auch Ryotaku, und kaum hatten Sie sich zu dritt wieder auf den Weg gemacht, begegneten Sie mir auf meinem Rückweg von Herrn Giheis Haus. Je einfacher der Mord, desto sicherer der Erfolg. Was für ein simpler, wenngleich gewagter Plan! Als ich Ihnen dreien am Fuß des gewundenen Pfades begegnete, nahm ich ganz selbstverständlich an, Sie wären seit dem Verlassen des Tempels zusammen gewesen. Es kam mir überhaupt nicht in den Sinn, dass Sie, Hochwürden Ryonen, unterwegs dieses schreckliche Verbrechen begangen haben könnten.«

Der Priester hörte unverändert stumm zu. Doch sein Schweigen schien jedes von Kosuke geschilderte Detail zu bestätigen, und Kommissar Isokawa konnte sich einer gewissen Hochachtung nicht erwehren.

»Meister Ryonen hatte Hanako nun also getötet. Doch damit war seine Aufgabe nicht erledigt, das Wichtigste lag noch vor ihm«, erklärte Kosuke dem Kommissar. »Er musste Hanakos Leiche zum Tempel hinauftragen und kopfüber in den Pflaumenbaum hängen. Andernfalls hätte der Mord seinen Sinn nicht erfüllt.

Die Ausführung dieses Teils der Tat war ebenso einfach wie gewagt, womöglich sogar gewagter als der Mord selbst. Nachdem Hanakos Abwesenheit bei der Totenwache bemerkt worden war und die Suchtrupps eingeteilt wurden, sorgte Hochwürden Ryonen dafür, ohne die anderen zum Tempel hinaufgehen zu können. Seine Anordnungen wirkten so selbstverständlich, wie seine wahren Absichten undurchschaubar waren. Niemand dachte sich etwas dabei, als er in aller Eile zum Tempel aufbrach. Als wir Takezo und Ryotaku unten an der Abzweigung zum Tempelpfad trafen, war Meister Ryonen uns mit Hanakos Leiche über der Schulter schon ein ganzes Stück des Weges voraus.«

Kosuke erschauerte ein wenig, und Kommissar Isokawa musterte voll Erstaunen den Priester, der mit unbewegter Miene zuhörte.

Kosuke musste schlucken.

»Wenn ich an diese Nacht zurückdenke, kann ich mich einer gewissen Bewunderung nicht erwehren. Es war stockfinster. Natürlich konnten wir weder Sie, Hochwürden, noch die Leiche über Ihrer Schulter sehen. Nur das Licht Ihrer Laterne schwankte vor uns in der Finsternis. Aber mit einer Leiche auf dem Rücken derart sicher einen dunklen Pfad hinaufzusteigen ist wahrhaftig ein Kunststück, das nicht jeder zustande bringen würde. Außerdem wurde der Abstand zwischen Ihnen und uns immer geringer. Und doch haben Sie es gerade noch rechtzeitig in den Tempel geschafft, um Hanako in dem alten Baum aufzuhängen. Das war die größte Herausforderung bei diesem Mord. Hätten Sie dieses Ziel verfehlt, hätte der Mord zu einem großen Teil an Sinn verloren. Und warum? Nun, wegen des Haikus von Kikaku auf dem Wandschirm:

Eine Nachtigall
kopfüber im Baum hängend
singt ihr Neujahrslied

Hanakos Leiche zum Sinnbild dieses Haikus zu machen, bedeutete Ihnen, Meister Ryonen, ungemein viel, mehr als der Mord selbst. Doch die geplante Parodie war Ihnen gelungen. Nun mussten Sie uns nur noch um Hilfe rufend durch das Tempeltor entgegenstürmen. Doch als Sie durch die Küche gingen, bemerkten Sie, dass sich ein unerwarteter Eindringling auf dem Gelände befand.«

Kosuke stieß einen tiefen Seufzer aus.

»Der Eindringling war ein Hindernis, mit dem Sie nicht hatten rechnen können. Und für mich der Beginn eines Irrweges. Als Sie erkannten, dass der Mann sich in der Meditationshalle versteckt hielt, sorgten Sie dafür, dass er Gelegenheit zur Flucht bekam. Zuerst dachte ich, Sie hätten ihn erkannt und deshalb entkommen lassen. Ich vermutete sogar, der Eindringling könnte der Mörder sein, aber da hatte ich mich gründlich getäuscht. Der Mann hatte weder etwas mit Ihnen, Hochwürden, noch mit dem Fall zu tun. Möglicherweise war er zufällig Zeuge geworden, wie Sie Hanako im Baum aufhängten. Oder wenn nicht, könnte er zumindest gesehen haben, wie Sie die Leiche in den Tempel trugen. In jedem Fall war er eine Bedrohung, und Sie mussten sich etwas einfallen lassen. Zunächst einmal mussten Sie unter allen Umständen verhindern, dass wir den Mann an Ort und Stelle erwischten. Also gaben Sie ihm die Gelegenheit zu entkommen. Später, als bei der nächtlichen Treibjagd am Berg die Ergreifung des Mannes drohte, lauerten Sie ihm auf und erschlugen ihn mit Ihrem Stab.«

Der Priester blieb ungerührt, und auch Kosuke berichtete nun mit einer gewissen Gleichmut. Äußerlich war keinem von beiden mehr anzumerken, um welch grausames Verbrechen es in ihrem Gespräch ging. Es war, als hätten sie diese Ebene hinter sich gelassen.

»Doch bevor es zu all dem kam, hatten Sie mich mit einer gewissen Bemerkung vollständig in die Irre geführt, Hochwürden, was jedoch, wie gesagt, nicht unbedingt in Ihrer Absicht lag. Es war meine eigene Schwerfälligkeit, die mich lange Zeit im Dunkeln tappen ließ. Als wir um den Pflaumenbaum herumstanden und Hanakos dort hängende Leiche betrachteten, murmelten Sie den folgenden Satz: ›Verrückt, aber nicht zu ändern.‹ Aus Ihrer Miene und Ihrem Tonfall schloss ich, er sei ein spontaner Ausdruck Ihres Bedauerns. Das Wort ›verrückt‹ schien mir auf den in seiner Zelle eingesperrten Yosamatsu gemünzt. Also fragte ich mich, ob er etwas mit dem Mord zu tun haben könnte. Diese falsche Fährte führte mich auf einen Holzweg, auf dem ich lange ziellos umherirrte. Als ich endlich begriff, was Sie wirklich gesagt hatten, war es zu spät. Alle Morde hatten bereits stattgefunden. Herr Kommissar, Hochwürden Ryonen hatte zwar den Satz ›Verrückt, aber nicht zu ändern‹ geäußert, aber seine Bemerkung hatte nicht das Geringste mit dem Verrückten in seiner Zelle zu tun. Stattdessen meinte Hochwürden, es sei verrückt, ein Haiku, das in den Frühling gehört, im Herbst – also zur falschen Jahreszeit – zu inszenieren. Er beklagte sein Versagen, Kaemons letzten Wunsch formvollendet zu erfüllen, denn seine Umsetzung des Haikus war nicht vollkommen.«

Kosuke sah ein belustigtes Grinsen auf dem Gesicht des Priesters.

»Sie lachen über mich, Hochwürden. Aber das ist ja nicht das erste Mal, oder? Als wir unmittelbar, nachdem wir Hanako gefunden hatten, in der Haupthalle nach dem Eindringling suchten, fragte ich Sie, was Sie mit Ihrer Bemerkung gemeint hatten. Sie wussten nicht gleich, wovon ich sprach, doch dann durchschauten Sie plötzlich meinen lächerlichen Irrtum. Sie legten die Hände vors Gesicht, und Ihre Schultern bebten. Damals glaubte ich, ich hätte Sie mit meiner Frage völlig aus der Fassung gebracht, doch inzwischen weiß ich, dass Sie sich vor Lachen kaum halten konnten. In Ihren Augen war ich nichts weiter als ein dummes Kleinkind.«

»Nein, ganz und gar nicht, Herr Kindaichi.«

Meister Ryonen gelang es endlich, seine Belustigung im Zaum zu halten. Er bedachte Kosuke mit einem milden, beinahe väterlichen Blick.

»So habe ich Sie nie gesehen. Sie sind ein großartiger Detektiv, und ich bewundere Sie. Immerhin ist es Ihnen gelungen, den ganzen Plan zu durchschauen. Machen Sie sich nicht klein. Sie hätten die Morde unmöglich verhindern können. Den an Hanako haben Sie aufgeklärt, aber was ist mit den Morden an Yukie und Tsukiyo? Können Sie die auch erklären?«

»Die größte Schwierigkeit bei dem Mord an Yukie«, begann Kosuke zögernd, »bestand darin, herauszufinden, wann man ihre Leiche unter die Glocke gelegt hatte. Wachtmeister Shimizu hatte nach seiner eigenen Aussage die Glocke angeleuchtet, als er gegen 20:40 Uhr an der Felsnase vorbeikam. Zu dem Zeitpunkt schaute definitiv kein Kimonoärmel unter dem Rand hervor. Anschließend gingen Shimizu und der Bürgermeister hinunter zu Giheis Haus, von wo sie etwa zehn Minuten später wieder zurückkehrten. Shimizu berichtete, dass es, als sie an der Glocke vorbeikamen, in Strömen regnete. Folglich konnte die Leiche nicht danach unter die Glocke geschoben worden sein, weil die darunter befindliche Yukie nicht nass war. Ihr Rücken war ein wenig feucht, aber sonst war sie völlig trocken. Lediglich der Ärmel, der unter dem Rand hervorschaute, war nass. Also musste ihre Leiche vor Einsetzen des Regens unter die Glocke gelegt worden sein. Das heißt, nachdem Shimizu und der Bürgermeister auf dem Weg zu Gihei daran vorbeigekommen waren, und während sie sich in seinem Haus aufhielten. Für ihren Hin- und Rückweg brauchten sie insgesamt vierzehn Minuten. Diese vierzehn Minuten hätten auch gerade so ausgereicht, um die Glocke anzuheben und die Leiche darunter zu platzieren. Zunächst glaubte ich auch, es sei so gewesen. Doch bei näherer Überlegung erschien mir dies doch sehr weit hergeholt. Dr. Koans Einschätzung zufolge wurde Yukie zwischen 18 und 19 Uhr getötet. Doch selbst wenn sie erst um 19 Uhr gestorben war, warum sollte der Mörder anderthalb Stunden warten, um ihren Leichnam dann in einem so knappen Zeitfenster unter der Glocke zu verstecken? Außerdem hatte es laut Shimizu bereits bei seiner ersten Inaugenscheinnahme der Glocke leicht zu regnen begonnen. Also hätte die Leiche zumindest feucht sein müssen. Aber wie gesagt, gab es keinen Anhaltspunkt, dass sie überhaupt jemals dem Regen ausgesetzt war. Wie war das möglich? Je mehr ich darüber nachdachte, desto überzeugter war ich, dass Yukies Leiche schon unter der Glocke lag, als Shimizu und der Bürgermeister das erste Mal vorbeikamen. Dies war die naheliegendste Erklärung. Dagegen sprach allerdings, dass Shimizu und der Bürgermeister beim Anleuchten der Glocke mit der Taschenlampe den grellbunten Kimonoärmel nicht gesehen hatten, der jedoch, als die Tote gefunden wurde, auf der dem Weg zugewandten Seite unter der Glocke hervorblitzte. Er war so auffällig, dass man ihn auch im schwachen Licht einer Taschenlampe nicht hätte übersehen können. Das entmutigte mich. Es musste sich um eine Art Trick handeln. Aber was für ein Trick? Ich grübelte noch darüber nach, als ich in Seikos Barbiersalon hörte, in derselben Nacht sei eine weitere Glocke unterhalb der Felsnase gesichtet worden, und außerdem erfuhr, dass die Mutter der drei Mädchen früher einmal das Stück von der *Glocke vom Dojo-Tempel* aufgeführt hatte. Gihei erzählte mir, dass sie damals eine Pappmaché-Glocke aus zwei Hälften als Requisit verwendet hatte, die sich in der Mitte aufklappen ließ und wohl noch in einem Speicher auf dem Anwesen der Stammfamilie Kito aufbewahrt wurde. Als ich nun wusste, was hinter dem Trick steckte, war es nicht mehr schwer herauszufinden, wie er funktionierte. Der Mörder hatte die echte Tempelglocke angehoben und Yukie darunter geschoben, wobei er ihren Ärmel absichtlich so unter den Rand klemmte, dass er von außen sichtbar war. Dann stülpte er die Pappmaché-Glocke darüber, um sowohl die echte Glocke als auch den Ärmel zu verbergen. Demnach leuchtete Wachtmeister Shimizu an jenem Abend nicht die Glocke mit seiner Taschenlampe an, sondern die Attrappe aus Pappmaché.«

»Und diese Glocke haben Sie gestern im Meer gefunden und heraufgezogen, Herr Kindaichi«, sagte Meister Ryonen, wie um Kosuke eine Atempause zu gönnen, nahm selbst einen Schluck Tee und schenkte nach.

»So ist es. Um den Ring am Scheitel der Pappmaché-

Glocke war ein Seil geknotet, an dessen anderem Ende ein schwerer Stein befestigt war. Auf den Weg unterhalb des Aussichtspunkts waren offenbar Geröll und Steine gefallen. Folgendes war passiert: Jemand hatte die Attrappe über die echte Glocke gestülpt und das Seil mit dem schweren Stein als Gewicht an den Ring der Attrappe gebunden. Den Stein legte er an die Kante der Felsnase. Dann wartete er, bis Wachtmeister Shimizu die Pappmaché-Glocke, unter der wohlgemerkt der Kimonoärmel nicht hervorsah, abgeleuchtet hatte, und schob anschließend den Stein über die Kante. Die falsche Glocke klappte auf, ihre beiden Hälften fielen ins Meer und gaben so die echte Glocke frei, unter der Yukies Kimonoärmel hervorschaute. Auf meine beiläufige Nachfrage erzählte Shimizu mir gestern Abend, die Glocke sei ihm im Licht der Taschenlampe irgendwie größer vorgekommen als am nächsten Morgen. Aber vermutlich habe er sich das wegen der unterschiedlichen Lichtverhältnisse nur eingebildet. Da wusste ich plötzlich Bescheid. Aber warum musste der Mörder die Sache so kompliziert machen? Nun, ich denke, das liegt auf der Hand. Um sich ein Alibi zu verschaffen. Als Wachtmeister Shimizu um 20:40 Uhr an der Felsnase vorbeikam, durfte der Ärmel nicht zu sehen sein. Es war entscheidend, dass alle glaubten, Yukie sei später unter die Glocke gelegt worden. Wer hatte für diesen Zeitpunkt ein wasserdichtes Alibi? Und zugleich die beste Gelegenheit, den Stein über die Kante der Felsnase zu befördern? Als ich so weit war, bekam ich einen fürchterlichen Schreck. Der Mann, auf den beides zutraf, war kein anderer als der Bürgermeister. Er war mit Wachtmeister Shimizu zusammen, als dieser mit seiner Taschenlampe die Glocke anleuchtete. Es war stockdunkel in dieser Nacht. Ich war überzeugt, er hatte eine Gelegenheit gefunden, den Stein heimlich in die Tiefe zu schieben, ohne dass Shimizu es bemerkte. Als ich den Wachtmeister gestern Abend dahingehend befragte, erzählte er mir, der Bürgermeister habe, kurz nachdem sie dem Weg von der Felsnase weiter bergab folgten, plötzlich ein menschliches Bedürfnis verspürt. Er sei kurz hinter der Felsnase stehen geblieben, um sich zu erleichtern, während Shimizu weiter ging. Es muss die Stelle gewesen sein, an der ich die Spuren des mutmaßlichen Steinschlags gefunden habe. Außerdem erinnert Shimizu sich noch, ein Platschen gehört zu haben, als wäre etwas ins Meer gefallen. Allerdings war es stürmisch in dieser Nacht, und Wind und Wellen rauschten so laut, dass er sich nicht sicher war.«

Kosuke brach ab und blickte geistesabwesend durchs Fenster nach draußen, aber der Kommissar drängte ihn mit einem Räuspern, in seiner Erzählung fortzufahren. Zögernd nahm Kosuke die Geschichte wieder auf.

»Es war eine entsetzliche Entdeckung. Meister Ryonen hatte Hanako getötet und der Bürgermeister Yukie. Das war so völlig verrückt, dass ich kaum wagte, es zu glauben. Aber die Beweise waren eindeutig, es war die Wahrheit, auch wenn sie mir gefühlsmäßig noch so widerstrebte. Der Priester hatte Hanako getötet. Und der Bürgermeister Yukie. War es dann der Arzt, der Tsukiyo ermordet hatte? Allein der

Gedanke brachte mich fast um den Verstand. Doch bei näherem Nachdenken, fiel mir kein Grund ein, warum Dr. Koan nicht Tsukiyos Mörder sein sollte. Im Gegenteil, er war der Einzige, der Gelegenheit hatte, sie zu töten.«

»Aber das kann nicht sein, Kindaichi«, wandte Kommissar Isokawa ein. »Dr. Koan hatte zwar die Gelegenheit, aber er wäre körperlich nicht dazu imstande gewesen. Vergiss nicht, sein linker Arm ist gebrochen. Und Tsukiyo wurde mit einem Tenugui erdrosselt. Wie hätte er das mit einer Hand bewerkstelligen sollen?«

»Das ist ganz und gar nicht unmöglich, Kommissar«, erwiderte Kosuke traurig. »Wie wir wissen, handelte es sich um ein Tenugui von einer Rolle. Rechts von dem Altar, vor dem Tsukiyo saß, hingen bunte Tücher, und an eins von ihnen waren die Katze und ein Glockenstab gebunden. Es war völlig gefahrlos, eine Tenugui-Rolle zwischen die Tücher zu hängen. Sie würde niemandem auffallen. Dr. Koan brauchte nur mit einer Hand nach ihrem Ende zu greifen, sich von hinten an die in ihre Beschwörungen vertiefte Tsukiyo anzuschleichen, ihr den Stoff um den Hals zu schlingen und zuzuziehen. Da das andere Ende an dem Balken über ihr befestigt war, konnte er sie mühelos mit einer Hand erdrosseln. Als Tsukiyo ihr Leben ausgehaucht hatte, schnitt er das Tuch von der Rolle ab, so dass bloß ein Tenugui üblicher Länge um ihren Hals gewickelt war. Sie werden sich erinnern, Herr Kommissar, dass ein Teil des Tuchs ziemlich schmutzig war, das andere Ende aber wie frisch abgeschnitten wirkte. So konnte Dr. Koan Tsukiyo mit nur einem Arm erdrosseln und ein fast unmögliches Verbrechen verüben.«

Die Sonne ging unter. In der Stille des Studierzimmers war Kommissar Isokawas Atmen so laut zu hören, dass es den leeren Raum auszufüllen schien. Er wischte sich den Schweiß von der Stirn und suchte nach Worten.

»Ich fasse es nicht«, sagte er heiser. »Der Priester, der Bürgermeister und der Arzt? Haben sich auf dieser Insel lauter geniale Verbrecher versammelt?«

»Nein, gewiss nicht«, widersprach Kosuke ihm leise. »Wie gesagt, waren diese Männer nur Werkzeuge. Der Drahtzieher hinter diesen drei abscheulichen, makabren Morden war kein anderer als Kaemon, das verstorbene Oberhaupt der Familie Kito. Wie Sie wissen, hatte Kaemon vor seinem Tod einen Schlaganfall erlitten, und seine linke Körperhälfte war gelähmt. Nun, zum Andenken an seinen Freund hat Dr. Koan sich eine ganz besondere Mordmethode ausgedacht. Er brach sich absichtlich den linken Arm, um Tsukiyo einarmig zu erdrosseln. Würden Sie uns das bitte näher erläutern, Hochwürden Ryonen?« Kosuke sah den Priester an.

Die Macht des alten Kaemon

Der Abend brach herein, und es wurde dunkel im Raum.
Draußen nieselte es. Kommissar Isokawa erhob sich und
schaltete die Lampe ein. Ihr kaltes, fahles Licht flutete das
Studierzimmer bis hin zu den vor Nässe glänzenden Aralien
vor der Veranda.

Meister Ryonen, der mit noch immer halb geschlossenen
Augen reglos wie eine Statue vor den beiden saß, öffnete die
vollen Lippen.

»Wie Sie gewiss bereits von den Inselbewohnern erfahren
haben, waren Herrn Kaemons letzte Tage ein einziges
Elend.«

Unbeteiligt und farblos wie Wasser plätscherte Meister
Ryonens Rede dahin. Seine Stimme war leise, aber tragend.

»Sein Sohn, der die entscheidende Rolle in der Erbfolge
der Familie spielte, hatte den Verstand verloren, und zu allem Unglück entriss ihm der Krieg nun womöglich ohne
Wiederkehr seine beiden geliebten Enkel. Die einzigen ihm
verbliebenen direkten Nachkommen waren seine drei min-
derjährigen und unverheirateten Enkelinnen. Hinzu kam,
dass Oshiho, die Frau seines Bruders Gihei, den gut ausse-
henden jungen Ukai benutzte, um die Mädchen zu manipu-
lieren. Doch obgleich den Tod vor Augen war Kaemon fest
entschlossen, nicht aufzugeben. In den letzten Tagen des
Krieges erlitt er einen Schlaganfall, den er zwar überlebte,

nach dem er jedoch linksseitig gelähmt blieb. Doch Anfang Oktober letzten Jahres bekam er einen zweiten Schlaganfall, und diesmal war nichts mehr zu machen. Kaemon wusste, dass sein Tod unmittelbar bevorstand, klammerte sich aber wie besessen an sein letztes bisschen Leben. Es war kaum mit anzusehen, welche Höllenqualen er aus Sorge um den Fortbestand der Familie Kito zu erdulden hatte. Zwei Tage vor seinem Tod rief er den Bürgermeister, Dr. Koan und mich an sein Bett, um uns von einem merkwürdigen Traum zu erzählen. Wenn ich die Augen schließe, habe ich noch immer die Stimme des alten Herrn Kaemon im Ohr. ›Bitte, hört mir zu‹, sagte er. ›Vergangene Nacht habe ich geträumt, ich würde Tsukiyo, Yukie und Hanako töten. Ihr Tod war von unbeschreiblicher Schönheit.‹ Sodann brach Kaemon in schallendes Gelächter aus. Wir anderen wechselten erschrockene Blicke, aber er achtete nicht darauf und schilderte uns die drei Morde, genauso, wie Herr Kindaichi sie eben beschrieben hat. Mit gnadenloser Unerbittlichkeit forderte er uns auf, sein Vorhaben in die Tat umzusetzen. Allerdings stimmte es nicht, dass er diese Morde gerade erst geträumt hatte. Er musste seit seinem ersten Schlaganfall, nein, eigentlich schon lange davor, womöglich seit vielen Jahren an diesem Plan gefeilt haben. Falls Chimata fallen und Hitoshi aus dem Krieg zurückkehren würde, wollte er seine drei Enkelinnen eigenhändig ermorden. Gelegentlich hatte er vor uns, seinen drei Freunden, wie im Scherz Andeutungen darüber fallen lassen, aber wie sich herausstellte, hatte er durchaus nicht im Scherz gesprochen. Eigentlich habe er die Morde selbst begehen wollen, erklärte er uns, doch nun sei er körperlich nicht mehr imstande dazu, und es bleibe ihm auch keine Zeit mehr. Und dass er es hätte tun sollen, als er noch gesund war. Andererseits habe er den Mädchen ohne Nachricht von Chimata oder Hitoshi auch nicht sinnlos das Leben nehmen wollen. Doch nun, dem Tode nahe, bereute er es. Er flehte uns an, ihm diesen letzten Wunsch zu erfüllen. Um unserer Freundschaft willen. Falls Chimata sterben und Hitoshi zurückkehren würde, sollten wir seine drei Enkelinnen auf die von ihm geplante Weise ermorden. Unter Tränen bat er uns, seiner armen Seele diesen einen Trost zu gewähren. Schließlich zog er die drei Gedichtkarten mit den bewussten Haiku unter seinem Kopfkissen hervor und übergab sie uns als Andenken, damit wir seinen letzten Willen stets im Gedächtnis behielten. Sodann schilderte er uns noch ein ums andere Mal, wie die einzelnen Morde durchgeführt werden sollten. Er beschwor uns und flehte uns an. Zu guter Letzt drohte er, uns bis in alle Ewigkeit heimzusuchen, sollten wir seinen letzten Willen missachten. Ich erhielt das Haiku von Kikaku über die Nachtigall, der Bürgermeister das über die Grille unter dem Helm und Koan das über Mond und Buschklee. Kürzlich habe ich die drei Gedichte an den Wandschirm geklebt und diesen vor Ihrem Futon aufgestellt, Herr Kindaichi. Sie haben sie gewiss gesehen. Warum ich das getan habe? Nun, weil der Bürgermeister mir erzählt hat, wer Sie sind. Ihr Name kam ihm bekannt vor, und er hat in alten Zeitungen danach gesucht, um sicher zu gehen. Als ich erfuhr, dass Sie Kosuke Kindaichi, der berühmte Privatdetektiv sind, ahnte ich, womit Chimata Sie beauftragt hatte. Nun fand ich es unfair, Ihnen nicht wenigstens irgendeinen Hinweis zu geben. Wären Sie wirklich ein so großartiger Detektiv, würden Sie das Rätsel der Haiku zu lösen wissen. Andernfalls hätten Sie versagt und Ihren Ruf nicht verdient. In jedem Fall wäre es ungerecht gewesen, Ihnen die Gedichte vorzuenthalten. Also habe ich sie gegen den Widerstand des Bürgermeisters und Dr. Koans für Sie sichtbar gemacht, was indessen zu meiner völligen Niederlage geführt hat. Da gibt es nichts zu beschönigen. Aber ich bin sogar froh darüber und fühle mich regelrecht erfrischt.« Meister Ryonen lachte. »Aber ich schweife ab. Zurück zu Kaemons Vermächtnis. Hätten Sie erlebt, wie verzweifelt und untröstlich der große alte Mann war, hätten nicht einmal Sie ihm seine letzte Bitte verweigern können. Ich habe selbst bittere Tränen vergossen, die indes weniger der abscheulichen Grausamkeit des Menschen galten als dem erbärmlichen Zustand dieses kühnen und beherzten Mannes. Also tröstete ich ihn und versprach, im Falle von Chimatas Tod und Hitoshis Rückkehr zu tun, was er verlangte. Ich schwor bei Buddha, dass ich Hanakos Leiche kopfüber in dem alten Pflaumenbaum aufhängen würde, selbst wenn ich dafür in der Hölle schmoren sollte. Der Bürgermeister und Dr. Koan waren entsetzt und zögerten, aber dann schworen auch sie, Kaemons letzten Willen zu erfüllen. Offenbar erlangte er dadurch Seelenfrieden und schloss zwei Tage darauf ruhig und für immer die Augen.«

Kosuke und Kommissar Isokawa hatten schweigend zugehört. Meister Ryonens Bericht erinnerte sie an eine pathetische Geschichte über das Ende eines besiegten Kriegsherrn aus der Zeit der Streitenden Reiche.

Der Priester wurde noch leiser, seine Lebensgeister schienen zu schwinden.

»Bald nach Kaemons Bestattung trafen Bürgermeister Araki, Dr. Koan und ich uns, um vertraulich zu beratschlagen. Dr. Koan fragte furchtsam, ob wir tatsächlich gedächten, unser Versprechen zu halten. Ich lachte ihn aus. Kaemon sei nicht bei Sinnen gewesen. In seinem Plan gab es Einzelheiten, die wir unmöglich befolgen konnten. Wo zum Beispiel sollten wir eine Tempelglocke hernehmen? Kaemon hatte vermutlich völlig vergessen, dass wir unsere als kriegswichtiges Material gespendet hatten. *Tragisches Schicksal / unter dem Helm verborgen / nun eine Grille* war damit nicht durchführbar. Der Bürgermeister konnte also schon mal sein Versprechen nicht halten. Und wenn er seins brechen konnte, mussten wir unseres auch nicht erfüllen. Ganz offensichtlich schien dem Bürgermeister und Dr. Koan eine gewaltige Last von den Schultern genommen. Und dennoch …«

Zum ersten Mal spiegelte sich Kummer in Meister Ryonens Gesicht. Vielleicht spürte er Kaemons beharrliche Präsenz.

»Unterdessen erhielt ich aus Kure die Nachricht, ich könne unsere Tempelglocke wieder abholen. Ich war fassungslos, und eine unheilvolle Vorahnung überkam mich. Aber da ich sie nicht dort lassen konnte, machte ich mich auf den Weg, um zu erfahren, dass wir unsere Glocke unversehrt zurückerhalten sollten. Ich füllte die nötigen Papiere aus und trat den Heimweg an. Unterwegs erfuhr ich – Sie waren ja auch auf der Fähre, Herr Kindaichi –, dass Hitoshi heimkehren würde, Chimata jedoch gestorben sei. Ich war wie vom Donner gerührt. Dem Bürgermeister und Koan ging es genauso, oder nein, eigentlich waren sie noch verzweifelter als ich. Wir trafen uns, um zu beratschlagen, was wir tun sollten. Doch ich hatte mich bereits entschieden. Alles war genauso eingetreten, wie Kaemon es befürchtet hatte. Und schlimmer noch: In dem seit seinem Tod vergangenen Jahr hatten seine drei Enkelinnen sich aufgeführt wie rollige Katzen. Sie waren diesem Ukai gänzlich verfallen, und es würde gewiss nicht lange dauern, bis ein zweiter und dritter junger Mann seines Kalibers auftauchen würde. Wäre es da nicht besser für sie und den Rest der Welt, sie einfach sterben zu lassen? Dem Bürgermeister und Dr. Koan stellte ich anheim, zu tun, was ihnen beliebte. Ich jedenfalls war entschlossen, mein Gelübde zu erfüllen. Falls sie allerdings zur Polizei gingen, drohte ich ihnen, sollten Kaemons Groll und mein Fluch sie bis in alle Ewigkeit verfolgen. Nachdem ich Hanako getötet und in den Baum gehängt hatte, waren die beiden vollkommen erschüttert und außer sich, obwohl sie es nicht einmal selbst getan hatten. Jetzt erst erkannten sie meine Entschlossenheit. Mehr noch als Kaemons Rache fürchteten sie meinen Fluch, denn ich lebte, und er war tot. Und da ich nun meinen Teil der Aufgabe erfüllt hatte, lenkten sie schließlich ein. Zuerst ermordete der Bürgermeister Yukie, dann tötete Dr. Koan Tsukiyo. Es tut mir sehr leid für die beiden, dass nun alles ans Licht gekommen ist. Eigentlich hatte ich vor, die Schuld für alle drei Morde auf mich zu nehmen.«

Meister Ryonen stieß einen tiefen Seufzer aus und wandte sich an Kosuke.

»Herr Kindaichi?«

»Ja?«

»Was ist mit dem Bürgermeister und Dr. Koan?«

Kosuke und Kommissar Isokawa wechselten einen Blick.

»Der Bürgermeister ist vergangene Nacht von der Insel geflohen. Sie waren es doch, der ihm dazu geraten hat, nicht wahr, Hochwürden?«

Der Priester lächelte bitter.

»Als ich gestern beobachtete, wie Sie die Pappmaché-Glocke aus dem Meer zogen, wusste ich, dass alles aus ist. Mit einem Geständnis aller drei Verbrechen würde ich nicht durchkommen. Niemand würde mir eine so gewaltige Lüge abnehmen. Also ging ich los, um die beiden zu warnen, aber Dr. Koan war wie üblich völlig betrunken, also ließ ich ihn. Bürgermeister Araki ist also fort. Was ist mit Dr. Koan?«

»Er hat den Verstand verloren.«

»Was?« Meister Ryonen quollen fast die Augen aus dem Kopf. Doch er beruhigte sich gleich wieder und seufzte abermals.

»Nun, das überrascht mich nicht sonderlich. Er ist ein kleinmütiger Mann und hat eine Veranlagung zum Grübeln.«

»Nein, daran lag es nicht allein. Wachtmeister Shimizu bekam heute einen Anruf aus dem Hauptrevier in Kasaoka.«

Kosuke sprach nicht weiter. Ryonen zog fragend die Brauen hoch.

»Und was hatte dieser Anruf mit Dr. Koan zu tun?«

»Meister Ryonen«, Kosuke holte tief Luft. »Ich würde Ihnen das, was jetzt kommt, lieber ersparen, aber das geht nicht. Die Polizei in Kasaoka hat Wachtmeister Shimizu über die Verhaftung eines Betrügers in Kobe informiert, einen kürzlich aus Burma repatriierten Soldaten. Mutmaßlich ist dieser Mann durch ganz Japan gezogen, um die Familien seiner früheren Kameraden aufzusuchen und ihnen mitzuteilen, ihr Angehöriger sei noch am Leben. Über diese Nachricht waren die armen Leute dann so glücklich, dass sie ihn zu einem Festmahl einluden und beschenkten. Mit einer Todesnachricht hingegen hätte er nicht viel zu gewinnen gehabt. Also log er den Familien seiner gefallenen Kameraden vor, diese hätten überlebt.«

Heftige Erschütterung malte sich in den Zügen des Priesters. Er stöhnte.

»Ki-Kindaichi, ist das der Mann, der auch bei uns war …?«

Es fiel Kosuke schwer, ihm ins Gesicht zu sehen. Die Nachricht brachte die Festung der Stärke, die Meister Ryonen um sich errichtet hatte, zum Einsturz.

»Ich fürchte ja. Hitoshi ist in Wirklichkeit gefallen. Hätte der Betrüger die Wahrheit überbracht, hätte er wohl keine Dankesgeschenke bekommen … Hochwürden, was ist?«

Der Priester war so jäh aufgesprungen, dass Kosuke und der Kommissar erschraken.

Ryonen stand einen Augenblick wie erstarrt. Seine Augen

verloren jeglichen Glanz, wurden stumpf und trüb. Er schien etwas sagen zu wollen, aber seine Lippen öffneten und schlossen sich vergeblich. Kopfschüttelnd sah er erst Kosuke an, dann Kommissar Isokawa. Pulsierende Adern dick wie Würmer traten an seinen Schläfen hervor. Kalter Schweiß brach ihm aus, und eine krankhafte Röte schoss ihm ins Gesicht.

»Kaemon, mein guter Kaemon!«

»Hochwürden! Meister Ryonen!«

Kosuke und Kommissar Isokawa wollten ihn stützen, aber der Priester schlug ihre Hände beiseite und kippte um wie ein morscher Baum.

Und das war das Ende von Meister Ryonen, ehemals Hauptpriester des Senkoji.

EPILOG
Kosuke Kindaichi verlässt die Insel Gokumon

Als Kosuke sich anschickte, die Insel Gokumon zu verlassen, fanden Wachtmeister Shimizu, Gezeitenmeister Takezo und Seiko, der Barbier sich im Hafen ein, um ihn zu verabschieden. Auch heute fiel ein leichter Nieselregen.

»Du weißt wohl nichts über den Verbleib von Bürgermeister Araki, Shimizu?«, fragte Kosuke.

»Nein, aber auf der Insel wird gemunkelt, er habe sich an einen unbekannten Ort zurückgezogen und in aller Stille das Leben genommen.«

»Ach, wirklich?«

Das Gespräch verstummte. Schweigend stand die Gruppe an der Anlegestelle, und Schwermut senkte sich über Kosuke wie ein kalter winterlicher Hauch.

Eine unaussprechliche Traurigkeit erfüllte sein Herz.

Der unablässige Nieselregen durchnässte ihn und alle anderen.

»Aber was habt ihr denn?«, polterte plötzlich Seiko, der Barbier. »Warum seid ihr alle so niedergeschlagen? Sie, Herr Kindaichi, reisen ab. Warum so grämlich? Hier auf Gokumon gilt Sanae vielleicht als Schönheit, aber in Tokio würden Sie viel weniger Staat mit ihr machen. Kein Grund, den

Kopf hängen zu lassen. Takezo, untersteh dich, Sanae zu verraten, was ich gesagt habe!«

Seiko hatte ins Schwarze getroffen. Kosuke hatte Sanae wirklich am Tag zuvor gefragt, ob sie einverstanden wäre, mit ihm nach Tokio zu kommen. Er hatte die Frage so unvermittelt gestellt, dass sie ihn anfangs nur mit großen Augen ansah und einen Moment brauchte, um zu begreifen, was er ihr sagen wollte.

»Nein«, sagte sie leise mit gesenkten Lidern. »Ich bleibe hier. Mein Bruder und mein Cousin, die den Namen unserer Familie hätten fortführen sollen, sind tot. Es kommen schwierige Zeiten auf uns zu. Japan stehen große Umwälzungen bevor und damit auch Gokumon. Familienbetriebe wie unserer werden bald der Vergangenheit angehören wie ein schöner Traum. Angesichts all dieser Schwierigkeiten muss ich bleiben. Allmählich kehren unsere jungen Männer aus dem Krieg zurück. Unter ihnen muss ich mir einen geeigneten Ehemann suchen, aber bis ich einen finde, steht die Familie Kito unter meinem Schutz. Sonst wird die Seele meines Großvaters niemals Frieden finden. Wer auf Gokumon geboren ist, stirbt auch auf Gokumon. Das ist ein ungeschriebenes Gesetz. Ich danke Ihnen für alles, was Sie getan haben, aber wir werden uns nicht wiedersehen.«

Sanae wandte sich ab und ging ein wenig schwankend davon.

»Takezo«, sagte Kosuke, »bitte, kümmern Sie sich um Sanae und die Familie Kito. Vor allem jetzt, wo Meister Ryonen, Bürgermeister Araki und Dr. Koan nicht mehr da sind.«

»Das werde ich, Herr Kindaichi. Bis über mein Grab hinaus.« Takezo wischte sich mit dem Ärmel die Augen.

Es dauerte nicht lange, bis der allbekannte *Weiße Drache* im Hafen auftauchte.

»Der Abschied naht. Bleibt gesund und alles Gute!«

»Passen Sie gut auf sich auf, Herr Kindaichi!«

»Und melden Sie sich, sobald Sie eine feste Adresse haben. Ich gebe Ihnen Bescheid, wenn wir etwas über den Bürgermeister erfahren.«

Das Zubringerboot sollte gerade ablegen, als der junge Shozo Ukai in seiner Armeeuniform angerannt kam. Er hatte keinen Schirm dabei und war bis auf die Haut durchnässt. Er sah zum Erbarmen aus.

»He, Ukai! Hat sie dich vor die Tür gesetzt? Tja, mit der Dame ist nicht zu spaßen«, spottete der scharfzüngige Barbier.

Ukai wurde knallrot, zog die Schultern hoch und kletterte geduckt ins Boot. (Gokumon war weiß Gott kein Ort, an dem sich ein Fremder allzu lange aufhalten sollte.) Als das Zubringerboot sich in Gang setzte, drang der Klang der Tempelglocke durch den Nebel zu ihnen herunter.

Ungeachtet der furchtbaren Ereignisse, die mit dieser Glocke verknüpft waren, verabschiedete Ryotaku, der neue Priester des Senkoji, Kosuke mit einem Läuten.

Kosuke erhob sich von seinem Sitz und blickte auf die wie üblich im Nebel liegende Insel zurück. Mit zusammengelegten Händen nahm er Abschied von Gokumon.

Glossar

Abe no Shimei (921–1005) – legendärer Yin-und-Yang-Meister, der auf Grundlage der fünf Elemente die Zukunft voraussagte. Der Legende nach war nur sein Vater ein Mensch, seine Mutter jedoch eine Füchsin.

Aizen Katsura – der »Liebesbaum«, erfolgreich verfilmter Bestseller der 1930er Jahre um eine alleinerziehende Krankenschwester. Autor: Matsutaro Kawaguchi (1899–1985).

Basho, Matsuo (1644–1694) – Japans bedeutendster → Haiku-Dichter. Er trat in ein → zenbuddhistisches Kloster ein und unternahm später lange Wanderungen. Sein berühmtestes Werk ist der Reisebericht *Auf schmalen Pfaden durchs Hinterland.*

Chushingura – »Schatzkammer der Vasallentreue«, berühmte Geschichte der Rache von 47 Samurai oder → Ronin am Mörder ihres Herrn, von der unzählige Bearbeitungen existieren.

Dharma – Weltgesetz, hier auch die buddhistische Lehre.

Dojoji, die Glocke vom – berühmte Legende, auch → Kabuki-Stück. Die in den Mönch Anchin verliebte Tänzerin Kiyohime tanzt bei der Einweihung einer Glocke im Dojo-Tempel, unter der der Mönch sich vor ihr versteckt hält. Sie verwandelt sich in eine Schlange und verbrennt Anchi mit ihrem feurigen Atem.

331

Edo-Zeit – Epoche von 1603–1869, benannt nach der im Osten Japans liegenden Hauptstadt Edo, das heutige Tokio.

Furoshiki – quadratisches Tuch, wird auf spezielle Weise verknotet und als Tragebeutel verwendet.

Genkan – Flur oder Vorraum in japanischen Häusern.

Geta – japanische Holzsandale, an deren Sohle sich zwei hölzerne Querstege befinden.

Haiku – japanisches Kurzgedicht, bestehend aus drei Zeilen zu 5-7-5 Silben. Bei → Basho traten unter dem Einfluss des → Zenbuddhismus starke naturmystische Züge in den Vordergrund. Ein Haiku ist stets einer der vier Jahreszeiten Frühling, Sommer, Herbst oder Winter gewidmet.

Die drei wichtigsten Haiku im Roman:

1.

Eine Nachtigall
kopfüber im Baum hängend
singt ihr Neujahrslied

Autor ist → Kikaku. Die Jahreszeitenbestimmung folgt dem alten Mondkalender, nach dem das Neujahrsfest in den für die Pflaumenblüte bekannten Februar fällt. Es handelt sich also um ein Frühlingsgedicht.

2.

Tragisches Schicksal
unter dem Helm verborgen
nun eine Grille

Autor ist → Basho, der auf seiner Reise »auf schmalen Pfaden durchs Hinterland« in einem Tempel den Helm eines berühmten Kriegers besichtigt. Nun war von all dem Glanz und Heldentum nichts mehr übrig und der Helm nur noch das Versteck einer Grille.

3.

In einer Hütte
schlafen mit Kurtisanen
Buschklee im Mondlicht

Dieses Haiku stammt ebenfalls aus → Bashos Reisebericht *Auf schmalen Pfaden durchs Hinterland.* Jahreszeitenwörter für den Herbst sind hier Mond und Buschklee. Basho übernachtet in einer Herberge, in der auch Prostituierte auf Wallfahrt Unterkunft gefunden haben. Eine bittet den Dichter, ihn begleiten zu dürfen. Er lehnt ab, dichtet aber aus Mitgefühl das Haiku, in dem er sich auf eine Stufe mit ihr stellt.

Hakama – traditioneller japanischer Hosenrock.

Haori – halblange Jacke, die über den Kimono getragen wird.

Heike, Die Erzählung von den – (jap. *Heike monogatari*), schildert in Episoden den Aufstieg und Untergang des Kriegergeschlechts der Taira, die 1185 nach jahrzehntelangen Kämpfen von den Minamoto besiegt wurden.

Hideyoshi, Toyotomi (1537–1598) – hochberühmter Feldherr (→ Taiko), der entgegen den Warnungen seiner Berater Korea angriff und scheiterte. Postum als Gottheit verehrt.

Inlandsee – (jap. *Setonaikai*), Binnenmeer zwischen den japanischen Hauptinseln Honshu, Shikoku und Kyushu.

Izumi, Kyoka (1873–1939) – japanischer Dichter und Romancier.

-ji – Suffix für Tempel, *Senkoji* oder *Dojoji* bedeutet also Senko-Tempel bzw. Dojo-Tempel.

Kabuki – artistische Form des japanischen Theaters, das Elemente des Sing-, Tanz- und Schauspiels vereint.

Kikaku, Takarai (1661–1707) – gilt als einer der berühmtesten Schüler von → Basho, der allerdings seinen leichtlebigen Lebensstil missbilligte.

Kiso (1154–1184) – eigentlich Minamoto no Yoshinaka, japanischer Adliger, für kurze Zeit Shogun, tritt in der *Erzählung von den* → *Heike* auf. Das von Meister Ryonen zitierte → Haiku »Mit Fürst Kiso / Rücken an Rücken liegend / herrscht dennoch Kälte« stammt von → Basho.

Kuroda-Fehde – spielt auf eines der in der → Edo-Zeit häufigen Familienzerwürfnisse in feudalen Haushalten an.

Miko – Schreinjungfrauen.

No-Theater – japanisches Masken-Theater. Bestimmt wird seine Grundhaltung von der strengen vom → Zenbuddhismus geprägten Moral des mittelalterlichen Feudaladels. Gespielt werden Episoden aus klassischen Stoffen wie dem Kriegerepos *Die Erzählung von den* → *Heike*.

Obi – Schärpe, die den Kimono zusammenhält, häufig prachtvoll.

Ronin – »herrenlose Samurai«. Berühmt ist *Die Geschichte von den 47 Ronin* → *Chushingura*.

Sakai, Hoitsu (1761–1828) – japanischer Maler, Kalligraph und Dichter, der unter anderem Stellschirme schuf.

Shakyamuni (jap. *Sakamuni*) – »der Weise aus dem Haus der Shakya«, Bezeichnung für den historischen Begründer des Buddhismus Siddhartha Gautama nach seiner Erleuchtung.

Shirabyoshi – professionelle, weiß gekleidete Tänzerinnen zwischen dem 10. und 12. Jahrhundert. → Shizuka Gozen.

Shizuka Gozen – eine der berühmtesten Frauen der japanischen Geschichte. Sie war → Shirabyoshi (Tänzerin) und Geliebte des Helden Yoshitsune no Minamoto aus *Der Erzählung von den* → *Heike*, in der sie eine entscheidende und tragische Rolle spielt. Um sie ranken sich viele volkstümliche Legenden.

Shoji – verschiebbare, lichtdurchlässige Türen oder Raumteiler.

Shunkan (1143–1179) – nach einem Aufstand ins Exil auf die Insel Kikaigashima verbannter Mönch. Ihm ist eine Episode in der *Erzählung von den* → *Heike* gewidmet.

Tabi – Socken mit abgeteiltem Zeh.

Taiko – Regent, Ehrentitel besonders für → Hideyoshi Toyotomi.

Tatami – mit Reisstroh gespanntes Bodenelement, traditioneller japanischer Bodenbelag, dient auch zur Flächenangabe von Zimmergrößen.

Tengu – langnasige Fabelwesen aus der japanischen Mythologie.

Tenugui – gemustertes, vielseitig verwendbares Baumwollhand-tuch, früher in Rollen verkauft, von denen die Tücher nach Bedarf abgeschnitten werden konnten.

Tokonoma – in die Wand eingelassene Schmucknische, in der Rollbilder, Blumengestecke o. ä. ausgestellt werden.

Yuzen – aufwendige Färbetechnik für Stoffe.

Zazen – Sitzmeditation.

Zenbuddhismus – eine auf Meditation basierende Form des Buddhismus, die sich im 12. Jahrhundert in Japan etablierte. Der aufsteigende Kriegeradel, die Samurai, fühlten sich von seiner Strenge angesprochen. Zen und der Weg des Kriegers sind eng miteinander verbunden.